KB265336

또 다른 세상으로

SEOUL, 2006

또 다른 세상으로

초판 제1쇄 발행일 2006년 2월 27일
초판 제3쇄 발행일 2014년 6월 10일
지은이 아니카 토어 옮긴이 임정희
발행인 이원주 발행처 (주)시공사
주소 서울시 서초구 사임당로 82
전화 영업 2046-2800 편집 2046-2821~4
인터넷 홈페이지 www.sigongsa.com

ISBN 978-89-527-4520-0 43850
ISBN 978-89-527-5572-8 (세트)

*홈페이지 회원으로 가입하시면 다양한 혜택이 주어집니다.
*잘못 만들어진 책은 구입하신 서점에서 바꾸어 드립니다.

또 다른
세상으로

아니카 토어 지음 | 임정희 옮김

시공사

1

환호하는 사람들을 잔뜩 실은 트럭 행렬이 도시를 누비고 다녔다. 노르웨이 국기를 흔드는 트럭, 덴마크 국기를 흔드는 트럭이 보였다. 빨강, 하양, 파랑으로 된 체코 국기를 흔드는 트럭도 있었다. 여러 가지 리듬과 언어가 함께 뒤섞인 노래는 담장 사이로 울려 퍼졌다.

슈테피는 사람들과 함께 보도에 서서 트럭 행렬이 지나는 것을 보았다. 조금 전까지만 해도 평상시와 다름없던 월요일이었다. 다른 날과 마찬가지로 학교 가는 날이었다. 1945년 특별한 이 봄날에 평상시와 다름없는 날들이란 게 만약 있다면 말이다. 이 봄, 연합군의 승리와 독일군의 패배에 관한 새로운 소식이 날마다 들려 왔다. 모두들 조급하게 평화를 기다리던 때다.

이제 평화가 찾아왔다. 트럭의 경적은 승리에 차서 이렇게 선포하는 듯했다.

"평화!"

파란색 봄가을용 외투를 입은 슈테피는 보도에 서서 행복한 얼굴들을 바라보았다. 드디어 집에 다시 갈 수 있게 되어 기뻐하는 노르웨이, 덴마크, 체코 피난민 들을 보았다. 이 피난민들과 함께 기뻐하는 스웨덴 사람들도 보았다.

슈테피는 돌아갈 수 있는 집이 없었다. 이날을 얼마나 기다렸던가! 짧은 봄날 동안만이 아니라 몇 년 동안이나. 전쟁이 끝나기만을. 전쟁이 끝나기만을.

이제 어떻게 될까? 슈테피는 어디로 가야할까?

"슈테피!"

마이가 군중들을 헤집고 슈테피에게 다가왔다. 두꺼운 안경 뒤로 눈이 반짝였다. 외투 단추는 풀어헤친 채였다.

"아, 슈테피. 정말 기뻐!"

마이는 슈테피를 힘차게 껴안았다. 그러나 마이는 뭔가 심상치 않다는 걸 재빨리 알아챘다. 슈테피는 마이처럼 기뻐하지 않았다. 굳이 말로 할 필요도 없었다. 눈길만으로도 마이는 이 사실을 알아챘고, 슈테피도 마이가 알아챘다는 걸 알 수 있었다.

슈테피의 침체된 기분이 점점 사라졌다. 슈테피도 온몸에 기쁨이 번져왔다.

슈테피는 마이에게 말했다.

"이리 와! 가자, 우리도 같이 가는 거야!"

두 사람은 서로 손을 잡고 거리로 뛰어갔다. 한 트럭이 점차 속도를 늦추자, 수많은 손들이 두 사람을 향해 뻗어왔다. 숨을 헐떡인 채 웃으면서 두 사람은 발 디딜 틈이 없는 트럭 짐칸으로 비집고 들어갔다.

짐칸에 있던 노르웨이 사람들이 국가를 불렀다. 대개는 젊은 남자들이었지만 여자 아이들도 몇 명 있었고, 좀 나이 들어 보이는 사람들도 있었다. 사람들은 계속 국가를 불렀다. 손가락 두 개를 쳐들어 브이를 그렸다. 빅토리를 나타내는 브이, 승리.

짐칸의 젊은이들 사이에서 슈테피는 아는 얼굴을 하나 발견했다. 금발머리, 바스크 모자, 맑은 파란 눈. 그 여자 옆에는 표정이 날카로운 젊은 남자가 노르웨이 스웨터를 입은 채 여자의 어깨에 팔을 두르고 서 있었다.

이르야도 그 순간 슈테피를 발견했다. 두 사람은 두 번밖에 만나지 않았지만 이르야는 슈테피는 금방 알아보았다.

"슈테파니!"

이르야는 슈테피를 끌어안으며 뺨에 입을 맞추었다.

“정말 좋지?”

슈테피는 이르야와 마이를 서로 인사시켰고, 이르야의 노르웨이 약혼자와도 인사했다.

이르야가 말했다.

“이제 욘은 집에 갈 수 있게 됐어. 그럼 우리도 될 수 있는 한 빨리 결혼할거야. 일단은 하마르에 있는 욘 부모님 집에서 살 거야. 너는? 계획이 어때?”

슈테피가 말했다.

“나도 몰라.”

이르야는 더 묻지 않았다. 대신 이렇게 말했다.

“얼마 전에 스벤을 만났어. 아주 우연히, 전차에서. 의학을 공부한대. 너도 알았니?”

아니, 슈테피는 몰랐다. 스벤에게서는 3년 전부터 아무 소식이 없었다. 그때는 군복무 중이었다. 이제 스벤은 부모님에게 굴복해서 의사라는 직업을 택하기로 한 모양이었다. 원래는 작가가 되고 싶어하던 스벤이.

슈테피는 의사가 안 된다면 차라리 아무것도 되고 싶지 않았다. 하지만 이제 봄에 아비투어를 마치면 몇 년을 더 공부해야 하는데 학비를 어떻게 마련할 수 있을까?

“비 엘스커……”

이르야와 욘은 노래했다. 슈테피를 둘러싼 모든 사람들이

노래를 불렀다. 마이도 괜찮은 발음으로 노르웨이어로 노래
했다. 슈테피도 장단을 맞추었다.

오후 내내 거리를 쏘다녔다. 노르웨이 대사관으로, 덴마크
대사관으로, 영국 총영사관으로. 네덜란드 선박 몇 척이 몇
년 전부터 예테보리를 출항할 허가를 받지 못해 묶여 있던
항구에도 가 보았다. 전쟁 동안 뉴스를 찍어내던 신문사 앞
도 지났다. 이 회사 외에는 아무도 이런 신문을 발간할 엄두
를 내지 못했다.

봄바람이 불어와 슈테피의 모자를 날려 버리려 했다. 슈테
피는 손으로 모자를 꾹 눌러야 했다. 파란색 바스크 모자인
아비투어 모자는 3월에 있을 필기시험과 6월초 구두시험 사
이에 쓰고 다니는 모자다. 슈테피는 모자 위에다 엉성하고
비뚤비뚤하게 '묻지 마!'라고 새겨 넣었다. 슈테피 머리에
떠오른 가장 짧은 문장이었다. 반 친구들 중 몇몇은 모자 가
장자리에 재미있는 문장을 길게 새겨 넣었다. 슈테피는 수공
예를 한번도 잘한 적이 없었다.

어디든 사람들로 북적거렸다. 평소에는 눈을 내리깔고 급
하게 종종걸음을 치던 사람들이 이제는 카니발에 온 듯 춤을
추었다. 대학생들은 거리를 몰려 다녔다. 덴마크와 노르웨이
학생들은 구스타브 아돌프 광장에서 국가를 불렀다. 어디서
나 깃발이 휘날렸다. 덴마크, 노르웨이, 영국, 미국 국기. 빨

간, 파란, 흰 깃발. 사람들 손에는 큰 깃발과 작은 깃발이 들려 있었고, 옷에는 알록달록한 끈과 리본이 주렁주렁 매달아 있었다.

오후 늦게 슈테피와 마이는 사람들로 꽉 들어찬 예타 광장으로 갔다. 미술관 계단 위에는 어떤 남자가 메가폰을 잡고 서서 독일 항복을 알리는 성명서를 낭독했다. 사람들은 만세를 부르며 박수를 쳤다.

갑자기 조용해지더니 사람들이 모두 위를 쳐다보았다.

"저기 봐, 저기!"

예타 광장 위로 기러기 떼가 북쪽으로 날아가고 있었다. 기러기는 브이 모양을 이루었다. 맨 앞에 기러기 한 마리가 있고, 그 뒤로는 기러기들이 대각선을 이루어 두 줄로 죽 이어졌다.

슈테피도 기뻤다. 이런 날에는 기뻐해야 한다.

그러다가 슈테피는 스벤의 회색 눈길과 마주쳤다.

2

학교에서 넬리는 교실 의자에 앉아 창밖을 내다보았다. 창밖으로 연한 푸른빛의 나무들이 보였다. 넬리는 자전거를 타고 달리거나 뛰고 싶었다. 그래서 허리까지 내려오는 머리카락 사이로 스치는 바람을 느끼고 싶었다.

넬리는 손가락으로 머리카락을 돌돌 말아 곱슬머리를 만들면서 학교가 끝날 날만 기다렸다. 이번 학기뿐만 아니라 영원히 학교가 끝날 날을.

넬리는 올해 초등학교 6학년을 졸업한다. 가을에 열세 살이 되면 넬리는 소냐와 다른 동급생들과 함께 일주일에 두 번 가사 학교에 가야 한다. 그곳에서 요리를 배우고, 세탁을 하고, 다림질을 하고, 살림을 배운다. 그러고 나면?

슈테피는 백 번이나 이렇게 말했다.

"넌 상급 학교에 가야 해. 알마 아줌마와 시구르드 아저씨의 허락을 받아내도록 신경 좀 써! 넌 성악 레슨을 받아야 해. 네 목소리는 정말 아름다워."

그래, 넬리는 목소리가 아름다웠다. 누구나 그렇게 느꼈다. 알마 아줌마는 매일 저녁 넬리에게 노래를 청한 뒤, 흰색 작은 하모니카로 반주를 넣어 주었다. 성령강림절교회의 합창 지휘자는 넬리를 앞에 세워서 부르기 어려운 부분은 독창을 시켜 다른 아이들이 듣게 한다. 사람들 모두 알마 아줌마 앞에서 넬리를 칭찬한다. 한 달 후에 넬리는 졸업식에서 독창을 하기로 했다. '내 마음에서 벗어나 기쁨을 찾으리'. 넬리는 이 합창곡을 좋아했다.

그러나 노래 부르는 능력은 그다지 쓸모 있는 건 아니다. 생선을 다듬거나 그물을 엮거나 호밀빵을 굽는 능력과는 다르다. 식사, 주거, 난방 등 꼭 필요한 일에 도움을 주는 재능은 따로 있다.

몇 년 전까지만 해도 넬리는 자신의 목소리를 부끄럽게 여겼다. 넬리에게 있어 목소리는 자신을 다른 사람들과 다르게 보이도록 하는 또 하나의 표시였다. 땋아 내린 검정머리와 갈색 눈처럼. 하지만 엄마가 테레지엔슈타트 수용소에서 마지막 오페라 역을 부른 뒤 몇 주 지나 돌아가셨을 때 슈테피는 넬리가 엄마 목소리를 물려받았다고 말했다. 그때부터 목소리는 넬리가 자랑스럽게 여길 만한 뭔가가 되었다. 자매가 엄마를 기억할 수 있는 뭔가가. 앞쪽 교탁에서는 베리스트룀 선생님이 칼 12세에 관해, 또 노르웨이와 벌어졌던 과거 전쟁에 대해 진지하게 설명했다.

스웨덴이 노르웨이를 상대로 전쟁을 했다니 웃기는 일이다. 두 나라는 거의 한 국가나 다름없으면서. 넬리는 베리스트룀 선생님 설명에서 몇 마디씩 주워 듣고는 이런 생각에 잠겼다. 스웨덴이 전쟁을 했다는 게 웃겨. 물론 아주 오래 전의 일이긴 하지만.

"카롤링 왕조 사람들 수천 명이 긴 행군을 하며 산을 넘다가 궁핍으로 죽어 갔어."

베리스트룀 선생님이 활기차게 설명했다.

"굶주림, 추위, 질병으로……."

그때 문을 두드리는 소리가 났다.

베리스트룀 선생님이 말했다.

"들어오세요."

선생님은 수업 시간에 방해받는 걸 좋아하지 않았다.

파란 눈, 회색 눈, 푸른 눈 스물일곱 쌍과 함께 갈색 눈 한 쌍이 일제히 교실 문을 향했다.

알마 아줌마가 문가에 서 있었다.

알마 아줌마가 말했다.

"어쩔 수가 없었어요…… . 당장…… 말해야 했어요!"

베리스트룀 선생님이 물었다.

"무슨 일이죠?"

베리스트룀 선생님의 목소리는 화가 났다기보다는 기대에 찬 것 같았다.

알마 아줌마가 말했다.

"평화예요. 독일군이 항복했어요. 넬리, 내 귀여운 아가, 이제 평화란다!"

베리스트룀 선생님은 그날 나머지 수업을 하지 않았다. 우선 모두 운동장으로 달려 나가 국기를 게양했다. 섬에서 국기게양대가 있는 사람들은 모두 국기를 게양했다. 누군가 노르웨이 국기를 갖고 와서 게양했다.

알마 아줌마는 소냐와 넬리 친구들을 집으로 초대해 축하했다. 아줌마는 케이크를 만들어서 지난 여름에 만든 나무딸기잼을 얹었다. 생크림이 없어서 바닐라 소스를 만들어 잼 위에 얹었다.

모두 정원 테이블에 앉아서 주스를 마시고 케이크를 먹었다. 5월 초인데도 벌써 아주 더웠다. 4학년인 알마 아줌마의 딸 엘사도 학교에서 집으로 돌아왔다. 이제 테이블에는 모두 일곱 명이 앉아 있었다. 알마 아줌마, 여자 아이 다섯 명, 아줌마의 어린 아들 욘. 모두들 웃고 떠들었다.

울라 브리트가 말했다.

"이젠 배급 안 받아도 돼!"

안니가 말했다.

"소등도 안 해도 돼!"

알마 아줌마가 말했다.

"수뢰도 없어지겠지."

넬리가 물었다.

"슈테피 언니도 이 사실을 알까요?"

알마 아줌마가 말했다.

"물론이지. 도시는 섬보다 훨씬 정보가 빨라. 여기선 라디오를 듣고 알았으니까."

넬리가 말했다.

"그럼 언니가 올지도 몰라요."

알마 아줌마가 채 대답하기도 전에 소냐는 엄마가 아주 좋아하겠다고 말하기 시작했다. 소냐는 아빠와 형제들이 고기를 잡으러 바다로 나가면 무척 걱정을 했었다.

오후 늦게 메르타 아줌마가 와서 부엌에서 알마 아줌마와 커피를 마셨다. 넬리는 조용히 앉아서 두 사람이 하는 이야기를 들었다.

마침내 넬리가 물었다.

"슈테피 언니와 통화했어요, 메르타 아줌마?"

메르타 아줌마가 말했다.

"아니. 슈테피도 지금은 축하하느라 정신이 없을 게다."

넬리는 확실치는 않았지만 메르타 아줌마의 목소리에서 약간 실망하는 기색이 어린 듯했다. 넬리가 느낀 실망감과 같으리라.

슈테피는 적어도 전화는 할 수 있지 않을까?

알마 아줌마가 말했다.

"우리도 도시로 갈까요? 우체국의 홀름 양이 그러는데 내일 밤에 큰 평화 축제가 열린대요. 불꽃놀이도 하고 연설도 하고 말이에요. 욘도 어차피 새 신발이 필요한데. 아이들은 내일 오후에 틀림없이 수업이 없을 거예요. 그럼 힐다 집에서 하룻밤 자고 아침 배로 돌아오면 되잖아요."

메르타 아줌마가 말했다.

"그럴까? 정말 가 볼까? 그럼 슈테피도 만날 수 있을 텐데."

넬리는 아무 말도 안 했다. 간다고 하면 가는 거니까. 아줌마들이 가길 원하면 갈 수 있으니까. 그러니 다른 제안을 해 봤자 아무 소용이 없다.

하지만 슈테피는 왜 전화를 하지 않을까?

3

유리판이 깔린 동그란 작은 테이블에 슈테피와 스벤이 마주 앉았다. 몇 년 전에 함께 갔던 그 카페였다. 의자에는 빨간 우단이 덮여 있었고, 벽에는 금박 테두리가 달린 거울이 걸려 있었다. 그 당시 슈테피는 생크림을 얹은 뜨거운 코코아를 마시고, 윤이 나는 분홍색 시럽을 입힌 케이크를 먹었다. 스벤이 얼마나 유치하게 생각했을까!

슈테피가 말했다.

"커피 한 잔만 주세요."

"뭘 좀 더 시키지 그래?"

슈테피는 고개를 흔들었다.

스벤이 말했다.

"네게 더 맛있는 걸 사 주고 싶은데. 이제야 드디어 우리가 다시 만났으니 말이야."

드디어, 라고 스벤이 말했다. 예테보리의 슈테피 주소를 모른다고 해도 슈테피를 찾는 건 전혀 어려운 일이 아닐 텐데. 스벤은 섬에 사는 메르타 아줌마의 전화번호를 알고 있었다.

"카스텔라 한 조각이라도 먹어."

깨끗한 흰색 앞치마를 두른 종업원은 안달하는 것 같았다. 카페는 즐거운 표정의 사람들로 가득했다.

"좋아, 카스텔라 한 조각 주세요."

스벤도 커피 한 잔과 케이크 한 조각을 주문하자, 종업원은 가버렸다.

스벤은 변하지 않았다. 슈테피가 계산해 보니 스벤은 스물세 살은 되었을 텐데도 여전히 눈빛이 초롱초롱한 것이 소년같아 보였다. 머리도 여전히 이마 위로 흘러내렸다.

슈테피의 혀는 뻣뻣한 덩어리 같았다. 스벤이 자신을 아둔하거나 아니면 지나치게 부끄럼을 탄다고 생각하기 전에 얼른 뭔가 말해야 했다.

"의학 공부한다는 얘기 들었어."

슈테피는 이렇게 말을 꺼내 놓고는 당장 혀를 깨물어 버리고 싶었다. 그럼 그 말을 누구에게 들었는지 스벤이 물을 것이다. 스벤의 옛 여자 친구 이르야가 지금 이 순간 적절한 대화 주제가 아니라는 것쯤은 슈테피는 분명히 알았다. 그러나 스벤은 슈테피의 말을 듣지 못했다. 슈테피가 말하는 동시에 스벤도 침묵을 깨고 말을 했기 때문이다.

"아비투어 모자는 내년에나 쓰는 거 아냐?"

스벤도 햇수를 계산해 본 모양이다.

슈테피가 말했다.

"월반했어."

스벤은 나지막이 휘파람을 불었지만, 하필 그때 주문한 커피를 갖고 오던 종업원이 비난 어린 눈길을 보내는 걸 보니 휘파람 소리가 들릴 정도로 컸나 보다. 휘파람은 술집에서나 하는 짓이다. 여긴 고상한 카페야, 종업원의 꽉 다문 입은 이렇게 말하는 듯했다.

술집. 이르야. 이르야와 스벤. 이젠 그 생각은 하지 말자.

스벤이 말했다.

"너 정말 대단하구나. 너 대단한 건 벌써부터 알고 있었지만. 너한테는 모든 게 아주 쉽지?"

슈테피가 말했다.

"돈 때문이었어. 원조기구에서는 삼 년 더 돈을 대 줄 수가 없대. 그래서 일 년을 뛰어넘어야 했어. 비에르크 선생님이 일 년 치 공부를 한꺼번에 할 수 있게 도와주셨고, 원조기구에서는 이 년 동안만 학비를 대 주겠다고 타협했어. 그래서 그렇게 된 거야."

"그럼 너도 가을부터 의학을 공부하는 거야? 그럼 우린 좀 더 자주 만나겠네."

슈테피는 카스텔라를 이리저리 쑤셔댔다. 슈테피는 돈이 궁핍하고 다른 사람의 도움을 받아야 하는 곤궁한 인생이라는 말을 남에게 하기가 창피했다.

그러나 스벤 앞에서 창피해 한다는 건 어리석은 짓이다. 나치가 오지 않았다면 슈테피도 스벤처럼 학비를 대 줄 수 있는 부모가 있었다. 그리고 만약 슈테피에게 그런 부모가 없고 마이처럼 대가족에 노동자 가족 출신이라고 하더라도 창피하게 생각할 이유는 없다. 오히려 그 반대다.

슈테피가 말했다.

"몇 년을 더 기다려야 해. 일해서 돈을 모아야 해. 처음부터 장학금을 못 받으면 말이야. 그렇게 되기는 아주 힘들 거야."

스벤이 말했다.

"돈. 돈이 이래저래 문제구나. 난 우리 위대하신 아버님이 주는 생활비를 받는 조건으로 나 자신을 의학 공부에 팔아 버렸어. 나도 스스로 돌볼 처지가 못 돼."

스벤의 말은 농담 투였지만 그 말에는 쓰디쓴 어투가 배어

났다. 이제 스벤 입 주변에는 예전에는 없던 주름이 몇 개 잡혀 있었다. 슈테피는 손을 뻗어 그 주름을 없애 주고 싶었다. 스벤을 위로하면서 틀림없이 해낼 수 있을 거라고 말해 주고 싶었다.

그러나 슈테피는 조심해야 했다. 그런 짓은 위험한 행동이다. 그건 오래 전 일이지만, 그래도…….

"너 예뻐졌구나, 슈테파니."

슈테피가 제대로 들은 걸까?

스벤의 회색 눈이 슈테피를 바라보았다. 보고 또 보았다. 슈테피는 눈을 내리깔아야 했다.

"예쁘다고, 내가?"

슈테피는 다시 혀를 깨물고만 싶어졌다. 괜히 아양을 떠는 것처럼 들렸을 것이다. 하지만 슈테피는 진짜 알고 싶었다. 슈테피는 자신의 갈색 눈이 크고 예쁘다는 걸 알았다. 그러나 눈 외에는 그냥 그럭저럭 봐 줄 만하다는 것도 알았다. 미인은 아니었다. 엄마처럼, 아니면 점점 미인이 되어가는 넬리처럼.

넬리. 드디어 평화가 찾아왔다는 걸 넬리도 알고 있을까?

전화해야 하는데, 슈테피가 생각했다. 메르타 아줌마에게도. 집에 가는 대로 전화해야지.

"네게 예쁘다고 한 사람이 없어? 넌 어린 소녀였을 때부터 예뻤어. 근데 지금은……."

어린 소녀였을 때. 다시 그 얘기다. 두 사람 사이가 어떻게 될 수 있다고 착각하던 그때, 슈테피는 얼마나 바보였던가.

"넌 아직 아이야……. 내 여동생처럼."

스벤은 4년 전, 그 끔찍한 오후에 이렇게 말하지 않았던가? 그러고는 슈테피는 스벤에게 키스해 달라고 억지를 부렸다.

그때의 기억이 슈테피의 뺨을 빨갛게 물들였다.

스벤이 물었다.

"얼굴 빨개졌어? 칭찬 듣는 데 익숙하지 않다니. 넌 참 특이한 애야."

지금 스벤과 슈테피는 서로 시시덕거리고 있는 걸까? 그럴 리가 없다. 스벤도. 슈테피도.

스벤은 대화 주제를 바꿨다.

"예타 광장에서 너와 함께 있던 친구가 마이 맞지? 네 반 친구 말이야?"

"아, 마이를 기억하는구나?"

스벤은 웃음을 지었다.

"정말 개성이 강한 사람은 늘 기억나는 법이지. 넌 친구들을 아주 신중하게 고르더라."

슈테피가 말했다.

"마이 가족하고 함께 살고 있어. 산다르나에서. 1941년 봄에 그 집으로 이사했어. 근데 곧 다시 이사해야 할지도 몰라."

"왜?"

"집이 아주 좁아. 아이들이 일곱 명이거든. 이제 막내도 많이 컸어. 아무도 뭐라고 하진 않지만 일을 시작하면 나도 좀 여유가 생기겠지."

"우리 엄마한테 얘기해 볼까? 카린 누나의 방이 아직 비어 있는데."

스벤은 슈테피의 표정을 보더니 웃어버렸다.

"걱정 마. 그냥 농담한 거니까. 나도 이제 그 집에서 안 살아. 우리 위대하신 아버님께서 총각방의 집세를 대 주고 계시거든. 요한네베리에 있는 부엌 딸린 방이야."

이제 대화는 좀 더 가볍게 흘러갔다. 거의 예전만큼이나. 슈테피는 학교, 마이의 어린 동생들, 메르타 아줌마와 에버트 아저씨에 대해 이야기했다. 부모님 얘기만 하지 않았다.

스벤은 학업 외에도 늘 글을 쓰려고 한다는 것과 신문에 소설을 보냈지만 아직 발표된 적은 없다고 말했다. 스벤은 부모님이 전쟁 말기에 갑자기 확고한 나치 반대주의자로 변했다고 말했다.

"어쨌든 우아한 저녁 초대 모임에서는 그렇게 말하셔."

저녁 초대. 아픈 기억.

스벤이 말했다.

"이제 난 부모님과 함께 안 살게 되어서 기뻐. 그렇게 갇혀 살면 질식할 거야. 하지만 이제 전쟁이 끝났으니 모든 게 숨통이 트이겠지."

이것이 바로 슈테피가 알고 있던 스벤 모습이었다. 슈테피가 사랑했던 그 스벤이다. 아주 열정적이고 변화에 대한 의지가 강렬한.

슈테피가 물었다.

"푸테는 잘 있니? 아직 집에 있어? 아니면 네가 데려가서 키우니?"

스벤의 얼굴 표정이 순식간에 변했다. 대답하기까지 약간 시간이 걸렸다.

"푸테는 죽었어. 이 년 전에. 병에 걸렸는데 수의사가 어떻게 손을 쓸 수가 없다고 했어. 한여름이었어. 난 그때 하필 스톡홀름의 친구를 방문하느라 집에 없었어. 부모님은 내가 돌아올 때까지 기다리지도 않고 푸테를 안락사 시켰어."

2년 전 여름이라. 바로 그 해 여름이다. 엄마가…….

해도 너무했다. 슈테피는 울기 시작했다. 눈물이 쏟아져 내려서 슈테피는 코를 풀어야 했다. 테이블 옆을 지나가던 종업원이 이 모습을 보더니 씩씩거렸다.

스벤이 물었다.

"푸테를 그렇게 좋아했어?"

슈테피는 대답할 수가 없었다.

"자, 그만 가자."

두 사람은 케이크 조각은 손도 대지 않은 채 테이블에 남겨 두고 카페를 나왔다.

4

거리는 여전히 춤추며 노래하는 사람들로 붐볐다. 하지만 스벤은 부모님 집의 맞은편 공원 쪽으로 난 비스듬한 길로 조심스럽게 슈테피를 데리고 갔다. 둘이서 함께 푸테를 산책시키던 공원이었다.

두 사람은 커다란 갈색 건물 뒤로 놓인 벤치에 앉았다. 스벤이 슈테피에게 손수건을 건넸다. 스벤은 슈테피를 감싸 안은 채 자기 어깨에 기대 울도록 내버려 두었다. 오래 전에 한 번 그런 적이 있었던 것처럼. 슈테피의 다정한 오빠처럼.

슈테피가 울음을 그치자 스벤이 다시 물었다.

"푸테를 그렇게 좋아했어?"

슈테피가 말했다.

"응, 좋아했어."

하지만 이제 스벤에게 그 이야기를 해야 했다.

슈테피가 말했다.

"그 해 여름에 우리 엄마도 돌아가셨어. 테레지엔슈타트에서."

"무슨 일 때문에⋯⋯."

슈테피가 말했다.

"티푸스였어."

"네 아버지는?"

"사라지셨어. '출타중' 이래. 이송되셨나 봐. 몇 달 지났어."

스벤은 입을 다물었다. 슈테피는 스벤이 무슨 생각을 하는지 알았다. 슈테피처럼 스벤도 지난 몇 주간 신문을 읽었다. 신문에는 연합군이 라벤스브뤼크, 부헨발트, 베르겐 벨젠에 있는 포로수용소를 해방시켰더니 수천 구의 시체와 함께, 살아 있는 시체나 다름없는 수천 명의 포로들이 발견되었다고 나와 있었다. 스벤은 폴란드 수용소에서의 죽음의 행진과 독일 전역에서 이루어진 수용소 이동에 대해 들었다. 아우슈비츠의 가스실에 대해서도 읽었다.

슈테피가 감히 볼 엄두도 내지 못한 영화까지 스벤은 보았다. 러시아 다큐멘터리 영화 〈베를린으로의 행군〉은 빅토리아 영화관에서 상영되고 있었다. 이 영화에는 '마이다네크의 시체 공장'이라는 부분이 있다. 슈테피는 이 영화에서 가스 실 앞으로 죽 늘어선 줄에서 혹시 아빠라도 보게 될까 봐 영화를 볼 엄두를 못 냈다.

스벤이 마침내 말문을 열었다.

"정말 끔찍해. 어찌나 끔찍한지 도무지 상상할 수도 없을 정도야. 하지만 어쨌든 이젠 다 끝났어. 그리고 이젠 다시는, 슈테파니, 내 말 들려? 다시는 이런 일이 반복되지 않을 거야!"

슈테피는 마지막으로 코를 풀었다. 멀리서 노랫소리가 들려 왔다. 이제 사람들은 '올드 랭 사인'을 불렀다.

스벤이 말했다.

"이거 알아? 내가 널 만나지 못했더라면 잘 이해하지 못했을지도 몰라. 내 말은, 난 언제나 나치에 반대했고, 정의와 불의가 뭔지 알고 있었어. 하지만 널 만나기 전까지는 원칙만 있었을 뿐이야. 너를 통해서 난 이 문제가 인간에 관한 거라는 걸 이해하게 되었어. 나와 같은 인간 말이야. 그게 내 문제일 수도 있었다는 거, 우리 가족에게 일어날 수도 있었다는 거 말이야. 네가 아니었으면 이건 절대 이해하지 못했을 거야. 넌 내게 많은 걸 가르쳐 주었어."

슈테피는 웃음을 지을 수밖에 없었다. 슈테피가 스벤에게 뭔가 가르쳐 주었다니! 슈테피에게 뭔가 가르쳐 준 것은 늘 스벤이었는데. 정치, 문학, 철학, 역사 등.

"이제 기분이 나아졌니?"

슈테피가 고개를 끄덕였다.

"그럼 우리도 축하하러 가자. 여덟 시에 친구들과 레스토랑에서 만나기로 약속했어. 벌써 십오 분 전이야."

슈테피가 말했다.

"난 집에 가 봐야 해. 게다가 잔뜩 울었잖아. 이런 얼굴을 사람들에게 보여 줄 순 없어."

스벤이 말했다.

"오늘 밤에는 아무도 집에 가면 안 돼. 모두들 밤새도록 축하할 거야. 내일 네가 학교에 지각을 하건 안 하건 아무도 신경 안 쓸 거야. 평화가 찾아왔잖아! 파우더 좀 바르고 립스틱 발라. 그럼 다시 예뻐질 거야."

슈테피는 웃었다. 크리스마스 때 베라에게서 선물로 받은 파우더는 산다르나 집의 장롱 서랍에 들어 있다. 슈테피는 파우더를 매일 학교에 갖고 다니지 않는다. 립스틱은 아예 없다.

스벤이 말했다.

"물과 비누만 있어도 충분해. 너처럼 예쁜 사람은 말이야. 가자, 들어가기 전에 화장실에서 좀 꾸미면 돼."

슈테피는 스벤의 열정에 저항할 수가 없었다. 레스토랑에 가서 어른들처럼 축하하다니! 슈테피는 벌써 몇 년 전부터 레스토랑에 가 보지 못했다. 슈테피와 넬리가 아직 어렸을 때 빈에서 부모님과 함께 일요일 점심때 외식하던 이후로는.

넬리. 슈테피는 전화를 해야 했다.

레스토랑에 전화가 있을지도 모른다.

레스토랑은 가로수길 옆 골목 안에 있었다. 레스토랑은 좁고, 시끄럽고, 담배 연기로 가득했다. 스벤은 기분 좋은 사람들로 가득한 테이블을 향해 사람들 속을 비집고 들어갔다. 대부분이 스벤 나이 또래였고, 몇 명은 나이가 더 들어 보였다. 여자들은 화장을 했고, 일부는 길게 담배 연기를 내뿜었다. 거의 대부분 검정색 옷을 입고, 헤어스타일은 단순해서 웨이브나 파마기는 없었다.

학교 갈 때 입는 체크무늬 옷과, 눈물로 얼굴이 젖은 슈테피는 그 사이에서 꼭 어린아이처럼 느껴졌다. 어린아이처럼 보이지 않으려고 슈테피는 젊은 남자가 내미는 담배를 받아 들어 피웠지만 기침을 심하게 하느라 담배를 꺼야 했다.

"기관지염이야?"

그 젊은 남자는 안 됐다는 듯 물었지만, 슈테피는 목에 빨간 스카프를 두른 여자가 비웃는 걸 보았다.

슈테피는 따라온 걸 후회했다. 정말 난감했고, 가장 나쁜 것은 스벤이 슈테피 때문에 창피함을 느낄 거라는 사실이었

다. 스벤이 슈테피에게 같이 가자고 한 건 당연한 요청이었
다. 8시에 친구들을 만나기로 약속한 스벤으로서는 슈테피
를 그냥 공원 벤치에 놓고 올 수는 없었다. 슈테피는 뭔가 핑
계를 대고 그냥 집에 갔어야 했다.

하지만 슈테피가 대화에 귀를 기울였더니 대화는 점점 재
미있어졌다. 사람들은 철학에 대해 이야기했다. 인간의 자유
선택과 행동방식에 대한 책임감에 관한 이야기였다. 한 프랑
스 철학자가 이에 관해 책을 썼다고 하는데 슈테피는 그 철
학자의 이름을 알아듣지도 못했다. 슈테피는 자신의 외모는
잊어버리고 대화에 열중했다. 슈테피는 이런 식의 대화에는
익숙지 않았다. 슈테피 반 친구들은 철학과 문학에 별로 관
심이 없었다. 마이와는 중요한 문제에 대해 이야기할 수 있
었다. 하지만 마이는 어떤 문제든 항상 이런 식으로 결론을
내렸다.

"사회가 문제야. 불평등이 문제야. 가난이 문제야. 국민의
무지가 문제야. 전쟁이 끝나면 달라질 거야. 그때가 되면 우
리는 진짜 사회를 변화시킬 수 있을 거야."

그렇게만 된다면야 좋지, 슈테피가 생각했다. 사회를 개선
시키고 이런 방식으로 세상의 악을 몰아낼 수 있다면. 하지
만 슈테피는 그게 그렇게 간단할 거라고 확신하지 못했다.

슈테피가 신맛이 나는 적포도주 한 잔을 다 비우고 나자,

자신도 모르게 새로 한 잔이 채워졌다. 슈테피는 포도주 맛을 별로 느끼지는 못했지만 한참 울고 난 후여서 그런지 가슴과 배가 따뜻해져 왔다.

슈테피가 넬리와 메르타 아줌마에게 전화를 해야 한다는 사실을 세 번째로 떠올렸을 때는 벌써 시간이 11시였다. 전화하기에는 너무 늦었다. 섬사람들은 일찍 잠자리에 든다. 다음 날 슈테피는 8시에 학교에 가야 했다. 산다르나까지 가는 길은 멀었다.

슈테피가 스벤에게 말했다.

"그만 가야겠어."

스벤이 고개를 끄덕였다.

"밖에까지 바래다 줄게."

슈테피는 자리에서 일어서자 어지러웠다. 비틀거리며 걷는데 등 뒤로 날카로운 여자 웃음소리가 들리는 것 같았다. 스벤이 슈테피의 팔을 부축하더니 밖으로 안내했다.

스벤이 문 앞에서 말했다.

"택시 태워 줄게."

슈테피가 거절했다.

"아냐, 아냐."

슈테피는 택시비를 낼 돈이 없었다.

"이 상태로 혼자 갈 수는 없어. 걱정하지 마. 택시비는 잘

나신 우리 아버님 돈으로 낼 테니까."

스벤은 택시를 부르더니 슈테피 손에 지폐 몇 장을 쥐어 주었다.

"곧장 집으로 가는 거 잊지 마."

스벤이 장난으로 말했다. 그러더니 스벤은 진지해졌다.

"내일 밤에 있을 평화 축제에 꼭 올 거지? 우리 같이 갈까?"

슈테피는 머뭇거렸다. 슈테피는 스벤과 카페에 가기 위해 예타 광장에서 마이와 헤어지기 직전, 평화 축제에 대해 서로 이야기했다. 마이는 틀림없이 슈테피와 함께 갈 거라고 기대할 것이다. 하지만 마이도 이해할 것이다. 마이는 언제나 이해해 주니까.

슈테피가 대답했다.

"그래. 어디서 만날까?"

슈테피는 이렇게 묻고 나자 자신이 늘 남자들과 데이트 약속을 하는 노련한 여자처럼 느껴졌다.

"바란트."

스벤은 이렇게 말했다가 곧 번복했다.

"아냐, 거긴 사람이 아주 많을 거야. 오늘 앉았던 벤치 어때? 일곱 시 십오 분에."

"일곱 시 십오 분."

스벤은 슈테피 뺨에 급하게 입을 맞추었다. 큰 오빠 같은 입맞춤. 슈테피는 택시에 탔다. 스벤은 레스토랑 앞에 서 있다가 슈테피에게 손을 흔들어 보였다.

대형 승용차 뒷좌석에 혼자 앉아 가다니, 이게 웬 사치람!

5

그날 밤 넬리는 잠들 수 없었다. 넬리는 몸을 뒤척이면서 맞은편 벽 쪽에 놓인 엘사의 침대에서 들려오는 조용한 숨소리를 들었다.

넬리의 머릿속은 바람이 훑고 지나간 것처럼 생각들이 뒤죽박죽이었다. 생각들은 파도처럼 높이 일었다가 다시 잠잠해졌다.

평화다.

아빠가 이제 넬리를 데려갈 수 있을까? 집으로, 빈으로?

넬리는 아빠를 떠올려 보려 애썼다. 하지만 흐릿하게 커다란 형체의 흐릿한 모습과 번쩍이는 안경알 밖에 기억나지 않았다. 하얀 의사 가운도 기억났다. 아빠가 병원에서 집으로 돌아오면 나던 지독한 냄새도. 얼굴에 대한 기억은 사진 속 모습밖에 없었다. 넬리와 엘사 침대 사이의 장롱 위에 세워진 액자 속 사진. 넬리는 아빠의 손, 아빠의 목소리도 기억나지 않았다.

엄마는 아빠보다는 기억이 더 잘 났다. 넬리의 침대에 앉아서 자장가를 불러 주던 모습. 아침이면 뜨거운 코코아를 들고 와서 활짝 웃으며 깨우던 모습.

엄마와 아빠가 초대를 받거나 극장에 가던 날들의 밤. 가장 아름다운 옷을 입고 화장대의 삼단 거울 앞에 선 엄마. 빨간 립스틱. 향수. 넬리는 언제나 엄마 침대에 앉아서 이 아름다운 모습에 흠뻑 빠졌다. 엄마가 외출하기 직전 넬리에게 입맞춤을 해 주면, 커다란 빨간 입술 모양이 넬리의 작은 입에 자국을 내고, 그럼 엄마는 다시 입술에 립스틱을 칠해야 했다.

하지만 엄마는 돌아가셨다. 엄마는 다시 돌아오지 않는다.

엄마가 돌아가시고 나서야 넬리가 다시 엄마 모습을 제대로 떠올리게 되었다니 참 특이한 일이다. 그 전에 넬리는 엄마 생각조차 하지 않으려 했다. 엄마가 보낸 편지도 거의 읽지도 않은 채 억지로 답장을 써 보냈다. 이제 엄마가 죽고 나서야 엄마는 더 가까워졌다. 멀리 빈에 떨어져서 살 때보다, 또 테레지엔슈타트에서 살 때보다.

아빠가 오시면 어떻게 될까? 다시 가족이 될 수 있을까, 아빠, 슈테피, 넬리 이렇게? 하지만 슈테피는 이제 거의 어른이다. 곧 열여덟 살이다. 아마 결혼할지도 모른다. 그럼 넬리는 자기도 잘 모르는 아빠와 단둘이 살아야 한다.

아빠는 섬에서 집을 얻어서 살 수 있을 것이다. 아니면 예테보리나. 넬리는 알마 아줌마 집에 살면서 종종 아빠를 방문할 수 있다. 아빠가 외로움을 느끼지 않도록.

슈테피가 전화하면 슈테피의 생각을 물어 볼 수 있을 텐데. 그러나 슈테피는 전화하지 않았다.

넬리는 이제 인생의 절반을 거의 섬에서 지냈다. 알마 아줌마와 시구르드 아저씨의 양딸이 되었다. 엘사와 욘의 언니와 누나. 어쨌든 거의 그렇게 되었다. 넬리는 이곳이 집처럼 느껴졌다.

그러나 그때 어떤 생각이 스치면서 넬리의 가슴을 짓누르고 숨쉬기 힘들게 만들었다. 넬리가 여기 오게 된 것은 전쟁 탓이다. 전쟁과 나치 탓이다. 이제 전쟁이 끝나고 나치도 항복했다. 그럼 이제 넬리는 이곳에 머물 수 없는 걸까? 이제 넬리를 데리고 있지 않으려고 할까? 어쨌든 넬리는 엘사와 욘처럼 알마 아줌마와 시구르드 아저씨의 친자식은 아니다.

만약 아빠가 오지 않으면? 아빠는 돌아가셨는지도 모른다. 거의 2년 전부터 아빠에게서 소식이 없었다. 아빠가 어디 계신지 슈테피에게 물으면 슈테피는 이상한 대답만 했다.

"폴란드에 계실 거야. 다른 수용소에. 아냐, 폴란드 수용소에서는 편지를 못 보내. 아냐, 왜 못 보내는지는 나도 몰라. 하지만 어쨌든 아빠는 잘 지내실 거야. 걱정하지 마."

넬리는 슈테피가 자신에게 뭔가 숨기고 있다는 걸 알았다. 슈테피, 알마 아줌마 모두. 지난 몇 주 동안 알마 아줌마는 넬리가 못 보게 신문을 감추었다. 어떨 때는 뉴스 도중에 라디오를 끄기도 했다.

사람들은 넬리가 아직 아무것도 모르는 어린아이라고 생각한다. 넬리도 폴란드와 독일에서 끔찍한 일들이 벌어지고 있다는 걸 안다. 너무 끔찍해서 넬리에게 들려 줄 수 없는 일들이. 넬리도 이런 말들을 들었다. 포로수용소니. 죽음의 행진이니.

갑자기 소름이 끼친 넬리는 5월의 새벽빛에서 뭔가 움직이는 걸 본 듯했다. 형체 없는 그림자가 넬리를 깜짝 놀라게 했다. 그러나 어둠이 무섭다고 소리치기에는 이제 넬리는 다 큰 소녀다. 넬리는 다른 데로 생각을 돌려야 했다.

내일 오후 배를 타고 예테보리로 간다. 메르타 아줌마, 알마 아줌마, 엘사, 욘, 또 넬리 이렇게. 우선은 욘의 새 신발을 산다. 그러고 나면 넬리와 엘사를 위해 졸업식 원피스를 만들 천을 사러 가기로 알마 아줌마가 약속했다.

넬리는 해바라기가 그려진 천을 원했다. 지난 해 여름 숙박 손님으로 온 부인이 그런 원피스를 입고 있었는데, 넬리가 본 중에 가장 예쁜 옷이었다. 커다란 노란 꽃송이가 흰 바탕색 위에서 빛을 냈다. 커다란 해바라기가 그려진 원피스를 입고 교회 맨 앞줄에 서서 노래를 한다면! 그럼 머리를 풀어 헤쳐야지. 전날 저녁에 머리에 물을 축여서 가늘게 몇 가닥씩 단단하게 땋아 두면 다음 날 천사처럼 예쁜 곱슬머리가 될 것이다.

그러나 알마 아줌마는 넬리가 원하는 천을 사 주지 않을 것이다.

"너무 호화스러워. 이걸로 하자. 이게 더 잘 어울려."

아줌마는 이렇게 말할 것이다.

그러면서 마침내 빨간색 물방울무늬나 푸른색 줄무늬 천을 고를 것이다.

그런 다음에는 가장 중요한 것이 기다리고 있다. 7시 반에 모두 예타 광장으로 평화 축제에 참석하러 간다. 이곳에서는 연설과 불꽃놀이가 있을 것이다. 슈테피도 틀림없이 여기 올 것이다. 밤에는 모두 예테보리에 사는 알마 아줌마 동생 집에 가서 잠을 잔다. 집이 좁겠지만 하룻밤이니까 괜찮다고 알마 아줌마가 말한다. 어쩌면 넬리는 마이 집에서 슈테피와 함께 잘 수 있을지도 모른다. 슈테피가 예테보리로 이사 가기 전, 메르타 아줌마 집에서 종종 그랬던 것처럼 한 침대에서 같이 자면 된다.

넬리는 슈테피와 같은 침대에서 자고 싶었다. 외롭지 않도록. 엘사는 말벗이 되지 못하고 그냥 잠만 잔다.

죽음의 행진.

역사 시간에 베리스트룀 선생님이 뭐라고 말했지?

"수천 명의 사람들이…… 오랜 행군 동안 궁핍으로 죽어 갔어. 배고픔, 추위, 질병……."

하지만 그건 아주 오래 전의 다른 전쟁에 관한 설명이었다. 그리고 해바라기가 그려진 원피스 천.

내일은 모든 게 나아질 거야, 넬리는 이런 생각을 하며 마침내 잠이 들었다.

6

"이제 집으로 갈 거니?"

다음 날 아침 학교 운동장에서 소녀가 물었다.

"내 말은, 빈으로 말이야?"

소녀가 그 문제로 많이 고민했나 보다. 소녀의 얼굴은 진지하고 목소리는 약간 불확실하게 들렸다.

넬리가 말했다.

"그럴지도 몰라. 나도 몰라."

소녀가 부탁했다.

"가지 마. 네가 없으면 이곳이 정말 따분할 거야! 어쨌든 졸업식 전에는 안 갈 거지? 네가 가면 누가 독창을 하겠니?"

아냐, 어쨌든 시험 전에는 안 갈 거라고 넬리는 자신을 확신시켰다. 이제 훤한 대낮이 되자 어젯밤에 떠오른 생각들이 멀고 낯설게 느껴졌다. 왜 미래 때문에 걱정해야 하는가? 넬리에게는 할 일이 이렇게나 많은데. 예테보리로 여행가고, 시험을 치르고, 여름 방학도 있고…….

오늘 베리스트룀 선생님은 이 날을 기념해서 평화라는 주제로만 수업을 진행했다. 선생님은 유럽 지도에서 연합군이 동, 서, 남쪽에서 진격해서 폴란드, 체코슬로바키아, 프랑스, 네덜란드, 덴마크, 이탈리아, 오스트리아를 해방시켰다고 설명했다. 또 독일 도시들이 차례로 무너진 것도 설명했다. 함부르크, 라이프치히, 뉘른베르크, 마지막으로 베를린이. 선생님은 히틀러가 벙커에서 자살했다고 알려 주면서 독일군이 항복하던 날 신문에 난 기사를 읽어 주었다.

학생들은 노르웨이와 덴마크 국가를 부르고, 종이에 국기를 그려서 교실을 꾸미기로 했다.

베리스트룀 선생님이 물었다.

"넌 오스트리아 국기를 그리고 싶니?"

넬리는 고개를 흔들었다. 넬리는 오스트리아 국기가 어떻게 생겼는지 기억도 나지 않았다.

그날 학교에서는 이상하게도 시간이 빨리 흘러갔다. 수업이 끝나자 넬리는 집으로 뛰어갔다. 마음 같아서는 당장 항구로 달려가고 싶었지만 알마 아줌마가 넬리를 진정시켰다.

"배는 세 시에야 출발해. 그 동안 넌 버터 빵이나 먹고 세수나 좀 하렴."

3시 10분전, 모두 부두에 줄지어 서 있었다. 알마 아줌마와 메르타 아줌마는 도시 여행을 위해 외투와 모자를 쓴 외출복 차림이었다. 메르타 아줌마는 뜨개질로 짠 하얀 장갑까지 꼈다. 넬리와 엘사는 밝은 색의 무릎까지 오는 양말을 신었고, 욘은 셔츠 깃에다 작은 나비넥타이를 맸다.

넬리 일행이 배에 오르자 선장이 싱긋 웃으며 말했다.

"오, 오, 오. 복장을 보니 대저택에 식사 초대라도 받은 모양이군요?"

메르타 아줌마가 뻣뻣하게 말했다.

"평화 축제에 가는 길입니다."

메르타 아줌마는 다른 사람들처럼 웃거나 농담을 하는 법이 결코 없다! 넬리는 슈테피가 알마 아줌마가 아닌 메르타 아줌마 집에 살게 된 것에 대해 동정심을 느꼈다. 하지만 만약 뒤바뀌었더라면, 넬리가 메르타 아줌마의 양딸이 되었다면! 넬리는 어쨌든 운이 좋았다.

아이들은 갑판 위에 있어도 좋다고 허락을 받았다. 날씨가 아주 좋았기 때문이다. 두 아줌마는 살롱에 앉아 있었다. 엘사와 욘은 이리저리 뛰어다니며 서로 소리쳤다.

"이것 봐! 이리 와서 좀 봐!"

넬리는 그런 아이 짓을 하기에는 너무 커버렸다. 넬리는 난간에 기댄 채 섬과 암초섬들이 지나는 모습을 쳐다보았다.

처음 이곳을 지나갈 때, 슈테피는 섬에는 야자나무와 모래 해변이 있다고 약속했다. 파라솔과 아이스크림 상자를 메고 다니는 장수도 있다고. 넬리는 슈테피의 거짓말에 한 순간 화가 나기도 했지만 나중에야 슈테피 자신도 넬리만큼이나 어떤 곳에 가게 될지 몰랐다는 걸 이해했다.

증기선은 나무로 만든 잔교에 닿았다. 넬리는 사방을 둘러보았다. 지난 10월 이후로 예테보리에 처음 왔다. 그때는 알마 아줌마가 새 겨울 외투를 사는 데 따라왔다.

이곳에는 사람들도 많고 시끄러웠다. 넬리는 예테보리에 오면 늘 약간 수줍음을 탔다.

넬리 일행은 전차를 타고 쿵스토리 광장에서 내린 뒤 광장을 건넜다. 이곳에는 시장이 있었다. 이 계절에는 신상품이 많이 나오지는 않는다. 쌓아올린 감자, 당근, 순무, 아메리카 방풍나물. 상자에 든 갈색과 흰색 달걀뿐이다.

늙은 여자가 작은 은방울꽃 한 다발을 팔고 있었다.

알마 아줌마가 말했다.

"은방울꽃이야! 벌써 피다니! 향기 좀 맡아 봐!"

넬리와 엘사가 코를 킁킁거렸다. 메르타 아줌마는 입을 비

죽거렸다. 메르타 아줌마는 꽃다발을 사는 것은 물론 불필요
한 사치라고 생각한다.

"얼마예요?"

늙은 여자가 말했다.

"한 다발에 오십 외레예요."

알마 아줌마 얼굴의 웃음기가 걷혔다.

"그렇게 비싸요? 그럼 안 살래요. 어쨌든 고마워요."

일행은 우선 신발가게부터 갔다. 계단 몇 개를 내려가야
했다. 욘이 신발을 세 켤레 신어 보고 나서야 알마 아줌마는
만족한 듯 돈과 배급표를 건넸다.

다음에는 소녀들 차례였다. 알마 아줌마는 코어스가탄에
괜찮은 가게를 알고 있었다.

가게에 들어서자마자 넬리 눈에 띈 천이 있었다. 그 천에
는 해바라기 무늬는 없었지만 참 예뻤다. 흰색 바탕 위로 작
은 노란 장미 꽃봉오리무늬가 흩어져 있었다. 여기저기에 꽃
다발무늬도 보였다. 알마 아줌마는 곧장 물방울무늬 천이 놓
인 선반을 향해 다가갔다. 색상은 아주 다양했다. 빨간색, 파
란색, 푸른색, 분홍색.

알마 아줌마가 말했다.

"저거 어때. 넬리에게는 빨간색, 엘사에게는 파란색. 아니
면 분홍색이 좋겠니, 넬리?"

넬리는 메르타 아줌마가 옆에 없었으면, 하고 바랐다. 만약 넬리가 지금 물방울무늬가 싫다고 말하면 메르타 아줌마는 틀림없이 넬리를 버릇없다고 말할 것이다. 아주 큰 소리로 말해서 점원이 들을지도 모른다.

넬리는 시간을 벌기 위해 이렇게 말했다.

"모르겠어요."

알마 아줌마는 분홍색 천을 집어 들어 넬리의 얼굴 옆으로 갖다댔다.

"어때요?"

알마 아줌마는 메르타 아줌마와 점원에게 물었다.

메르타 아줌마는 오른쪽 장갑을 벗더니 천을 만져 보았다. 그러고는 고개를 끄덕였다.

점원이 말했다.

"이 아이에게는 분홍색이 어울려요."

"이 천은 가격도 저렴하고 품질도 좋아요. 내구성도 좋아요. 일 미터에 이 크로네 오십 외레예요."

알마 아줌마가 말했다.

"그럼 이걸로 하자. 어때, 얘들아?"

엘사가 말했다.

"네, 좋아요."

엘사는 파란색이면 뭐든 좋아한다.

알마 아줌마가 말했다.

"각각 일 미터 오십 센티미터씩 주세요."

점원은 파란색 천 두루마리를 풀어서 자로 재기 시작했다.

이제 넬리가 말해야 하는 순간이다. 안 그러면 너무 늦어 버린다.

"알마 아줌마?"

"응?"

"난 분홍색이 별로예요."

"그럼 빨간색으로 할래?"

"빨간색도 싫어요."

메르타 아줌마가 못마땅한 눈길로 넬리를 보았다.

"그럼 무슨 색으로 하고 싶니? 푸른색?"

넬리가 나지막이 속삭였다.

"노란색이오."

"노란색? 노란색은 없잖아."

넬리가 말했다.

"다른 천은 있어요. 저 뒤에 있는 천말이에요."

점원은 엘사에게 줄 천을 모두 잘라 접어 놓았다. 이제 점원은 분홍색 천을 판매대 위에 펼쳤다.

알마 아줌마가 말했다.

"잠깐만요. 어떤 천을 말하는 거니, 넬리?"

넬리는 장미꽃을 가리켰다.

"저거 말이에요."

점원이 말했다.

"저 천은 일 미터에 구 크로네예요. 면 새틴이라고 품질이 특히 좋죠."

그 순간 모든 것이 멈췄다. 잠자는 숲 속의 공주가 물레에 손가락을 찔리자 모든 것이 멈춘 것처럼. 점원은 한 손에는 천을, 다른 한 손에는 자를 든 채 언제라도 길이를 잴 태세였다. 메르타 아줌마는 장갑을 막 끼려다가 그대로 동작을 멈추었다. 엘사는 조용히 알마 아줌마만 쳐다보았다. 욘만 아무 눈치도 못 챘다. 욘은 새로 산 신발 끈을 묶고 푸는데 완전히 정신이 팔려 있었다.

알마 아줌마가 말했다.

"그걸로 하자. 노란색은 네 색깔이잖아, 넬리."

점원은 천을 종이에 포장해서 리본으로 묶었다. 넬리가 상자를 들었다. 가게에서 나오는데 메르타 아줌마가 알마 아줌마에게 이렇게 말하는 소리가 들렸다.

"넌 아이를 그렇게 버릇없이 키우면 안 돼. 네 친딸에게는 싸구려 천을 사 주면서 말이야."

알마 아줌마가 말했다.

"엘사는 파란색 물방울무늬가 좋대요."

그런 다음 아주 나지막한 소리로 뭐라고 말을 했는데, 넬
리는 그 말을 듣고 말았다.

"어쩌면 제 손으로 넬리에게 만들어 주는 마지막 옷일지도
모르잖아요."

7

슈테피는 꿈인지 생시인지 믿을 수가 없었다. 어제 저녁 내내 스벤과 그 친구들과 함께 지냈다. 그런데 오늘 밤에 다시 만나기로 했다. 스벤이 만나자고 청했다. 슈테피는 그게 무슨 뜻일지 감히 생각조차 할 수가 없었다.

슈테피가 스벤과 함께 평화 축제에 가겠다고 말했을 때 마이는 조금도 서운해하지 않았다. 어쨌든 그런 내색은 하지 않았다. 그냥 고개만 끄덕이면서 부모님과 형제들과 가겠다고 말했다.

그러나 마이는 약간 우울해 보였고, 전차에서 내려 학교로 가는 길에 이렇게 말했다.

"너무 서두르지 마. 조심하고. 무슨 말인지 알지?"

마이는 슈테피와 스벤에 관한 진실을 아는 유일한 사람이었다. 몇 년 전 어느 겨울에 스벤이 이르야에게 모든 걸 말하지 않았다면 말이다.

슈테피는 수업 시간에 집중할 수가 없었다. 몇 번이나 선생님의 설명을 놓쳐 버렸다. 다행히 대부분의 선생님들도 황홀한 평화 분위기에 전염되었다. 이 날에는 선생님들도 학생들이 얌전히 공부하기를 기대하지 않았다.

슈테피는 저녁 외출 준비를 하면서 아비투어 모자를 벗었다. 모자가 어울리지 않는 것 같아서였다.

하지만 코에는 약간 파우더를 바르고 입술을 깨물어서 빨갛게 만들었다.

슈테피는 마이 가족과 함께 전차를 탔다. 마이 엄마인 티라 아줌마는 예쁜 꽃무늬 옷을 입고 작은 모자를 썼는데, 모자는 커다란 얼굴 위에서 우습게 보였다. 남자 아이들은 물을 축여 머리를 빗었다. 가장 멋진 사람은 브리텐이었다. 이제 열여섯 살인 브리텐은 벌써 몇 년 전부터 돈을 벌었다. 브리텐은 파마를 하고, 밝은 회색 정장에 몸에 딱 붙는 웃옷을 입었다.

슈테피는 마이 가족보다 한 정거장 앞에서 내렸다. 마이 부모님에게는 옛 친구와 만날 약속이 있다고 말했지만 아무도 그 친구가 누구인지 묻지 않았다.

슈테피가 공원 벤치에 도착했을 때 스벤은 보이지 않았다. 슈테피는 자기가 너무 일찍 왔다는 걸 알았지만 그래도 실망했다. 스벤이 정말 슈테피와의 만남을 중요하게 생각한다면 좀 더 일찍 와서 기다려야 하는 게 아닐까?

슈테피는 벤치에 앉았다. 바사교회의 종소리가 한 번 울렸다. 7시 15분이다. 곧 20분이 지나 7시 25분이 되었다. 이제 슈테피가 혼자서 예타 광장에 가서 마이와 마이 가족이나 찾아봐야겠다고 생각하는데 스벤이 갑자기 숨을 헐떡이며 슈테피 앞에 다가섰다.

스벤이 말했다.

"미안해. 천 번이라도 사과할게! 오는 길에 아는 사람들을 어찌나 많이 만났던지 영원히 여기 못 오는 줄 알았어."

슈테피는 스벤을 용서했다. 당연히 용서했다. 두 사람은 급히 예타 광장으로 갔다. 예테보리 사람들이 모두 이곳에 모였다. 어쨌든 그렇게 보였다. 분수를 둘러싼 열린 광장은 사람들로 가득했고 거리에 있던 사람들은 어제 슈테피가 갔던 카페까지 밀려 있었다. 일부 용감한 사람들은 예타 광장 주변의 지붕 위에까지 올라가 있었다.

스벤은 이곳에서 아는 사람들을 더 많이 만났다. 슈테피도 반 친구들과 선생님들을 만나 차례로 인사해야 했다. 슈테피는 스벤에게 헤드비그 비에르크 선생님과 영국인 친구 제니스를 소개했다.

스벤이 비에르크 선생님에게 말했다.

"우린 틀림없이 우유가게에서 한번 마주쳤을 거예요. 이웃 집에 살잖아요."

비에르크 선생님이 말했다.

"정말 좋은 날이야! 우리 모두 이 날을 잊지 못할 거야. 틀림없어. 근데 넌 아비투어 모자 어디 있니, 슈테파니?"

"사람들 틈에서 잃어버릴까 봐 벗어 두고 왔어요."

슈테피는 거짓말을 했다.

"어제 트럭을 타고 가다가 거의 날아갈 뻔했거든요."

계단 맨 위에서는 연사들이 차례로 연설했다. 스웨덴인, 노르웨이인, 덴마크인, 체코인. 슈테피와 스벤은 아무 말 없이 연설을 경청했다. 군중들 틈에서 두 사람의 어깨가 서로 부딪쳤다.

스벤이 내 어깨에 팔을 둘러 준다면, 슈테피가 생각했다. 날 위로하기 위해서가 아니라 우리가 서로 연인이어서 그렇게 해 준다면.

바로 그 순간, 슈테피는 스벤이 어깨에 팔을 둘러 주지 않은 걸 다행이라고 생각했다. 넬리가 슈테피를 향해 다가오고 있었기 때문이다. 그 뒤로는 메르타 아줌마, 알마 아줌마, 엘사, 욘이 뒤따랐다.

"아니, 세상에! 여기 있었구나."

넬리는 스벤에게 미심쩍은 눈길을 던졌다. 넬리가 스벤을 못 알아보는 게 분명했다. 그러나 메르타 아줌마는 스벤을 알아보았다.

아줌마는 흰 장갑 낀 손을 스벤에게 내밀며 인사했다.

"잘 지냈니, 스벤."

스벤이 공손하게 인사했다.

"안녕하세요, 얀손 부인."

넬리가 말했다.

"언니. 난 언니가 어제 전화할 줄 알았어!"

슈테피는 죄책감을 느꼈다.

슈테피가 말했다.

"하려고 했었어. 근데 밤늦게까지 밖에 돌아다닌 데다가 전화기도 안 보였어. 그래서 속상했어?"

넬리는 어깨를 으쓱했다.

"괜찮아."

그러나 슈테피는 넬리의 얼굴에서 괜찮지 않은 걸 느꼈다. 책임감, 넬리에 대한 이 책임감!

일행은 함께 불꽃놀이를 구경했다. 마지막으로 '평화와 민주주의는 영원하라'는 글씨가 불꽃 모양으로 어두운 하늘 위에서 빛났다. 지붕 위에 있던 사람들의 검은 실루엣이 밝은 불꽃 속에서 대조를 이루었다.

슈테피는 스벤과 이곳을 빠져나가 이 아름다운 봄밤에 산책이라도 하게 될 줄 알았다. 공원 벤치로 말이다.

그러나 이제 그럴 수가 없다. 사람들 무리가 흩어지면서 넬리와 메르타 아줌마가 슈테피를 그냥 가도록 내버려 둘 리가 없었다. 물론 슈테피도 넬리 일행을 만나게 되어 기뻤다. 하지만 하필이면 오늘 밤에…….

그래서 스벤과는 작별했다.

스벤이 말했다.

"오늘 밤 함께 와 줘서 고마웠어, 슈테파니. 또 보자."

또 보자고? 언제? 어떻게? 스벤은 자기 주소를 알려 주지 않았다. 산다르나의 마이 가족으로는 찾기가 쉽지 않다. 스벤은 절대 메르타 아줌마에게 내 주소를 물어 보지 못할 것이다. 그건 스벤이 메르타 아줌마와 헤어지면서 보인 당혹스런 태도를 보면 안다.

그럼 이걸로 끝이다. 옛 지인을 우연히 만난 것뿐이다. 만나서 반가워. 또 보자. 안녕.

넬리가 물었다.

"그래도 돼?"

슈테피는 넬리의 말을 제대로 듣지 않았다.

"뭐가 그래도 된다는 거야?"

"언니하고 같이 자는 거."

"물론 그래도 되지."

슈테피는 넬리 어깨에 팔을 둘렀다. 슈테피와 넬리는 함께 있어야 했다.

8

유디트가 고개를 흔들자 곱슬머리가 면사포처럼 얼굴 주변에서 물결쳤다.

"아니, 안 갔어. 뭐 하러 거길 가?"

"그게 무슨 뜻이야?"

슈테피는 유디트의 대답을 뻔히 알면서도 이렇게 묻지 않을 수가 없었다.

유디트가 말했다.

"사람들은 모든 게 예전처럼 돌아갈 거라고 축하하는 거야. 덴마크 사람들과 노르웨이 사람들은 이제 집으로 갈 수 있어. 스웨덴도 이제 배급표가 필요 없고, 진짜 커피를 다시 살 수 있게 되었어. 이제 아무도 죄책감을 가질 필요가 없어.

하지만 우리에게는 아무것도 예전 같지가 않아. 절대로. 그런데 내가 왜 그 사람들의 불꽃놀이를 구경해야 하니?"

슈테피는 유디트의 생각을 이해했다. 슈테피 자신도 이와 비슷한 생각을 했었다. 하지만 그래도…….

"수백만 명의 사람들이 죽었는데 어떻게 기뻐할 수가 있니?"

유디트가 계속 말을 이었다.

"넌 대답할 수 있어?"

슈테피가 반박했다.

"하지만 전쟁이 계속되었더라면 더 많은 사람들이 죽게 될 거야. 아니면 독일이 승리했다고 생각해 봐. 그럼 전 유럽의 유대인들을 모두 죽였을 거야!"

유디트가 말했다.

"물론 전쟁이 끝난 건 좋아. 하지만 기뻐하는 건, 아냐. 난 기뻐할 수는 없어."

두 사람은 유디트의 작은 셋방에 놓인 침대에 나란히 앉아 있었다. 이 방에는 앉을 만한 가구가 하나도 없었다. 장롱 하나, 옷장 하나, 침대 옆 협탁 하나가 전부였다. 유디트는 유대인 어린이집에서 나와서 에크란다가탄의 어느 미망인 집에 방을 하나 얻어 살고 있다. 조용히 있으면 오델베리 부인의 질질 끄는 발자국 소리가 닫힌 문 뒤로 들렸다. 하지만 유디트의 방에는 따로 현관문이 있어서 슈테피는 노부인과 한 번도 마주치지 않았다.

유디트가 말했다.

"저 부인은 좀 이상해. 하루 종일 집 안을 돌아다니며 먼지를 털어내. 근데 집세는 싸. 부인이 귀가 반쯤 먹어서 내가 시끄럽게 하거나 늦게 집에 와도 절대 불평하지 않아. 또 원할 때는 부엌을 써도 돼. 하지만 대부분은 회사에서 식사하고 와."

유디트는 여전히 초콜릿 공장에서 일했다. 유디트는 입국 허가를 받으면 팔레스타인으로 떠날 수 있도록 돈을 아끼고 저축했다. 영국 사람들이 팔레스타인 입국 허가 여부를 결정했다. 유디트는 수치와 서류 등을 들먹이며 애써 슈테피에게 설명했다. 유디트는 앞으로 얼마나 더 걸릴지는 모르겠지만 오빠가 전쟁 전에 이미 입국했기 때문에 아무 문제가 없을 거라고 믿었다.

유디트가 말했다.

"어쨌든 아직은 갈 수가 없어. 부모님과 에디트가 어떻게 됐는지 우선 알아내야 해. 살아 있는지 말이야."

에디트는 유디트의 언니다. 에디트는 당시 열여섯 살이어서 스웨덴으로 올 때 유디트와 함께 올 수 없었다.

유디트가 말했다.

"유대인 공동체에다 찾아 봐 달라고 신청할 수 있어. 그거 알고 있었어? 아니면 적십자사에 물어 봐도 되고."

아니, 슈테피는 처음 듣는 얘기였다.

"찾는 사람의 인적 사항을 신청서에 기입하면 독일의 여러 기관과 집결지에 이 신청서를 보내 줘. 난 내일 사무실에 가 볼 거야. 너도 같이 갈래? 아버지를 찾을 수 있잖아."

슈테피는 희망에 사로잡혔다. 아주 간단하면서도 잘 될 것 같았다. 신청서를 기입하면 대답을 들을 수 있다니.

"그래."

작은 방은 무더웠다. 유디트는 창문을 열더니 창가에 앉아 담배를 피웠다. 어두운 마당으로 푸른 담배 연기를 동그랗게 내뿜었다.

슈테피는 유디트를 자주 방문했다. 두 사람 모두 카페에 가거나 영화관에 가느라 낭비할 돈이 없었다. 그래서 두 사람은 대개 이곳, 유디트 방에서 만났다. 마이 다음으로는 유디트가 가장 자주 만나는 친구였다. 김나지움에서는 쉬는 시간에 대화를 하거나 오후에 학교 숙제를 함께 할 친구들은 많지만 진짜 친구라고 할 만한 아이는 없었다. 베라는 시간이 별로 없었다. 베라의 어린 아들은 16개월이 되었고, 베라는 또 다른 아이를 임신했다.

리카르드가 직장에 간 사이 베라가 하루 종일 뭘 하는지 슈테피는 상상이 되지 않았다. 어린 아기를 돌보는 게 그렇게 할 일이 많은 걸까? 아니면 침대 코너가 딸린 단칸방을 청소하는 게 그렇게 힘든 걸까? 그러나 베라는 만날 때마다 얼마나 할 일이 많은지, 앉아서 커피 한 잔 마실 시간이 없으며, 밤에는 거의 잠을 잘 수도 없다고 불평했다.

베라의 입가에는 불만스러운 주름이 잡혀 있었고, 빨간 머리는 광택을 잃어버렸다. 하지만 어린 글렌과 놀 때면 옛 베라의 모습을 다시 되찾았다. 함박웃음을 웃고, 장난을 치고, 재미있는 생각들을 해내면서.

유디트는 담배를 끄더니 창가에서 풀쩍 내려왔다.

유디트가 말했다.

"공장에서 네 일자리를 알아봐 줄 수도 있어. 여자 아이들을 많이 구하고 있어. 이제 겨우 유월인데도 말이야. 넌 학교를 졸업하면 가능한 빨리 일하고 싶다고 했지?"

슈테피는 고개를 끄덕였다. 돈을 빨리 벌수록 대학에 빨리 진학할 수가 있다.

슈테피가 말했다.

"근데 실험실에서 일자리를 얻을 것 같아. 비에르크 선생님이 잘그렌쉬 병원 실험실에서 일하는 사람을 안대."

유디트가 물었다.

"돈을 많이 준대?"

슈테피는 보수에 대해서는 몰랐다. 학생 임금만 받을지도 모른다. 어쨌든 처음에는. 어쩌면 유디트 공장에서 돈을 더 많이 벌지도 모르겠다. 그러나 실험실에서는 나중에 의학을 공부하게 되면 필요할 수도 있는 많은 것들을 배울 수 있다. 아니면-이런 생각은 별로 하고 싶지 않지만-혹시 계속 공부할 수 없게 될 경우 괜찮은 직업이 될 것 같았다. 유디트는 슈테피에게 슬쩍 눈길을 던졌다. 슈테피는 유디트의 생각을 알아차렸다.

슈테피는 공장에서 일하기에는 너무 우아하다고 생각하겠지. 부유한 지역에 살던 의사 딸 슈테피가.

빈에서 슈테피가 살던 가로수로 둘러싸인 넓은 거리와 유디트가 살던 다 쓰러져가던 집들이 놓인 좁은 골목길과는 별로 거리가 멀지 않았다. 두 사람 모두 같은 도시에서 살았다. 그러나 같은 세상에서 살지는 않았다.

다음 날 두 사람은 유대인 공동체 사무실로 갔다. 사무실에서 일하는 친절한 부인이 두 사람이 타자기로 친 신청서 몇 장을 적는 걸 도와주었다.

성: 슈타이너.

이름: 안톤.

출생지와 출생일.

국적과 전쟁 전 마지막 주소.

부인이 물었다.

"가장 최근에 아버지 소식을 들은 건 언제였니?"

"1943년 7월이에요. 어머니가 테레지엔슈타트에서 돌아가셨을 때요."

부인은 타자기에서 얼른 눈을 떼고 올려다보았다. 부인은 안 됐다는 듯 가볍게 고개를 끄덕이더니 다시 서류에 단어를 쳐 넣었다.

"그런 다음에 아버지가 이송되셨다고?"

"네."

"어디로 이송되셨는지 아니?"

"몰라요. 반송된 편지에는 그냥 출타중이라고만 적혀 있었어요."

부인은 한숨을 짓더니 뭐라고 적었다. 그런 다음 슈테피는 자신에 대한 신상 명세를 기록해야 했다. 이름, 주소, 찾고자 하는 사람과의 관계.

부인이 말했다.

"너무 큰 기대는 하지 마. 특히 너무 조급해 하지 마. 대답을 얻기까지 오래 걸릴 수도 있어. 너도 알겠지만 여러 집결지에 수천 명의 실향민들이 모여 있어. 우체 업무도 아직 제대로 작동하지 않아. 정상적으로 작동하는 건 아무것도 없어. 하지만 무슨 소식이 있는 대로 연락해 줄게."

슈테피 다음에는 유디트 차례였다. 유디트는 식구마다 한 장씩 서류를 모두 세 장 작성해야 했다.

"한 장만 쓰면 안 되나요? 세 사람 모두 성이 같은데요."

부인이 말했다.

"각각 다른 수용소에 있을지도 모르잖니. 자, 봐. 여기 '한 장에 한 사람씩'이라고 적혀 있잖아."

유디트가 서류를 작성하는 동안 슈테피는 기다렸다.

두 사람이 가려고 하자 부인이 말했다.

"너희 둘 다 유월에 있을 추도 예배에 참석하렴."

부인은 날짜와 시간이 적힌 쪽지를 건넸다.

거리로 나오자 슈테피가 유디트에게 물었다.

"어떻게 될 것 같아?"

슈테피는 용기를 잃어버렸다. 건초더미에서 바늘을 찾는 격이다.

유디트가 말했다.

"글세. 틀림없이 최선을 다해 찾아 줄 거야."

두 사람은 당연히 적십자 사무실에도 가기로 했다.

9

구두시험 2주 전에야 슈테피와 반 친구들은 어떤 과목을 시험 보는지 알게 되었다. 슈테피는 수학, 화학, 생물, 영어 시험을 보게 되었다. 이제 슈테피는 정말 열심히 공부해야 했다.

메르타 아줌마는 슈테피를 위해 흰색 아비투어 의상을 만들었다. 이 옷과 어울리는 웃옷과 구두도 사야 하고, 대학모도 물론 사야했다. 다행히 슈테피는 크리스마스 이후, 돈을 약간 모아 두었다. 마이와 슈테피가 우체국에서 편지 분류하는 일을 했기 때문이다.

마이는 슈테피를 도와 줄자로 머리 둘레를 재 주었다. 이 대학모는 미리 써 보면 안 된다. 그렇게 하면 재수가 없다.

머리둘레 치수를 적은 쪽지를 들고 슈테피는 커다란 옷가게에 가서 비단종이에 싼 모자를 받았다. 슈테피는 별로 비싸지 않은 예쁜 웃옷과 굽 높이가 중간 정도인 밝은 색상의 구두를 샀다.

매일 학교가 끝나면 슈테피는 잠자는 시간을 제외하고 열심히 공부에 파고들었다. 주말에도 하루 종일 공부했다. 마이의 엄마는 동생들에게 슈테피를 방해하지 말라고 일렀다. 다행히 날씨가 따뜻하고 좋아서 아이들은 대개 밖에 나가서 놀았다. 하지만 슈테피 자신은 밝은 봄밤을 그다지 즐기지 못했다. 슈테피는 수학과 화학 공식이 빽빽하게 적힌 책과 공책을 파고들었다.

수학은 걱정이 아니었다. 수학은 언제나 쉬웠고, 필기시험에서는 모든 문제를 다 맞게 풀었다. 영어도 아주 좋았고, 생물도 좋았다.

화학이 최악이었다.

마이가 말했다.

"진정해. 가을에 네 화학 성적은 괜찮았어. 성적이 몇 점 내려간다고 해서 세상이 끝나는 게 아니야. 화학말고는 성적이 다 뛰어나잖아."

그래도 슈테피는 걱정이 되었다. 구두시험 전날 밤, 슈테피는 잊어버린 공식을 외우기 위해 자리에서 일어났다.

슈테피가 책상 램프를 켜자 마이는 잠이 덜 깬 채 눈을 뜨며 말했다.

"우리가 함께 아비투어를 안 하는 게 얼마나 다행이니. 나도 내일 구두시험이 있다면 지금 난리도 아닐 거야."

"정말 예쁘구나."

다음 날 아침, 슈테피가 흰 옷과 웃옷을 걸치자 마이 엄마가 말했다. 대학모는 비단종이에 싸인 채 가방에 들어 있었다. 목에는 행운을 가져다 주는 부적이 걸려 있었다. 예전에 스벤이 크리스마스 선물로 준 것이다.

슈테피는 파란색 아비투어 모자를 마지막으로 썼다. 마이는 운동장에서 슈테피를 살짝 발로 찼는데, 이렇게 하면 행운이 온다고 했다.

"우린 오후에 만나자. 시험 감독관들의 입이 떡 벌어지도록 만들어 버려. 넌 다 잘 해낼 거야!"

9시가 되자 흰 옷을 차려입은 서른 명의 여학생들이 긴장한 모습으로 교실로 모였다. 학생들은 세 무리로 나뉘어 시험을 치르게 되어 있었다. 학생들을 가르치던 선생님들도 감독을 하지만 교육당국에서 나온 공정한 감독관들도 함께 배석해서 시험이 규정대로 잘 치러지는지 감독했다.

수학은 생각했던 대로 쉬웠다. 슈테피는 히포크라테스의

달에 관한 문장을 인용하고 유창하게 증명해냈다. 배석자는 동조하듯 고개를 끄덕였고, 슈테피를 가르치던 스트륍베리 선생님은 만족한 표정을 지었다. 생물에서는 어떤 식물의 라틴어 학명을 하나 몰랐을 뿐, 나머지는 다 잘 진행되었다. 그런 다음에는 점심 시간이었다. 많은 학생들이 집으로 갔다. 카페에 가는 학생들도 있었다. 슈테피는 버터 빵을 꾸역꾸역 먹었다. 이제 곧 화학 시험 차례다.

시험은 생각했던 것 이상으로 잘 진행되었다. 이번에도 스트륍베리 선생님이 슈테피에게 쉬운 문제를 냈다.

선생님이 말했다.

"수고했다. 이게 다야."

슈테피는 안도의 숨을 내쉬었다. 그러나 그때 배석한 감독관이 몸을 굽히더니 무릎 위에 양 팔꿈치를 올려놓고 손으로 턱을 받쳤다.

감독관이 말했다.

"슈타이너 양에게 질문을 하나 해도 될까요? 러더퍼드와 소디의 방사능 과정에서의 붕괴 이론에 대해 설명해 보시겠습니까?"

슈테피는 식은땀이 났다. 글자와 도표들이 머릿속을 스쳐 갔다.

"칠판을 좀 사용해도 될까요?"

그럼 적어도 몇 분 동안은 생각할 시간을 벌 수 있다.

"그러세요."

슈테피는 칠판 쪽으로 걸어가면서 필사적으로 글자들을 짜맞춰 보려 애썼다. 분필을 잡았다. 그때 갑자기 선명한 장면이 눈앞에 떠올랐다. 슈테피는 조용히, 자신감 있게 쓰기 시작했다.

몸을 돌려 스트룀베리 선생님의 눈을 보자 자신의 답이 옳다는 것을 알았다.

감독관이 말했다.

"아주 좋아요. 능력 있는 학생에게는 어려운 질문을 하리라고 예상해야 하는 법이죠."

영어 시험은 아무 문제없이 흘러갔다. 2시에 학생들은 다시 모두 교실로 모였다.

"넌 어땠어?"

"세상에. 빨간 넥타이를 한 감독관은 정말 끔찍하지 않았니?"

"근데 스트룀베리 선생님은 평소와 다르게 아주 친절하지?"

잠시 후 웅성거리는 소리가 잦아들었다. 일부는 긴장하며 왔다갔다했고, 또 일부는 혼자만의 생각에 잠겼다. 반에서 가장 예쁜 여학생인 마기트는 매니큐어를 칠한 손톱을 불안한 듯 물어뜯었다.

슈테피는 창밖을 내다보았다. 교정에는 사람들이 모여 있었다. 모두 꽃다발, 화환, 꽃으로 장식된 지팡이를 들고 있었다. 학교 밖 도로에는 꽃과 스웨덴 국기로 장식한 자동차와 차량들이 서 있었다.

시간이 오래 걸렸다. 나쁜 징조다. 3시…… 3시 30분이 되었다…….

마침내 교실 문이 열렸다. 담임 선생님인 산드그렌 선생님이 들어왔다.

선생님이 불렀다.

"마기트. 잠깐 얘기 좀 할까?"

마기트는 눈물을 흘렸다. 산드그렌 선생님은 마기트를 데리고 복도로 나갔다. 잠시 후에 선생님이 돌아왔다.

선생님이 말했다.

"다른 학생들은 모두 합격이야. 십 분 후에 밖으로 나가도 좋아. 성적표는 현관 앞에서 나눠 줄 거야."

학생들은 복도로 몰려나갔다. 슈테피는 마기트를 찾아보았지만 마기트는 벌써 사라지고 없었다. 뒷문으로 몰래 나간 게 틀림없었다. 정말 얼마나 끔찍한 기분일까!

현관 앞에는 담임 선생님들이 곧 나눠 줄 성적표 봉투를 들고 서 있었다. 이 순간만큼은 아무도 봉투를 열 시간이 없었다.

학생들은 모두 대학모를 썼다. 모두 동시에. 그러고는 대학생 노래를 불렀다.

문이 열렸다. 슈테피는 햇빛에 눈이 부셨다. 교정으로 나가니 모든 것이 하얀색이었다.

슈테피는 사람들 품에 안겼다. 메르타 아줌마, 에버트 아저씨, 넬리, 알마 아줌마, 마이와 마이 가족, 비에르크 선생님과 제니스, 베라까지 왔다. 슈테피와 가깝게 지내던 사람들은 모두 왔다. 유디트만 빼고. 유디트는 휴가를 내지 못했다. 예전에 같은 반에서 공부하던 학생들도 몇 명 왔다. 슈테피는 꽃으로 둘러싸였고, 비에르크 선생님은 손잡이가 은으로 된 대학생 지팡이를 선물했다.

그 사람을 발견하기까지 잠시 시간이 걸렸다. 그 사람은 슈테피를 둘러싼 무리에서 몇 미터 떨어져 서 있었다.

슈테피가 그 사람을 보고 웃자, 그 사람이 다가왔다.

"축하해."

스벤이 말하며 빨간 장미로 만든 화환을 조심스럽게 슈테피 목에 걸어 주었다.

"내가 널 잊어버렸을 거라고 생각한 건 아니겠지?"

학생들은 대학생 노래를 부르고 또 불렀다. 자신을 기다리는 자동차나 차량이 있는 행운아들은 차에 올라타고 떠났다.

스벤이 에버트 아저씨와 마이 아빠에게 말했다.

"이제 슈테피를 헹가래 해 줍시다."

슈테피는 하늘 높이 올라갔다. 어지러울 만큼 높이.

그런 다음 에버트 아저씨와 마이 아빠는 슈테피를 금박의자에 앉혀 전차까지 데려갔다.

모두들 마이 엄마가 커피와 케이크를 준비해 놓은 산다르나로 갔다. 사람들 틈에서 슈테피는 드디어 성적표를 열어볼 기회를 얻었다.

수학: 수

생물: 수

화학: 수

생각했던 것보다 훨씬 결과가 좋았다.

저녁이 되자 메르타 아줌마와 일행이 감사의 말을 전했다. 일행은 이제 집으로 갈 배를 타야 했다. 슈테피는 사람들과 많은 이야기를 나눌 수 없어서 슬펐다. 에버트 아저씨는 지난 4월 슈테피가 마지막으로 섬에 갔을 때 이후로는 보지 못했다. 하지만 이제 곧 섬에 가서 일주일을 지낼 생각이었다. 병원 실험실에서 일을 시작하기 전에.

넬리가 물었다.

"내 졸업식 때 올 거지? 내가 노래하는 것도 듣고 말이야?"

"물론이지. 내일 모레나 그 다음 날 갈게."

슈테피와 스벤은 슈테피의 반 친구 중 한 명의 집에 갔는데 그곳에는 손님들을 위한 자리가 충분했다. 저녁 늦게 두 사람은 다시 다른 친구의 집으로 옮겨갔다가 한밤중에는 세 번째 친구 집에 가서 춤을 추었다.

슈테피는 스벤과 함께 춤을 추었다. 인생은 멋지다.

두 사람이 헤어질 때 스벤이 말했다. 벌써 아침이었다.

"내가 연락할게."

"우리 집에는 전화가 없어. 그리고 난 일주일 정도 섬에 가 있을 거야."

"그럼 내 전화번호 줄 테니까 돌아오면 전화해."

슈테피가 말했다.

"그래. 그럴게."

10

알마 아줌마가 말했다.

"가슴에 솔기를 좀 넣어야겠구나."

알마 아줌마는 입에 문 바늘이 빠지지 않게 입술을 꽉 다물었다.

"정말 넌 빨리도 자라는구나. 네가 아직 열세 살도 안 됐다면 누가 믿겠니."

넬리는 얼굴이 빨개졌다. 넬리는 반에서 가장 먼저 가슴이 봉긋 올라온 여자 아이였다. 이제 넬리에게는 다른 사람들과 다른 점이 또 하나 생겼고, 가슴도 웬만하면 남들에게 숨기고 싶었다.

"그냥 늘 하던 대로 만들면 안 돼요?"

알마 아줌마는 바느질을 하다가 넬리를 올려다보았다.

"그냥 옆구리에다 작은 주름을 몇 개 잡을 거야. 그렇게 하면 아주 예쁠 거야. 두고 봐."

넬리는 노란 꽃무늬 천을 어루만졌다. 아무리 봐도 싫증나지 않았다.

넬리가 옷에 이토록 큰 의미를 부여한다는 건 사실 좀 천박한 일인지도 모른다. 넬리는 넝마 같은 옷을 입고, 추위에 떨고, 굶주리는 사람들을 생각해야 할 필요가 있다. 또 자기 또래 아이들도. 그런 아이들은 맞지도 않은 낡은 옷을 얻어 입어도 좋아할 것이다.

넬리는 걱정거리에 휩싸여 있으면서도 옷 생각을 하면 위로가 되었다. 아직 슈테피와 제대로 이야기할 기회가 없었다. 평화 축제가 끝난 그날 밤, 넬리는 슈테피 집에서 같이 자기는 했다. 그러나 슈테피가 마이와 다른 여동생 둘과 방을 함께 쓰고 있다는 건 미처 생각지 못했다.

마이만 있었어도 괜찮았다. 넬리는 눈이 참 예쁜 마이를 좋아했다. 그러나 파마 머리를 한 브리텐과 군넬은 슈테피가 마치 '자기들의 큰 언니'라도 되는 듯 굴었다! 넬리는 자신의 걱정거리들을 슈테피에게 다 털어놓을 수가 없었다. 아비투어 시험을 보던 날도 적절한 날이 아니었다.

넬리는 계획을 세웠다. 일 년 정도 후, 가사 학교에서 일을 배우는 걸 끝내면 열네 살이 되고, 그럼 다른 집에서 일자리를 찾을 예정이다. 마음 같아서는 아이들을 보살피는 일을 하고 싶지만, 설거지, 다림질, 요리 같은 것도 할 수 있다. 그럼 넬리는 음식과 방 문제가 해결되고 월급도 약간 받을 것이다. 넬리는 그 돈을 저금해서 슈테피가 계속 공부할 수 있도록 도와줄 생각이었다.

슈테피가 계속 공부하고 싶어하는 게 넬리는 도무지 이해되지 않았다. 넬리 자신은 곧 학교를 졸업한다는 게 기뻤다. 그러나 성악 공부는 좋을 것도 같았다.

알마 아줌마가 말했다.

"가만히 좀 서 있어라, 애야! 바늘에 찔리고 싶니?"

이제 알마 아줌마는 가슴 쪽에 주름을 잡아 나갔다.

넬리는 숨을 멈추어 흉곽을 안으로 집어넣었다. 가슴이 많이 튀어나오지 않도록.

알마 아줌마가 말했다.

"가만히 좀 있어. 옷을 입은 채로 숨은 쉴 수 있어야 할 것 아니니! 안 그러면 어떻게 노래할래?"

알마 아줌마는 오후 내내 재봉틀에서 일했다. 아줌마는 6월의 더위 속에서 땀을 흘렸고, 금발이 이마 위로 흘러내렸다. 넬리는 아줌마를 도와서 솔기를 재봉하고, 가장자리를 다림질하고, 안전핀을 이용해서 허리띠를 뒤집었다. 밤이 되자 윗부분은 완성되었다. 치마는 주름을 잡아 재봉했다. 이제 가장자리를 몇 군데만 더 바느질하면 되었다.

알마 아줌마가 말했다.

"이건 내일 하자. 이젠 저녁 식사를 차려야지."

시구르드 아저씨는 하루 종일 항구에서 '엘리자베스'의 모터를 수리했다. 이 배는 예전에 '다이애나'라고 불렸던 어선이다. 시구르드 아저씨는 선원 중에서는 모터에 대해 가장 잘 알았다. 집에 돌아온 아저씨의 파란 작업 바지는 기름 얼룩이 져 있고 손은 새까맸다. 알마 아줌마는 아저씨를 위해 더운 물을 준비한 뒤 커튼을 쳐 주었다. 아저씨가 부엌 모퉁이에서 편안하게 씻을 수 있도록 말이다. 식사 후에 넬리가 설거지를 하자 엘사가 행주로 닦았다. 둘은 이제 마지막 학교 생활의 숙제를 끝냈다.

알마 아줌마는 아이들을 계단으로 올려보내며 말했다.

"그만 잘 시간이야."

세수를 하고 옷을 벗자, 내의와 팬티 차림의 넬리는 잠자기 전에 잠시 새 옷을 한번 입어 보고 싶은 유혹에 휩싸였다. 엘사는 아직 이 옷을 보지 못했다.

넬리는 벌써 침대로 기어들어간 엘사에게 말했다.

"기다려 봐. 곧 올게."

넬리는 옷을 가지러 계단을 몰래 내려갔다. 거실에서는 알마 아줌마와 시구르드 아저씨의 목소리가 들렸다. 알마 아줌마는 조용하고 진지한 목소리로 말했다. 무슨 말을 하는지 전혀 알 수 없었다.

삐걱거리는 계단을 세 칸 남겨 놓은 곳에 발을 디뎠을 때, 시구르드 아저씨가 목소리를 높였다.

"당신도 알겠지만 난 당신 때문에 허락한 거요. 당신 말대로 하면 우리 둘 다 힘들게 될 거야."

넬리는 걸음을 멈추었다. 넬리는 동상처럼 가만히 서 있었다. 귀를 쫑긋하고 세웠지만 알마 아줌마의 대답은 알아들을 수가 없었다.

넬리는 천천히, 조심조심 다리를 뻗어 삐걱거리는 계단을 하나씩 내려갔다. 살금살금 계단을 다 내려가서 닫힌 거실 문 앞으로 다가갔다. 이제 더 잘 들렸다.

"이제 학교를 졸업하면 가사를 도울 수도 있어요. 그 애가 날 얼마나 기쁘게 해 주었는데요."

시구르드 아저씨가 말했다.

"걱정도 많이 끼쳤지. 그 애가 자라면서 더 힘들어질 게 틀림없소. 그 애에게 어떤 기질이 있는지 알게 뭐요. 게다가 그 애는 아주 예쁘게 자랄 거야. 갑자기 애비 없는 자식이라도 집 안에 데리고 들어온다고 생각해 보오."

알마 아줌마가 말했다.

"말도 안 돼요. 넬리는 착한 아이예요. 당신은 그 애를 제대로 알려고 노력하지도 않았어요. 그게 나쁜 점이죠."

시구르드 아저씨가 물었다.

"넬리의 생활비를 대 주는 예테보리의 직원들과는 이야기해 봤소? 이제 전쟁이 끝났으니 그 사람들도 더는 비용을 안 댈 거야. 우린 그럴 능력이 없소, 알마. 두 아이로 충분해. 게다가 당신이 넬리를 위해 쓰는 돈은 또 얼마고. 이 옷은 얼마 줬소?"

"우리 능력 이상으로 비싸진 않았어요."

"얼만데?"

알마 아줌마가 말했다.

"난 넬리에게 뭔가 좋은 걸 주고 싶었어요. 교회에서 노래를 부르잖아요. 그건 우리 인생에 좋은 추억이 될 거예요. 우리 모두에게 말이에요."

시구르드 아저씨가 말했다.

"알마. 넬리 아버지가 혹시 죽었을 경우를 생각해 봤소? 그 애가 혼자 힘으로 일어설 때까지 우리가 돌보아야 하는 거요? 아무 원조 없이?"

조용해졌다. 그런 다음 알마 아줌마가 뭐라고 말했지만 너무 조용히 말했기 때문에 넬리는 이 말 밖에는 알아듣지 못했다.

"난 다른 건 생각할 수가 없어요. 만약 넬리 아버지가 죽지 않았다면……. 그럼 그 아버지가 뭐라고 말하겠어요? 넬리가 세례를 받고 독일어는 거의 한 마디도 못한다면?"

아줌마는 잠시 말을 멈추었다.

"그럼 적어도 여름 동안만이라도 데리고 있어도 되죠?"

시구르드 아저씨가 말했다.

"여름 동안만. 그때까지 저 아이 아버지가 나타나지 않는다면 원조기구에 전화해서 어떻게 할 건지 물어 보구려. 도시에 어린이집은 있을 거 아니오?"

"있어요."

"그렇다면."

시구르드 아저씨의 발자국 소리가 문 쪽으로 다가왔다. 넬리는 족제비처럼 얼른 부엌 쪽으로 몸을 숨겼다.

운이 좋았다. 세면대 앞에 달린 커튼이 아직 쳐진 채였다. 넬리는 시구르드 아저씨가 물을 한 잔 마시는 동안 커튼 뒤에서 숨을 죽이고 서 있었다. 아저씨가 현관 밖으로 나가고 나서야 넬리는 위층으로 살금살금 올라갔다.

엘사는 기다리기 지루했던지 벌써 잠이 들었다. 그러나 넬리는 한동안 깨어 있었다. 넬리를 원하지 않는다. 알마 아줌마가 넬리를 데리고 있기를 원치 않는다.

11

우리 인생을 위한 좋은 추억이라. 우리 모두에게.

10년 후에 알마 아줌마는 메르타 아줌마나 엘사에게 이렇게 말할 것이다.

"넬리 생각나니? 그때 교회에서 얼마나 아름답게 노래 불렀는지 말이야? 내가 만들어 준 노란 꽃무늬 옷을 입은 모습이 얼마나 예뻤는지 말이야?"

10년 후, 아니면 20년 후에 넬리는 슈테피에게 이렇게 말할 것이다.

"알마 아줌마 기억나? 언제나 친절하게 대해 주셨지! 졸업식 때 알마 아줌마가 만들어 준 예쁜 원피스 기억나? 노란 장미꽃이 그려진 옷 말이야?"

그건 알마 아줌마의 착각이다.

우리 인생을 위한 좋은 추억이란 건 없다.

넬리는 교회에서 노래하지 않을 것이다.

넬리는 노래를 못하겠다고 베리스트룀 선생님 얼굴에 대놓고 말할 용기는 없었다. 노래를 못하도록 다른 묘안을 생각해 내야 했다.

그건 생각보다 쉬웠다. 마지막 수학 시간에 넬리는 칠판 앞으로 나가 나눗셈 문제를 풀어야 했다. 베리스트룀 선생님이 이마를 찌푸리며 넬리의 계산 과정을 지켜보는 동안 넬리는 분필 하나를 몰래 치마 주머니 속으로 슬쩍 떨어뜨렸다. 분필 토막은 크지 않았다. 넬리는 소냐가 문제를 풀 차례가 되어 칠판 앞에 가게 되면 몰래 분필을 갖다 달라고 부탁할까 생각했다. 하지만 그러지 않기로 했다. 아무도 모르는 편이 낫다. 소냐도.

분필 한 토막이면 충분할 것이다.

분필을 어떻게 먹을 수 있을까? 넬리는 한 번도 해 본 적이 없었다. 반 남자 아이들이 말하는 것만 들었다. 스투레는 종종 분필을 먹었다. 그럼 스투레 엄마는 스투레가 아프다고 생각해서 학교에 보내지 않았다.

분필을 그냥 입 안에 넣고 씹을 수 있을까? 분필이 치아 사이에서 삐걱거리는 걸 상상해 보았다. 이크!

넬리는 분필을 가루로 빻아서 숟가락에 담아 먹기로 했다. 아침 일찍 먹어야 목쉰 소리가 나올 것이다. 그럼 노래를 못 한다.

슈테피가 오후에 알마 아줌마 집에 와서 잠깐 머물렀다가 메르타 아줌마 집으로 갔다. 알마 아줌마가 넬리의 옷을 보여 주자 슈테피는 감탄했다. 아줌마가 넬리더러 옷을 입고 오라고 했지만 넬리가 거절했다.

"왜 싫다는 거야? 네가 얼마나 예쁜지 슈테피 언니에게 보여 주렴."

넬리는 퉁명스럽게 말했다.

"내일요."

슈테피가 말했다.

"아마 대학모처럼 그런가 보죠, 뭐. 대학모도 미리 써 보면 재수가 없다고 하거든요. 네 노래를 듣게 되어 정말 기뻐, 넬리."

넬리는 죄책감으로 마음이 아팠다. 슈테피도 내일 실망하게 될 것이다. 하지만 잘 된 일이다. 어쨌든 슈테피도 금요일에 전화하는 걸 잊었고, 그 다음 날 저녁에는 예타 광장에서 스벤만 쳐다보고 있었으니까.

슈테피가 가고 나자, 넬리는 분필을 종이봉투에 넣어서 돌

멩이로 조심스럽게 빻았다. 부엌에서 꺼내 온 커피 스푼과 함께 봉투를 치마 주머니 속에 넣었다.

알마 아줌마가 의심하지 않도록 넬리는 머리를 축축하게 축인 뒤 밤이 되자 머리를 작은 가닥으로 갈래갈래 땋았다. 기쁘게 다음 날을 고대하는 사람처럼 보여야 했다.

이제 다음 날 아침에 알마 아줌마가 깨우러 오기 전에 일어나기만 하면 된다.

넬리는 깜짝 놀라서 잠을 깼다. 해가 벌써 떴지만 집 안은 아직 조용했다. 넬리는 봉투와 스푼을 들고 세면대로 살그머니 갔다.

윽, 끔찍한 맛이었다! 실은 전혀 맛은 나지 않았다. 그러나 석회질의 농도 때문에 분필가루가 입천장에 달라붙고 입을 바짝바짝 마르게 했다. 넬리는 침을 삼키고 또 삼켰다.

넬리가 다시 방으로 돌아오자 엘사가 잠을 깼다.

넬리는 쉰 목소리로 말했다.

"화장실에 다녀왔어."

혀에는 분필가루가 아직 들러붙은 채 남아 있었다. 그런 다음 넬리가 덧붙였다.

"몸 상태가 별로 안 좋아. 아프지 않아야 할 텐데."

넬리는 종이봉투와 스푼을 다시 치마 주머니 속에 몰래 넣었다.

엘사는 뭐라고 중얼거리더니 다시 잠이 들었다.

넬리는 깨어서 누워 있었다. 이제, 일을 다 저지르고 나서야 넬리는 회의가 들었다. 넬리는 정말 노래를 하고 싶었다. 하지만 이미 일을 저질렀다. 이제 후회해봤자 때는 늦었다.

잠시 후 알마 아줌마가 아이들을 깨우러 들어왔다. 엘사는 금방 침대에서 일어났다. 하지만 넬리는 한숨을 쉬었다.

"알마 아줌마…… 나, 아픈 것 같아요. 목이 많이 따끔거려요."

알마 아줌마가 말했다.

"목소리가 아주 쉰 것 같네. 입 좀 벌려 봐. 한번 보자."

넬리는 씩씩하게 입을 벌렸다.

"약간 부은 것 같네. 어디 아픈 데 있니?"

"목만 아파요."

알마 아줌마는 넬리 이마에 손을 갖다댔다.

"어쨌든 열은 없는 것 같구나. 근데 이 목소리로 어떻게 노래하려고 그러니?"

넬리는 굳이 일부러 연기할 필요가 없었다. 눈물이 저절로 솟았다.

"아, 알마 아줌마. 나 정말 노래하고 싶어요!"

알마 아줌마가 말했다.

"불쌍한 것. 정말 안 됐구나. 따뜻한 걸 좀 마시면 나아질

지도 몰라. 따뜻한 차를 끓여올게."

넬리는 우유와 꿀 한 스푼을 탄 따뜻한 차를 마셨다. 몸은 따뜻하게 덥혀 주었지만 잠긴 목은 나아지지 않았다.

알마 아줌마가 말했다.

"졸업식에는 가야 해. 졸업식도 못 갈 정도로 아픈 건 아니니까."

알마 아줌마는 아픈 사람에게는 친절하다. 평소보다 더. 아줌마는 넬리의 땋은 머리를 풀더니 머리를 빗겨 주고 노란 리본으로 묶어 주었다. 아줌마는 넬리 머리 위로 조심스럽게 옷을 입힌 뒤 등 뒤에 달린 단추를 채워 주었다.

그러는 내내 넬리는 울고 있었다.

12

슈테피는 졸업식을 시작하기 바로 직전에 왔다. 슈테피는 교회의 딱딱한 나무 의자에 미끄러지듯 앉더니 사방을 둘러보았다. 몇 칸 앞쪽으로 맨 끝에 알마 아줌마가 앉아 있었다.

학생들이 들어왔다. 먼저 저학년부터 들어왔다. 욘은 진지해 보였다. 욘의 나비넥타이가 비뚤어졌다. 알마 아줌마는 욘을 붙잡아 나비넥타이를 똑바로 해 주려고 했지만 잘 되지 않았다.

푸른색 물방울무늬 원피스를 입은 엘사가 지나갔다. 이제 드디어 6학년 아이들이 들어왔다.

엄마를 참 많이 닮았구나, 슈테피가 생각했다. 머리를 땋지 않고 풀어헤친 넬리는 어른스러워 보였다. 넬리의 얼굴은 더 갸름해졌고 윤곽이 도드라졌다.

옷은 정말 예뻤고, 머리는 곱슬곱슬 내려왔다. 넬리는 천사 같았다. 이제 곧 천사의 노랫소리를 듣게 될 것이다.

교장 선생님의 연설은 늘 그렇듯 길게 잔소리를 늘어놓았다. 그러나 어조는 전쟁 시기에 비해 많이 밝아졌다. 연설을 마치자 교장 선생님은 졸업반 학생 중에서 모범생에게 시상했다.

넬리는 수상자에 끼지 못했다. 상관없어, 슈테피가 생각했다. 넬리에게는 다른 재능이 있으니까. 슈테피는 동생을 바라보며 뿌듯해했다. 자, 이제! 우선 넬리가 독창을 하고 나면 마지막 시편 부분은 모두 함께 합창을 하게 된다.

교장 선생님이 마지막 수상자에게 책을 시상하자, 수상자는 무릎을 살짝 굽혀 인사했다.

교장 선생님이 말했다.

"자, 그럼. '내 마음에서 벗어나 기쁨을 찾으리'를 다 함께 부르겠습니다."

넬리가 노래를 안 하는 건가? 무슨 일이지? 슈테피는 완전히 혼란스러웠다. 하지만 넬리는 조금도 당황해하는 것 같지 않았다. 그냥 슬퍼보였다.

모두들 노래를 부르기 위해 자리에서 일어서는 동안 슈테피는 알마 아줌마의 눈과 마주치려 애썼다. 하지만 알마 아줌마는 고개를 돌리지 않았다.

"이 아름다운 여름날, 내 마음에서 벗어나 하느님의 은총에서 기쁨을 찾으리……."

넬리는 함께 부르지 않았다. 진지하게 앞만 바라보았다.

누가 이렇게 하라고 시켰는지는 모르겠지만, 슈테피는 그 사람을 가만히 두지 않을 것이다! 넬리에게 독창을 하게 해 주겠다고 약속해 놓고 어떻게 이렇게 번복할 수가 있을까? 정말 말도 안 된다!

교회 앞에서 슈테피는 넬리를 붙들어 세웠다.

"너 왜 노래 안 했어? 누가 못 부르게 했어? 교장 선생님은 어디 계시니?"

넬리는 고개를 흔들었다.

"부를 수가 없었어."

넬리가 목쉰 소리로 말했다.

"목이 아파."

슈테피는 넬리를 자세히 들여다보았다. 넬리는 아픈 것 같지는 않았다. 눈이 좀 번뜩이는 것 같았지만 그건 눈물 때문인지도 모른다.

슈테피가 말했다.

"진짜야?"

"내 목소리가 어떤지 언니도 들어보면 알잖아."

졸업식이 끝나자 알마 아줌마는 평소처럼 슈테피를 초대해서 주스와 과자를 대접했다. 모두 다 먹고 나자 알마 아줌마는 아이들을 이층으로 보내서 다시 평상복으로 갈아입게 했다. 슈테피는 넬리와 엘사를 따라 방으로 들어갔다. 엘사는 채 일 분도 걸리지 않아 옷을 갈아입더니 다시 계단을 뛰어 내려갔다. 넬리가 원피스를 채 벗기도 전이었다.

슈테피가 노란 꽃무늬 원피스를 옷걸이에 거는 동안 넬리는 블라우스 단추를 채웠다. 치마는 의자 등받이에 걸려 있었다. 슈테피는 넬리에게 건네 주려고 치마를 집어 들었다. 치마에서 뭔가 바스락거리는 소리가 들렸다. 슈테피가 치마를 흔들자 주머니에서 커피 스푼이 떨어졌다. 주머니에는 뭔가 들어 있었다. 종이처럼 보이는 뭔가가.

넬리는 바닥에서 얼른 스푼을 집어 올렸다.

"내 옷 만지지 마!"

"이게 뭐니?"

슈테피는 치마 주머니에서 갈색 종이봉투를 꺼냈다.

"그냥 둬!"

그러나 슈테피는 종이봉투 속으로 손가락을 집어넣었다. 손가락을 다시 꺼냈을 때 손가락 끝에는 흰색 가루가 묻어 있었다.

독약이야, 슈테피에게 언뜻 이런 생각이 스치자 경악했다.

그런 다음에 다시 알아차렸다. 분필이었다.

"아, 넬리. 어떻게 그럴 수가 있니? 왜 그랬어? 넌 노래하고 싶어했잖아! 사람들 앞에서 노래하는 게 두려웠니?"

넬리는 고개를 흔들었다.

"그럼 왜 그랬어?"

"인생을 위한 추억이 되어야 했거든."

"그게 무슨 말이야?"

넬리가 모든 것을 설명하는 동안 슈테피는 잠자코 들었다. 시구르드 아저씨는 어떻게 아이에게 그렇게 대할 수가 있을까? 그리고 알마 아줌마. 아줌마는 어떻게 그렇게 비겁할 수 있을까? 그 사람들은 넬리를 버렸다. 넬리가 전혀 소중하지 않다는 듯이.

메르타 아줌마라면 절대 그런 짓을 안 할 것이다. 에버트 아저씨도 마찬가지고.

슈테피는 분노가 치밀었다. 그러나 넬리를 위해 화를 꾹 참았다.

"그 사람들은 신경쓰지 마."

그 대신 슈테피는 이렇게 말했다.

"그렇게 밖에 생각할 수 없는 사람들이니까. 하지만 알마 아줌마는 널 좋아하셔. 그건 너도 알잖아."

"아줌마는 날 원하지 않으셔."

"그건 아니야. 아줌마도 널 원하셔. 단지 시구르드 아저씨 의견을 거스르지 못하는 것뿐이야. 알마 아줌마는 자신의 의지대로 할 수가 없어."

넬리가 말했다.

"난 어린이집에는 가기 싫어. 언니, 저 사람들이 날 어린이집에 데려가게 내버려 두진 않을 거지?"

"절대로. 절대로 그런 일은 없어."

슈테피가 지나친 약속을 하는 걸까? 하지만 슈테피는 오래 전에 이미 한번 약속을 했었다. 엄마 아빠와 헤어질 때 넬리를 잘 돌보겠다고 약속했다. 무슨 일이 있더라도 넬리를 잘 돌보고 절대 헤어지지 않겠다고.

슈테피가 말했다.

"메르타 아줌마와 얘기해 볼게. 메르타 아줌마는 무엇이 최선인지 분명히 아실거야."

넬리는 인상을 찌푸렸다. 슈테피는 넬리가 메르타 아줌마를 별로 좋아하지 않는다는 걸 알고 있었다. 넬리는 쌀쌀한 겉모습 아래 숨겨진 걸 보지 못한다. 하지만 슈테피는 그걸 볼 줄 알았고, 이제는 자매가 모두 알마 아줌마의 양딸이 아닌 것이 기뻤다.

인생이 어떻게 될지는 그런 우연에 따라 결정되는구나, 슈테피가 생각했다. 자신의 인생을 스스로 결정할 수 있는 인

간의 자유의지. 말은 그럴듯하게 들린다. 그러나 이런 의지
는 어른에게만 있는 걸까?

13

메르타 아줌마가 말했다.

"죄악이고 수치구나. 알마가 어떻게…… 난 도무지 이 부부를 이해 못하겠어."

두 사람은 부엌 식탁에 앉아 대용커피를 마셨다. 메르타 아줌마는 설탕 반 조각을 조심스럽게 커피에 담근 뒤 설탕 조각이 푹 적고 나자 흑갈색 커피 속에 떨어뜨렸다.

메르타 아줌마가 말했다.

"내가 알마와 이야기해 보마. 하지만 소용이 있을지 모르겠어. 알마는 늘 시구르드가 원하는 대로 하니까. 시구르드도 아주 고집이 세서 남의 말을 안 들어."

슈테피가 간청했다.

"부탁해요. 제발요, 아줌마. 넬리가 아주 불행해해요."

메르타 아줌마는 슈테피의 손을 어루만졌다.

"한번 해 보마."

아줌마는 커피를 저었다.

메르타 아줌마가 말했다.

"요즘 시구르드는 자기 어선을 사고 싶다고 말하고 다니나 보더라. 에버트와 함께 고기 잡으면서 자기 몫을 제대로 못 받는다고 주장하나 봐. 에버트가 누구에게 받을 몫보다 조금이라도 덜 줄 사람이니? 차라리 자기가 덜 갖고 말지."

"저도 알아요."

메르타 아줌마가 말했다.

"너는 에버트 아저씨를 아주 좋아하지. 에버트도 널 좋아하고."

"네, 전 아저씨가 좋아요."

슈테피는 이렇게 말하고 싶었다. 또 아줌마에게도 좋아한다고 말하고 싶었다. 하지만 메르타 아줌마에게는 이런 말을 하는 게 힘들었다.

아줌마도 아실거야, 슈테피가 생각했다. 아줌마도 아셔.

메르타 아줌마가 말했다.

"생각해 보렴. 내가 여기 앉아서 어른과 얘기하듯 너와 얘기하고 있어. 내가 처음 널 봤을 때는 이런 일은 생각도 못했어. 넌 정말 가련해 보이는 아이였거든. 또 스웨덴말도 한 마디 할 줄 몰랐어. 그래서 어느 순간에는……."

"……후회하셨어요?"

"아니, 그런 건 아니야. 하지만 네가 다른 곳에 갔더라면 더 잘 지낼 수 있었을 거라고 생각했지."

슈테피가 말했다.

"전 여기 오게 되어 기뻐요. 바로 이 집에요. 아줌마와 아저씨에게요."

메르타 아줌마가 말했다.

"넌 언제나 내게 큰 기쁨이었어. 네가 여기 온 이후로 인생이 밝아졌어. 어려움도 많긴 했지만 말이야."

두 사람이 이런 식으로 이야기한 것은 처음이었다. 메르타 아줌마는 자신의 감정을 말로 잘 표현하지 않았다. 그래서 더 의미심장하게 느껴졌다. 거의 엄숙하게.

아줌마는 내가 여길 떠날 때를 준비하시는구나, 슈테피가 생각했다. 아니면 내가 이곳에 머물기를 원하실까?

슈테피는 섬에서의 생활을 상상해 보려 했다. 한 주가 흐르고, 한 달이 흐르고, 한 해가 흐른다. 하지만 이곳은 슈테피가 살 집이 아니다. 슈테피는 메르타 아줌마와 에버트 아저씨를 사랑하지만 이곳은 슈테피가 살 집은 아니다.

에버트 아저씨가 오래 살아 계셔만 준다면, 슈테피가 생각했다. 그래서 슈테피가 혼자 남겨지지 않았으면. 메르타 아줌마가 백 살까지 살아 주신다면, 슈테피는 그럴 거라고 조금도 의심하지 않았다.

그때가 되면 마침내 슈테피가 이렇게 말한다.

"사랑하는 메르타 아줌마. 사랑하는 메르타 아줌마. 난 아줌마를 정말 사랑해요."

올 여름 숙박 손님들이 오기 전에 슈테피는 메르타 아줌마를 도와 짐을 옮기고 청소를 했다. 슈테피는 보트 창고의 나무로 만든 잔교를 수리하는 에버트 아저씨를 돕기도 했다.

메르타 아줌마가 말했다.

"그건 남자들이 하는 일이야. 넌 하지 마."

하지만 봄 내내 가만히 앉아서 공부만 했던 슈테피는 일하는 게 즐거웠다. 슈테피는 신선한 공기와 짠 바다 냄새가 좋았다.

일주일은 짧은 시간이었다. 벌써 월요일 아침이면 실험실 일이 시작된다. 7월에 일주일 예정으로 다시 이곳에 올 예정이었지만 그래도 슈테피는 더 있고 싶었다.

넬리 때문이기도 했다. 여름 방학을 그토록 고대했던 넬리는 즐거운 기색이 없었다. 넬리는 슈테피가 얘기하려 들면 슬슬 피했다.

메르타 아줌마는 아직도 알마 아줌마와 그 문제를 의논하지 않았다. 메르타 아줌마는 '엘리자베스' 어선이 바다로 출항할 때까지 기다릴 생각이었다.

"그래야 알마가 이 문제를 생각할 시간을 며칠 더 가질 수 있어. 시구르드가 돌아와서 알마 생각을 다시 돌려놓을 때까지 말이야."

하지만 모터 고장은 처음 생각했던 것보다 훨씬 심각해서 시간이 많이 걸렸다. 에버트 아저씨는 결국 '엘리자베스'를 조선소로 견인해야 했다. 그래서 한 가지 좋은 점은 아저씨가 일주일 내내 슈테피와 집에 있을 수 있다는 것이었다.

모터를 수리한 '엘리자베스'는 금요일에 드디어 선착장의 제자리로 돌아왔다. 선원들은 다음 날 새벽 일찍 출발해서 플라덴그룬트를 지나 멀리 스코틀랜드 해안 근처까지 나갈 예정이었다. 수많은 어선들이 동시에 바다로 나가 적어도 일주일은 머물기로 했다. 이미 지난 3월에 에버트 아저씨는 북해의 해도를 가져와서 슈테피에게 보여 주었다. 플라덴그룬트, 도거방크, 피스케반카르나.

해군들은 해안을 따라 수뢰를 제거하고 있었다. 먼 바다에는 여전히 위험이 도사리고 있었다. 그러나 에버트 아저씨는 요즘 보기 드물게 기분이 좋았다.

아저씨가 말했다.

"이제 다시 우리 스스로 결정할 수 있어. 이젠 아무도 우리가 원하는 곳에서 고기 잡는 걸 막지 않아."

금요일 저녁에 에버트 아저씨와 슈테피는 작은 보트를 타고 소풍을 나갔다. 두 사람은 손낚시 줄을 이용해서 고등어를 잡았다. 오래 전에 슈테피는 이 낚시법을 에버트 아저씨에게서 배웠다.

아저씨가 물었다.

"생각나니? 처음에는 생선을 만질 엄두도 못 냈지. 그때는 너도 도시 아이였으니까."

슈테피는 방금 잡아 올린 고등어를 날쌘 칼놀림으로 죽인 뒤 내장을 꺼냈다.

"그 사이에 이런저런 것들을 배웠구나."

슈테피가 대답했다.

"많이 배웠죠. 아주 많이요."

두 사람은 말없이 보트에 앉아 있었다. 6월의 밤은 밝고도 따뜻했다. 암초섬 근처에서 바다표범 한 마리가 모습을 드러냈다. 콧수염과 커다란 검정 눈이 마치 개와 흡사했다. 슈테피가 생선 내장을 바다표범에게 던지자, 갈매기들이 사납게 바다표범 위를 맴돌았다.

에버트 아저씨가 말했다.

"네 아버지가 널 무척 자랑스러워하실 게다. 다시 돌아오시면 말이다."

"다시 오시면 그렇겠죠."

"꼭 다시 오실 거야."

바람이 잦아들었다. 수면은 매끄러웠다.

에버트 아저씨가 말했다.

"나라면 뿌듯했을 거야. 네가 내 딸이라면 말이다."

다음 날 메르타 아줌마는 알마 아줌마와 그 문제를 상의하기 위해 자전거를 타고 갔다. 그러나 성공하지 못하고 그냥 돌아왔다. 알마 아줌마의 여름 숙박 손님이 벌써 도착했기 때문에 알마 아줌마는 그 사람들 시중드느라 정신이 없었다.

메르타 아줌마가 말했다.

"짐을 모두 다 옮기는 중이었어. 침대 위치를 이리저리로 바꿨어. 숙박 손님이 유아용 침대를 놓길 원했거든. 유아용 침대는 완전히 새 모델로 울타리처럼 생겼더구나. 가장 나빴던 건, 사모님이 다락방을 화실로 쓰고 싶다고 해서, 우린 짐들을 모두 한 구석에 몰아 놓고 바닥을 완전히 깨끗하게 비위 두어야 했어."

"화실이라고요?"

"그래. 그 부인이 화가인 모양이더구나. 머리가 아주 새까매. 너보다 더. 근데 염색한 것 같았어. 알마는 그 부인 때문에 어지간히 속깨나 썩겠는걸!"

14

여름 숙박 손님이 도착했을 때 넬리는 계단에 앉아 감자껍질을 벗기고 있었다. 감자는 옆에 둔 양동이에 들어 있었고, 껍질을 벗긴 감자는 커다란 냄비에 넣었다. 마지막 남은 겨울감자였다. 쪼그라들고 못생겼다. 이제 곧 새 감자를 수확할 것이다.

독특한 행렬이 길 위로 걸어오는 게 보였다. 맨 앞에는 모자를 쓰고 양복을 입은 덩치 큰 남자가 가방을 들고 왔다. 그 뒤로는 흰색 앞치마를 두르고 파란 원피스를 입은 유모가 뒤따랐다. 유모는 유모차를 밀며 왔다. 마지막으로 걸어오는 여자는 넬리로 하여금 좀 더 잘 보려고 목을 쭉 빼게 만들었다. 그 여자는 석탄처럼 새까만 머리를 짧게 잘랐고, 눈썹은 가느다랬으며 입술은 새빨갛게 칠했다. 옷은 검정색, 흰색, 빨간색 무늬가 극적인 조화를 이루면서 몸통에서는 풍성하게 주름이 잡혀 있었다. 굽이 높은 샌들은 발등과 복숭아 뼈 둘레에서 끈으로 묶여 있었다.

넬리는 이런 여자를 한 번도 본 적이 없었다. 정말 아름다웠다. 저 사람들은 어디로 가는 걸까, 넬리가 막 이런 생각을 하고 있을 때 남자가 정원 문 앞에 멈춰 서더니 검정머리 부인에게 소리쳤다.

"여긴 것 같아! 유리 베란다가 달린 노란 집 말이야."

남자가 대문을 열었다. 남자의 구두 밑으로 마당에 깔린 자갈이 시끄러운 소리를 냈다. 유모차를 밀던 유모는 문가에 서서 아름다운 부인이 올 때까지 기다렸다.

남자가 넬리에게 말했다.

"안녕. 여기가 린드베리 씨 집이니?"

"네."

남자가 말했다.

"우린 여름 숙박객이야. 난 안더스 보리라고 해."

남자는 넬리에게 악수하려고 손을 내밀었다가 넬리 손에 더러운 흙이 묻은 걸 보더니 손을 뒤로 뺐다.

여름 숙박객이라고? 내일에나 오기로 되어 있는데.

넬리가 말했다.

"잠깐만요. 가서 말씀드리고 올게요."

넬리가 채 자리에서 일어나기도 전에 알마 아줌마가 앞치마에 손을 닦으며 계단으로 나왔다.

알마 아줌마가 말했다.

"전 내일 오실 줄 알았어요."

이제 두 여자도 계단으로 올라왔다. 유모는 우는 아이를 유모차에서 꺼내 안아 주었다.

검정머리 여자가 남자에게 말했다.

"당신, 전화 안 했어요?"

남자가 말했다.

"난 당신이 한 줄 알았지. 내가 얼마나 할 일이 많은지 알잖아요."

남자는 알마 아줌마 쪽으로 몸을 돌렸다.

남자가 말했다.

"죄송합니다. 저와 아내 사이에 오해가 있었던 것 같습니다. 저희들이 성가시게 해 드린 건 아닌지 걱정입니다."

알마 아줌마가 말했다.

"그럴 리가요. 어서 들어오세요. 아기는 배가 고픈 모양이군요. 기저귀를 갈아 줘야 하나? 여자 아기예요?"

유모는 손목시계를 보았다.

유모가 말했다.

"한 시 삼십 분이에요. 아직 삼십 분 남았어요."

보리 부인이 고개를 끄덕였다.

"기저귀는 알아서 갈아 줘요, 그레타 양. 물이 어디 있는지 그레타 양에게 좀 알려 주시겠어요, 린드베리 부인?"

알마 아줌마가 말했다.

"물론이죠. 따라오세요. 넬리, 그 동안 넌 손님들에게 방을 안내해 드리렴."

넬리는 창피했다. 넬리는 다 낡은 앞치마와 손톱 밑에 긴 흙 때문에 창피했다. 알마 아줌마의 옷에 묻은 땀자국도 창피했다. 검정머리 부인이 방 안을 훑는 것을 보자, 알마 아줌마가 아끼는 도자기 장식품이 든 유리 장식장도 창피했다.

보리 부인은 넬리에게 웃어보였다.

"이름이 뭐니?"

"넬리요."

"네 아버지도 너처럼 머리가 까만색이니? 네 어머니는 아주 금발이던데."

"우리 엄마가 아니에요."

넬리가 중얼거렸다.

"전 양딸이에요."

부인은 새로이 관심을 보이며 넬리를 훑어보았다.

"그래? 넌 어디서 왔니?"

남자가 말했다.

"제발, 카리타. 애한테 꼬치꼬치 캐묻지 마."

그 말에 부인은 화난 눈길로 남편을 쳐다보더니 이내 넬리에게로 몸을 돌렸다.

부인이 말했다.

"나중에 또 이야기하자. 우린 정말 좋은 친구가 될 거야."

알마 아줌마가 돌아와 말했다.

"어서 앉으세요. 전 우선 부엌부터 정리한 다음에 이불을 지하실로 옮길게요. 여러분들은 이곳에서 기다리시는 게 좋겠어요. 다 치우고 나면 그때 방을 보여 드릴게요."

넬리와 엘사가 베게, 이불, 시트를 들고 이층과 지하실 사이를 왔다갔다하는 동안, 알마 아줌마는 부엌을 치웠다. 그런 다음 함께 매트리스를 밖으로 끌고 나와 환기를 시켰다. 냄비와 양동이는 목재창고의 계단 위에 세워 두었다. 점심을 요리할 시간은 이제 없었다.

한 소년이 수레에 남아 있던 가방을 모두 가져오고, 유아용 침대로 조립될 나무틀을 몇 개 가져왔다. 그 밖에도 여러 가지 물건이 있었다. 커다란 나무로 된 화구상자, 이젤, 여러 가지 크기의 나무틀에 팽팽하게 씌운 캔버스들. 소년은 짐들을 모두 이층으로 옮겨 놓은 뒤 보리 씨에게서 돈을 받았다.

"이제 다 됐어요."

알마 아줌마가 말했다.

"집 구경을 하시겠어요?"

보리 씨 부부가 알마 아줌마를 뒤따라갔다. 유모는 부엌에 앉아 아이에게 우유병을 물렸다.

보리 부인은 이층의 가구 배치가 마음에 들지 않았다. 부인은 여자 아이들 방에 있는 엘사의 침대 대신에 유아용 침대를 설치하고 싶어했다. 이곳에서 유모가 아기와 함께 지내야 한다.

알마 아줌마가 말했다.

"물론이죠. 당연히 그래야죠."

"엄마."

아래층에서 엘사가 불렀다.

"엄마, 메르타 아줌마 오셨어."

알마 아줌마가 메르타 아줌마에게 말했다.

"마침 잘 왔어요."

두 아줌마가 방에서 침대를 꺼내는 동안 보리 부인은 다락방의 좁은 계단을 올라갔다.

부인이 소리를 질렀다.

"안더스! 이리 와서 좀 봐요!"

알마 아줌마가 한숨을 쉬며 말했다.

"저 부인은 다락방에서 뭘 어쩌려고 저런담? 저 잡동사니들 틈에서 말이야."

잠시 후 보리 부인이 아래층으로 내려와 말했다.

"정말 멋진 다락방이에요. 아주 밝고 환기가 잘 되더군요. 다락방이 계약에 포함 안 된 건 알지만, 다락방도 사용하고 싶어요. 물론 돈을 더 지불할게요."

"다락방은 뭐에 쓰시게요?"

알마 아줌마의 목소리는 피곤한 기색이 역력했다. 이제 더는 공손하게 굴 수가 없었다.

보리 부인이 말했다.

"전 화가예요. 올 여름에는 자연 속에서 스케치를 할 생각이었어요. 근데 저기다 화실을 만들어도 좋을 것 같아요. 다락방을 완전히 비울 필요는 없어요. 짐을 어두운 구석 쪽으로 밀어 놓는 걸로 충분해요."

알마 아줌마가 물었다.

"다락방 비용은 얼마나 내시게요?"

보리 부인은 남편 쪽으로 몸을 돌렸다. 남편이 금액을 말했다. 넬리는 돈 문제에 대해서는 잘 몰랐지만 그 금액이 큰 액수라는 건 알아챘다.

알마 아줌마가 말했다.

"그럽시다. 메르타 언니, 도와줄 거죠?"

짐들을 모두 한쪽 구석에 치우기까지 2시간이 걸렸다. 아이들은 작은 물건들을 옮겨야 했다. 두 아줌마는 헐떡거리면서 가구와 상자들을 옮겼다.

알마 아줌마는 길게 한숨을 내쉬며 말했다.

"시구르드가 집에 있었더라면 얼마나 좋았을까."

두 사람은 청소하고, 거미줄을 없애고, 창문을 닦았다.

정리가 모두 끝나자 넬리는 사방을 둘러보았다. 예전에 알마 아줌마 심부름으로 다락방에 물건을 가지러 왔을 때는 이 방이 이토록 아름다운지 몰랐었다.

메르타 아줌마가 말했다.

"뭐 저런 여자가 다 있어? 저 여자를 어떻게 알게 되었어?"

알마 아줌마가 말했다.

"광고를 보고 전화를 했더라고요. 남편은 건축가래요. 근데 부인이 그림을 그린다는 얘기는 전혀 하지 않았어요. 다섯 달 된 아기가 하나 있고 유모가 함께 온다는 말만 했어요."

"생긴 건 또 어떻고! 저런 여자는 난생 처음 봐!"

넬리가 말했다.

"내가 보기에는 예쁘던데요."

하지만 넬리는 작은 소리로 혼잣말처럼 했기 때문에 아무도 그 말을 듣지 못했다.

15

실험실 일은 특별히 힘들지는 않았지만, 그렇다고 특별히 재미있지도 않았다. 슈테피는 매일 아침 8시에 일을 시작해서 30분 동안 점심 휴식을 갖다가 4시 30분까지 일했다. 토요일은 1시 30분에 퇴근했다. 슈테피는 탈의실 옷걸이에 걸린 흰 가운으로 갈아입은 뒤 외투는 옷장에 넣어 보관했다. 슈테피는 시험관과 용기를 씻고, 살균하고, 크기와 종류에 따라 찬장에 정리해야 했다. 시험관을 일정한 시간 간격으로 옮겨 놓아야 했기 때문에, 슈테피는 시계를 맞춰 놓은 뒤 시계가 울리면 시험관을 돌려놓아야 했다. 슈테피는 작업대를 청소하고, 오후에는 커피를 끓이고, 가운을 모아 세탁실로 가져갔다.

처음 일을 시작하던 그 주, 슈테피는 수요일 저녁에 스벤이 준 전화번호로 전화를 걸었지만 아무도 받지 않았다. 그다음 날 다시 전화를 걸었다. 그날도 받지 않았다. 슈테피는 주말에 스벤을 만나고 싶었지만 이제는 너무 늦었다. 슈테피는 스벤이 도대체 뭘 하는지 궁금했다. 대학교의 학기는 끝났고, 스벤은 방학 동안 일을 할 필요가 없었다. 아마 여행을 간 모양이다. 바닷가나 산으로. 아니면 슈테피더러 전화하라고 한 사실을 잊은 모양이다. 실험실의 한 여자 동료가 슈테피에게 가구가 딸린 방을 9월부터 사용하지 않겠냐고 물었다. 그 방은 슈테피가 일하는 병원과 가까운 곳에 있었다. 그 동료는 기숙사가 딸린 간호학교에 들어가게 되었다. 슈테피는 그 제안을 받아들였다.

"넌 이사할 필요가 없어."

슈테피가 이 사실을 알리자 메르타 아줌마가 이렇게 말했다. 하지만 슈테피는 마이 가족에게 공간이 더 필요하다는 걸 알았다. 그럼 마이 가족은 큰 침실을 두 공간으로 나눠서 남자 아이들이 모두 한쪽에서 잘 수 있다. 그럼 이제 에리크는 욕실에서 잠을 자지 않아도 된다. 게다가 이제 전쟁도 끝났으니 욕조도 곧 들어올 것이다. 마이와 브리텐은 침실의 다른 한쪽을 계속 사용할 수 있고, 군넬과 닌니는 몇 년 후에 언니들이 독립할 때까지 접이식 침대를 나눠 쓰면 된다.

하지만 마이는 이 소식을 듣자 슬퍼했다.

군넬이 낙심하며 말했다.

"차라리 브리텐 언니가 나가지. 브리텐 언니는 너무 잘난 척해!"

금요일 밤, 슈테피는 유디트와 함께 포로수용소의 희생자들을 위한 추도 예배에 참석했다.

슈테피는 예테보리의 회당에 처음 가 보았다. 이 회당은 예전에 부모님과 함께 갔던 빈의 회당처럼 크지는 않았지만 상당히 아름다웠다. 슈테피는 다른 부인과 여자 아이들과 함께 발코니의 유디트 옆자리에 앉아서 아래층에 앉은 남자들을 내려다보았다. 오늘 밤에는 좌석이 꽉 찼다. 맨 뒤에 서 있는 사람들도 많았다. 키파(유대인 남자들이 머리에 쓰는 작고 둥근 모자 : 옮긴이)와 기도용 숄을 두른 유대인 중에는 어색하게 모자를 쓴 아리안 남자들도 보였다.

예배는 아름답고 감동적이었다. 기도는 음악과 함께 히브리어와 스웨덴어로 이루어졌다. 예테보리 심포니 오케스트라의 한 바이올리니스트가 슬픔과 고통이 가득한 곡을 연주했다. 슈테피와 유디트는 함께 손을 잡고 울었다. 예배가 끝나자 유디트는 마당에서 유대인 어린이집 출신 소녀 여럿과 포옹을 했다. 슈테피는 빈에서 온 수지를 알아보았다.

헤드비그 비에르크 선생님도 왔다.

"무슨 소식 들었니?"

"아직 못 들었어요."

비에르크 선생님이 말했다.

"희망을 버리지 마."

슈테피는 아직도 회당 앞에 서 있는 사람들을 둘러보았다. 금발머리, 검정머리, 크리스천, 유대교인 들이었다. 슬픈 얼굴들. 그럼에도 불구하고 희망 어린 얼굴들이었다.

유디트가 물었다.

"그만 갈까?"

슈테피는 비에르크 선생님과 헤어졌다. 그때 검정머리 소녀가 두 사람 쪽으로 밀치고 들어왔다.

그 소녀가 소리쳤다.

"슈테파니! 슈테파니, 널 만나다니 정말 반가워!"

알리스였다.

예테보리에서 처음 학교 다니던 해에 슈테피와 같은 반에서 공부했던 알리스. 알리스는 시험에서 부정 행위를 저지른 뒤에 학교를 그만두어야 했다. 알리스는 자신의 부정 행위를 슈테피에게 뒤집어씌우려 했었다.

알리스가 물었다.

"어떻게 지내니? 아직 학교에 다니니?"

“봄에 아비투어를 마쳤어.”

알리스가 감탄했다.

“오, 난 아직 일 년 동안 학교를 더 다녀야 해. 요즘 난 기숙학교에 다녀. 너도 들어서 알고 있었지?”

“응, 나도 들었어.”

알리스가 물었다.

“네 가족은? 가족과 연락은 되니?”

“엄마는 돌아가셨어. 아빠는 1943년부터 행방불명이야. 하지만 지금 아빠를 찾는 중이야.”

알리스는 안타까운 표정이었다.

“정말 안 됐구나. 스웨덴이 적절한 때에 피난민들을 더 많이 수용했더라면 그렇게 많은 사람들이 죽지 않았을 텐데.”

알리스가 수치스럽게 생각하지 않다니! 슈테피는 몇 년 전에 알리스가 한 말을 아직도 기억했다. 슈테피와 같은 피난민들이 몇 세대 전부터 스웨덴에 살고 있던 알리스 가족과 같은 유대인들에게 피해를 준다고 한 말을.

아마도 알리스가 그 동안 변해서 스스로 잘못을 깨달았는지도 모르겠다. 그러나 알리스가 유디트를 무시하는 걸 보니 예전과 달라진 게 없는 것이 확실했다. 그러나 지금은 그런 말을 할 때가 아니었다.

슈테피는 뭔가 한마디 쏘아주고 싶었다. 그러나 예배를 끝낸 지금 싸움을 시작하는 건 옳지 않은 것 같았다.

슈테피가 말했다.

"그만 가 봐야 해."

"잘 가. 행운을 빌어, 슈테파니."

알리스가 멀어지자 유디트가 물었다.

"누구야?"

"예전에 같은 반에서 공부했던 아이야."

"유대인이야?"

"응."

"친한 친구야?"

"아니, 그 반대야."

유디트가 말했다.

"그런 것 같더라."

집으로 돌아오는 길에 슈테피는 카페에 들러 전화를 써도 되는지 청했다. 슈테피는 정말 스벤과 이야기를 하고 싶었다. 그냥 목소리만이라도 듣고 싶었다. 이번에는 전화를 받았다.

"세데르베리입니다."

"슈테피야. 슈테파니."

"어디야?"

“카페에 있어. 너한테 전화하려고 들어온 거야.”

“우리 집으로 올래?”

슈테피는 머뭇거렸다. 스벤 집으로 가다니, 지금은 혼자 살고 있는데…….

“오늘 밤에는 안 돼. 내일 일하러 가야 하거든.”

“내일 밤에는 시간 있니?”

“응.”

“그럼 만나자. 바란트에서 일곱 시 어때? 내가 저녁 사 줄게.”

“고마워, 하지만…….”

“뭐가 하지만이야. 그럼 만나는 거다.”

“그래.”

“전화해 줘서 고마워. 안녕, 슈테파니. 잘 자.”

“안녕.”

슈테피는 잠시 수화기를 손에 들고 서 있었다. 여종업원이 호기심 어린 눈으로 슈테피를 쳐다보았다.

“또 전화할 데 있어요?”

“아뇨……. 없어요.”

슈테피는 수화기를 내려놓았다. 내일 저녁이다!

16

아비투어 옷과 웃옷을 입고 갈 수는 없었다. 이 옷은 스벤이 이미 봤기 때문에 이것 말고는 입을 옷이 없다고 생각할 것이다. 사실 슈테피는 입을 옷이 별로 없었다. 어쨌든 레스토랑에 입고 갈 만한 옷은 없었다.

마이와 브리텐은 슈테피가 옷장에서 옷 고르는 걸 도와주었다. 결국 브리텐이 빌려 준 바다처럼 파란 주름치마 원피스를 입었다. 허리가 약간 컸지만 그 위에 흰색 아비투어 웃옷을 입었다. 그러자 정말 멋져 보였다.

브리텐이 말했다.

"해군복 같아. 요즘 그게 유행인데."

슈테피는 스타킹 한 켤레와 진홍색 립스틱도 샀다. 립스틱을 바르니 입술이 완전히 달라 보였다. 약간 부어오른 듯 은밀해 보였다.

"이건 좀 심한 거 아냐?"

브리텐이 말했다.

"예뻐. 립스틱을 약간 지우고 입술 위에 파우더를 발라. 그 위에다 립스틱을 살짝 더 바르면 식사해도 립스틱이 잘 지워지지 않아. 키스를 할 경우에도 말이야."

마이가 브리텐에게 못마땅한 눈길을 보냈다.

"무슨 말을 하는 거니! 물론 네가 색이 잘 묻어나지 않는 립스틱에 대한 경험이 있다는 건 알겠지만 말이야!"

브리텐은 슬쩍 웃었다. 브리텐은 아직 열여섯 살밖에 안 되었지만 남자 친구가 있었다.

브리텐이 슈테피에게 말했다.

"언니는 굽 높은 진짜 구두가 필요해. 근데 소용이 없어. 내 구두는 언니에게 너무 클 거야. 아비투어 때 신었던 구두를 신어야겠어."

슈테피가 다 차린 뒤에 복도에 서자, 브리텐이 날카로운 눈으로 슈테피를 훑어보았다.

브리텐이 말했다.

"뭔가 빠졌어. 뭔가 포인트를 줄 만한 게."

브리텐은 자기 방으로 사라졌다가 빨간 벨트를 들고 돌아왔다.

"이 벨트가 이 의상에서는 포인트지."

브리텐은 이렇게 말하며 슈테피 허리에 벨트를 매 주었다.

슈테피는 빨간색이 좀 야단스러운 것 같았다. 벨트를 안 하는 게 낫지 않을까? 하지만 슈테피는 브리텐의 안목을 의심하고 싶지 않아서 벨트를 그대로 맸다.

전차 정거장 쪽으로 가는 길에 한 젊은이가 슈테피에게 휘파람을 불었다.

젊은이가 소리쳤다.

"로타 가는 거니? 나도 갈 건데 함께 춤추자!"

로타에서 춤이라니, 싫어, 다시는 안 가! 왜 다시 그때의 기억을 떠올려야 할까?

그러나 전차에 탄 슈테피가 조심스럽게 치마를 펼쳐서 앉고 나자, 로타 따위는 잊어버렸다. 이런 날 저녁에는 지나간 일을 생각해서는 안 된다!

이번에는 슈테피를 기다리는 사람이 스벤이었다. 슈테피는 전차 안에서 스벤을 보았다. 스벤은 평소처럼 차려 입었다. 밝은 색 바지와 활동적인 웃옷을 입었다. 슈테피가 너무 요란하게 차려 입은 건 아닐까? 혹시 스벤이 슈테피를 부담스럽게 여기지나 않을까?

슈테피는 얼른 브리텐의 빨간 벨트를 끌러 가방 속에 집어

넣었다.

스벤은 슈테피에게 다정하게 웃어보였다.

"안녕, 슈테파니. 야외 레스토랑에 가자."

두 사람은 공원과 야외 레스토랑 쪽으로 난 길을 천천히 산책했다. 스벤은 야외 테이블을 부탁했다. 태양은 아직 하늘 높이 걸려 있었다.

두 사람은 샌드위치부터 시작했다. 포크와 나이프로 먹을 수 있도록 작게 세 조각으로 자른 버터 빵이었다.

스벤이 물었다.

"고기 먹을래? 아니면 생선 먹을래?"

"고기 먹을게."

"닭고기?"

"좋아."

스벤은 크림소스와 젤리를 넣고 구운 닭고기 2인분과 적 포도주 한 병을 주문했다.

대화는 편안하고 느슨하게 이어졌다. 두 사람은 슈테피의 일과 스벤의 공부, 읽은 책, 전쟁 후에 세워질 새로운 세상에 대해 이야기했다.

슈테피는 닭고기를 주문하지 말 걸, 후회했다. 닭고기는 자르기가 아주 힘들어서 소스가 브리텐의 옷에 튈까 봐 걱정이었다.

스벤은 얼마 전에 슈테피와 레스토랑에서 만났던 자기 친구들에 대해 이야기했다. 그 중 몇 명은 미술대학교에 다니고, 일부는 글을 쓰고, 한 여자는 시립극장의 배우라고 했다. 친구들 대부분이 항구에서 임시직으로 일하거나, 극장에서 자리 안내하는 일을 하거나, 다른 부업을 하고 있었다.

"넌 안 그래도 되잖아."

"응, 난 의학 공부하는 걸로 생활비를 벌고 있지."

슈테피가 웃었다.

"일을 전혀 안 하는 것보다는 그게 나아."

"그런 의미에서 마시자."

스벤이 말하며 슈테피 잔에 포도주를 따랐다.

"여자 아이들은? 배우가 되겠다는 여자 말고는 다들 뭐하니?"

스벤이 말했다.

"이런 저런 일들이지, 뭐. 키가 크고 마른 모나는 시를 쓰고 카페에서 일해. 릴리모어는 간호사인데, 얀이 하루 종일 그림을 그릴 수 있도록 먹여 살리고 있어. 이레네는 미술대학교에서 일주일에 몇 시간씩 그림 모델을 하고 있어."

이레네는 빨간 스카프를 두른 채 비웃던 여자였다.

"누드모델이야?"

"그런 것 같아. 충격 받았니?"

슈테피가 말했다.

"모르겠어. 그냥 잘 이해하지 못하겠어…… 나라면 절대……."

스벤은 테이블 위로 손을 뻗어 슈테피의 뺨을 어루만졌다.

"물론 못하지. 넌 다른 종류에 속하는 여자니까."

이 말을 어떻게 이해해야 할까? 이레네와는 다른 종류에 속한다니. 더 나쁘다는 말인가, 더 좋다는 말인가?

"후식 먹을래?"

"아니, 고마워. 그냥 커피 마실래."

커피 잔을 앞에 두고 스벤이 갑자기 이렇게 물었다.

"이르야 기억나니?"

슈테피가 고개를 끄덕였다.

스벤이 말했다.

"노르웨이 남자와 결혼했어."

"나도 알아. 전쟁이 끝나던 날 만났어."

슈테피는 예전에 스벤에 대해 물어 보려고 이르야를 찾아 갔었다는 이야기는 하지 않았다.

스벤이 말했다.

"그땐 내가 아직도 순진했었어. 이르야가 나의 진정한 사랑이라고 믿었어. 근데 우린 서로 많이 달랐어."

스벤은 지금 왜 이르야 이야기를 꺼내는 걸까? 도대체 뭘 말하고 싶은 걸까?

"형제애 같은 걸까?"

스벤이 물었다.

"우린 형제애 같은 걸까? 너하고 나 말이야?"

슈테피는 대답할 수가 없었다. 숨도 쉴 수 없었다. 심장이 쿵쾅쿵쾅 뛰었다.

다음 순간 스벤이 자조적으로 웃었다.

"그만 계산하는 게 좋겠다."

스벤이 말했다.

"포도주를 한 병 더 시켜서 어리석은 소리를 더 지껄이기 전에 말이야. 공원에서 산책이나 하자."

두 사람은 장미꽃 봉오리가 막 피기 시작한 장미꽃밭을 지나갔다. 열대 온실은 벌써 문을 닫았다. 두 사람은 양어장까지 가서 벤치에 앉았다. 스벤이 슈테피 어깨에 팔을 둘렀다.

"이래도 되니?"

"응."

"이건?"

스벤은 나머지 다른 한 손으로 슈테피 얼굴을 자기 쪽으로 돌렸다.

"응."

"그럼 이건?"

스벤의 얼굴이 슈테피 얼굴을 향해 다가왔다. 슈테피는 스벤의 회색 눈을 똑바로 쳐다보았다. 스벤의 입, 약간 벌린 입술 사이로 반짝이는 치아가 보였다.

"응!"

스벤의 입이 슈테피의 입에 닿았다. 입술, 치아, 혀가 서로 만났다.

슈테피의 첫 키스는 아니었다.

맨 처음 키스는 스벤에게 받았다. 아니, 더 정확하게 말하자면 스벤에게서 빼앗았다. 슈테피의 입술과 영혼을 불태웠던 절망적인, 고통스런 키스였다.

두 번째 키스는 로타에서 춤을 추고 난 뒤 별장에서 벵트와 했다. 배신적인 키스였다. 슈테피의 의지에 아랑곳없이 자신이 원하는 대로 유혹하려 했던 키스였다.

그 이후로 슈테피는 벵트를 단 한 번 만났다. 베라와 리카르드 집에서. 슈테피가 베라를 방문했을 때 벵트가 와 있었고, 슈테피는 거의 인사도 못했다. 슈테피와 베라가 어린 글렌을 데리고 산책을 하고 돌아오자 벵트는 가고 없었다.

그 사이에 슈테피는 몇 번 더 키스 경험이 있었다. 슈테피를 영화관이나 카페에 초대했던 남자들, 학교 댄스나 김나지움 친구들을 통해 알게 된 남자들과. 남자들은 슈테피를 집까지 바래다 준 뒤 문 앞에서 키스를 하려고 했다. 슈테피는 보통 거절하긴 했지만 늘 거절하진 못했다.

슈테피는 늘 키스를 당했다. 그러나 이번에는 달랐다. 스벤이 슈테피에게 키스했다. 슈테피가 스벤에게 키스했다. 두 사람은 서로 키스했다. 속삭임. 바로 오래 전에 꿈꾸었던 모습이었다.

시간은 순식간에 흘러갔고 밤은 여전히 밝았다. 벤치에서 일어난 뒤 슈테피가 치마를 반듯하게 정리하는 동안, 스벤이 손목시계를 보자 벌써 12시가 넘었다. 산다르나로 가는 마지막 전차는 이미 끊겼다.

스벤이 말했다.

"택시 타자. 택시더러 기다려 달라고 하고 집 앞까지 내가 바래다 줄게."

슈테피가 물었다.

"걸어가지 않을래? 정말 아름다운 밤이잖아."

"걸어가자고? 산다르나까지? 걸어갈 수 있어?"

"너야말로 걸어갈 수 있어?"

스벤이 말했다.

"내가 산악인인거 잊었구나. 정말 걷고 싶어? 난 어떻게 집으로 돌아오고?"

슈테피가 말했다.

"올 때는 택시타면 되잖아. 그러자. 나 걷고 싶어."

두 사람은 강가로 내려갔다.

서쪽으로 부두를 따라 내려가 항구 창고를 지나 기중기를 지났다. 하늘은 점점 어두워지고, 바다는 반짝거렸다. 두 사람은 한번씩 멈춰 서서 키스했다.

산다르나에 이르렀을 때는 이미 해가 떴다. 서쪽으로 히싱겐 위의 하늘은 여전히 어두웠다. 그러나 시골 쪽 하늘이 훤해지더니 붉은 빛으로 물들었다. 아비투어 구두를 신은 슈테피의 발은 상처가 났고 스타킹도 찢어졌다. 그래도 상관없었다. 조금도 피곤하지 않았다.

문 앞에서 두 사람은 마지막으로 키스했다.

스벤이 말했다.

"내일 전화해. 주중에 한번 만나지 않을래? 커피 한 잔 마시면서 이야기나 하자."

"좋아. 내가 전화할게. 잘 자, 아니 좋은 아침이라고 인사해야 하는 건가?"

스벤이 말했다.

"넌 참 예뻐. 잘 자, 슈테파니."

슈테피 뒤로 문이 닫혔다. 창유리를 통해 스벤이 거리로 사라지는 것이 보였다. 슈테피의 입술은 여러 번의 키스로 상처가 났다.

17

알마 아줌마네 집은 예전과 전혀 달라졌다. 카리타 보리는 양탄자를 깔았고, 1층 커튼도 떼어 냈다.

부인이 말했다.

"빛! 난 빛이 필요해."

알마 아줌마가 도자기 장식품을 보관한 유리 찬장 위에는 커다란 무늬의 밝은 천을 씌워 두었다. 또 알마 아줌마가 오이와 사탕무를 절일 때 쓰는 도자기 항아리를 테이블 위에 올려놓고는, 지난해에 따서 말린 풀들과 혹마디가 달린 나뭇가지와 함께 야생화다발을 꽂아 놓았다. 알마 아줌마는 한숨을 지었다. 엘사와 욘은 유모가 정원에서 놀지 못하게 해서 불평했다. 그레타 양이 유모차를 사과나무 그늘 아래 세워 두었기 때문이다.

넬리만이 유일하게 새로 온 숙박 손님에 대해 불평하지 않았다. 넬리는 집 안과 정원에서 카리타 보리 뒤를 졸졸 따라다녔다. 알마 아줌마는 부인을 방해하지 말라고 말했지만 넬리는 자신이 방해가 안 된다는 걸 알았다.

카리타가 말했다.

"사람들과 약간 어울리는 건 좋아. 하지만 그림을 그릴 때는 혼자 있고 싶어. 그럴 때는 너도 나가 있어야 해."

카리타는 넬리를 어른처럼 대해 주었다. 카리타는 심지어 넬리에게 그냥 '카리타'라고 불러도 좋다고 말했다.

"카리타 아줌마가 아니고요?"

"아줌마라고 하지 마!"

그러나 알마 아줌마가 옆에 있을 때는 감히 '카리타'라고 부르지 못했다. 그럴 때는 '보리 부인'이라고 불렀다. 보리 씨는 며칠 동안만 섬에 머물렀다. 그런 다음 보리 씨는 자신의 설계도에 따라 호텔을 짓고 있는 도시로 떠나야 했다.

넬리는 집을 짓기 전에 먼저 설계부터 해야 하는지를 몰랐다. 또 그런 특별한 직업이 있는 지는 더더욱 몰랐다. 소냐의 아빠와 오빠들이 결혼을 앞둔 큰 오빠의 집을 지었을 때, 설계도 같은 건 없었다.

카리타가 말했다.

"그런 집은 설계도가 필요 없어. 여기서는 늘 짓던 대로 집을 지으니까. 하지만 현대 건축물들은 건축가가 항상 설계를 해야 해."

"모든 집들이오?"

"그럼. 주택, 학교, 병원, 호텔 모두. 공장도 마찬가지고. 우리 남편은 온갖 종류의 집을 설계하지."

넬리는 생각에 잠겼다.

마침내 넬리가 물었다.

"그럼 포로수용소도 건축가가 설계했나요?"

카리타는 당황하는 기색이었다.

"거기에 대해서는 생각해 본 적이 없어. 하지만 아마 그랬을 거야. 독일 건축가가. 정말 끔찍한 일이지!"

카리타의 어린 아들은 하루 종일 정원에서 잠만 잤다. 그런 게 건강한 거라고 그레타 양이 말했다. 그레타 양은 4시간마다 아기를 깨워서 우유병을 물렸다. 아기가 일찍 깨서 울어도 우유 먹을 시간이 될 때까지는 참아야 했다.

우유를 먹고 나면 카리타는 아기를 잠시 팔에 안고 있다가 울기 시작하면 그레타 양이 아기를 다시 유모차에 눕힌 뒤 잠이 들 때까지 이리저리 태우고 다녔다. 아기 이름은 카리타가 존경하는 유명한 화가의 이름을 따서 파블로라고 지었다.

넬리가 물었다.

"한번 안아 봐도 돼요?"

넬리는 정원 벤치 위, 카리타 보리 옆에 앉아 있었다. 어린 파블로는 방금 우유를 먹어서 기분이 좋은지 가르랑 소리를 냈다.

"그럼."

카리타는 이렇게 말하면서 넬리의 팔에 아기를 안겨 주었다. 넬리는 자기 어깨에 기댄 아기의 작은 머리를 조심스럽게 받쳤다. 넬리는 아기 머리에 난 부드러운 솜털을 가볍게 훅 불었다. 파블로는 그 작은 손으로 넬리의 둘째손가락을 붙잡았다. 넬리는 엄마가 들려 주던 자장가를 나지막이 흥얼거렸다.

카리타는 자리에서 일어나더니 정원 벤치에서 몇 발자국 뒤로 물러섰다. 카리타의 눈길이 심상치 않았다.

카리타가 말했다.

"아주 좋아. 이 모습을 그리고 싶어. 내 모델이 되어 줄래, 넬리?"

"내가 할 수 있을지 모르겠어요."

"어려운 일이 아냐. 그냥 가만히 앉아 있으면 돼. 피곤하면 물론 휴식을 취할 수 있어. 하지만 이거 한 가지는 약속해야 해. 내가 그림을 끝낼 때까지는 모델이 되어 주겠다고 말이야. 그렇게 하겠니? 그럼 가을에 내 전시회의 베르니사주에 초대할게."

"베르……?"

"베르니사주 말이니? 전시회 개막식을 일컫는 말이야. 꽃도 선물 받고 샴페인도 마셔. 좋을 것 같지 않니?"

넬리는 고개를 끄덕였다.

"근데 파블로는요?"

"파블로는 그렇게 가만히 오래 있지 못할 텐데요?"

"파블로가 깨어서 얌전히 있을 때 내가 얼른 스케치를 해 둘 거야."

카리타가 말했다.

"그럼 넌 다른 걸 팔에 안고 있으면 돼. 인형이나 베게 같은 거 말이야. 파블로의 얼굴은 유모차에 자고 있을 때 그려도 돼. 아, 정말 멋진 그림이 될 거야!"

두 사람은 벌써 다음 날부터 시작했다. 카리타 보리가 다락방으로 먼저 올라갔고, 넬리가 뒤따라갔다. 넬리는 노란 꽃무늬 원피스를 입었다. 카리타가 넬리를 위해 골라 준 옷이었다. 마지막으로 그레타 양이 파블로를 팔에 안고 왔다. 카리타는 다락방의 가장 밝은 쪽에다 이젤을 세웠다. 반쯤 완성된 그림이 세워져 있었다. 넬리는 무슨 그림인지 알아볼 수가 없었다. 그림물감이 든 화구 상자는 낡은 탁자 위에 열린 채 놓여 있었다. 그 주변에는 붓과 칼이 뒹굴고 있었다. 의자 위에는 물감으로 얼룩진 팔레트가 놓여 있었다. 팔레트에서는 달콤한 물감과 테레빈유 냄새가 강하게 풍겨왔다.

그레타 양이 말했다.

"이 공기가 어린 파블로에게는 안 좋을 것 같아요."

카리타가 안달하며 말했다.

"잠깐인데 뭐. 저 뒤에 앉아, 넬리."

이젤에서 몇 미터 떨어진 곳에 낡은 의자가 있었다. 이 의자 위에는 카리타가 가져온 노란색과 오렌지색 무늬의 천이 덮여 있었다.

넬리는 천이 밀리지 않도록 조심스럽게 앉았다.

카리타가 말했다.

"넬리에게 파블로를 안겨 주세요."

그레타 양은 마지못해 파블로를 넬리에게 넘겨 주었다. 카리타는 이젤에서 반쯤 그린 그림을 내려놓고 하얀 캔버스를 올려놓았다.

"어제처럼 꼭 안고 있어 봐."

넬리는 파블로의 머리를 자기 어깨에 똑바로 올려놓았다.

"어제 파블로 머리 위로 입김을 불었지. 한 번 더 해 봐."

"계속해서요?"

"아니, 머리 각도가 제대로 잡힐 때까지만. 그렇지, 그대로

있어. 그런 표정이 필요해. 하지만 너무 힘을 주지는 마. 이
제 대략 윤곽을 잡아 볼게."

카리타는 목탄 한 조각을 집어 캔버스에 스케치를 하기 시
작했다. 그레타 양은 팔짱을 긴 채 지켜보았다.

카리타가 말했다.

"가도 좋아요. 파블로를 데려가야 할 때 부를게요."

그레타 양은 내키지 않는 듯 계단 쪽으로 걸어갔다.

"아이 방에서 기다릴게요."

카리타는 대답하지 않았다.

넬리는 숨을 멈추었다. 카리타에게 잘 보이기 위해 꼼짝도
하지 않고 앉아 있었다.

조금 지나자 파블로를 안고 있는 팔이 아파오기 시작했다.
파블로는 칭얼거리며 몸을 뒤척였다.

넬리가 조심스럽게 말했다.

"이제 피곤한 모양이에요."

카리타가 말했다.

"잠깐이면 돼. 아주 포즈가 좋아. 너희 둘 다."

팔이 아팠다. 이제 파블로가 큰 소리로 울었다. 카리타는
아무렇지도 않은 모양이었다.

그러나 그레타 양이 계단을 뛰어 올라와 말했다

"이제 파블로를 데려 갈게요. 이건 건강에 좋지 않아요."

카리타가 말했다.

"아이들은 좀 우는 것도 몸에 좋다고 늘 말해 놓고는."

카리타의 목소리는 뾰로통한 아이처럼 들렸다.

그레타 양은 대답하지 않았다. 그레타 양은 소리지르는 아이를 넬리에게서 받아들더니 계단을 내려갔다.

카리타가 말했다.

"우린 좀 더 하자꾸나."

카리타는 천 한 조각을 돌돌 말더니 넬리의 팔에 안겨 주었다.

"아기라고 생각하고 들고 있어."

천 조각은 들기가 가벼웠다. 그래도 넬리의 팔이 쑤셨다. 그러나 넬리는 칭얼대고 싶지는 않았다.

"좋아."

마침내 카리타가 이렇게 말하며 목탄 조각을 내려놓았다.

"오늘은 그만하자."

"한번 봐도 돼요?"

"그냥 스케치야. 나중에 보려무나."

카리타는 물감으로 얼룩진 천을 이젤 위에 덮었다.

"넌 정말 참을성이 있구나. 오늘 정말 고마웠어. 우린 내일 계속하는 거야."

18

마이가 말했다.

"너 정말 행복해 보이는 걸. 공중을 막 둥둥 떠다니는 것처럼 보여."

일을 마친 슈테피가 전차 정거장에서 막 내렸을 때 두 사람은 만났다. 마이도 마리아 광장에 있는 세탁소에서 일을 하지만, 슈테피보다 먼저 일을 시작해서 먼저 끝낸다.

두 사람은 함께 저녁거리를 사기 위해 가게로 갔다.

마이가 계속 말했다.

"너 때문에 정말 기뻐."

그러나 마이는 별로 기쁜 표정이 아니었다. 웃고 있긴 했지만. 마이의 눈은 슬퍼 보였다.

슈테피는 그 자리에 멈춰 섰다.

"무슨 일이야, 마이?"

"뭐가 무슨 일이라는 거야?"

"무슨 문제가 있는 것 같은데. 우린 서로 숨기는 게 없잖아?"

마이가 말했다.

"이젠 모든 게 달라질 거야. 넌 곧 이사하잖아. 그리고 너와 스벤이……."

"그게 우리 사이하고 무슨 상관이라도 있니?"

"있지. 왜 없어?"

"난 이해 못하겠어. 넌 내 가장 좋은 친구야. 그리고 스벤은 아주 다른 문제야."

마이가 말했다.

"너 생각나니? 몇 년 전이었어. 우린 비에르크 선생님과 그 친구 제니스에 대해 이야기했어. 두 사람 모두 틀림없이 결혼할 기회가 있었을 텐데도 결혼하지 않은 것, 또 둘 다 모두 일과 우정을 선택한 것에 대해 이야기했어. 그때 난 나도 그렇게 살고 싶다고 말했지. 그리고 넌 이렇게 말했지……."

"……모든 걸 다 가질 수 있다고 말이야. 사랑, 남편, 아이들. 그리고 일과 우정까지. 난 아직도 그렇게 생각해. 난 널 떠나지 않을 거야, 마이."

마이의 안경 너머 눈이 반짝거렸다.

마이가 말했다.

"넌 내 자매나 다름없어."

"자매 이상이지."

다음 순간 마이가 웃었다.

마이가 말했다.

"나도 내가 왜 이러는지 모르겠어. 아주 감상적으로 되어 버렸어. 그건 그렇다 치고, 자매여, 우린 피소시지를 사 가야 해. 안 그러면 동생들이 화를 낼 거야."

두 사람이 집으로 들어가자 쿠레가 변성기의 쉰 목소리로 말했다.

"편지 왔어, 슈테피 누나. 누나 침대 위에 있어."

편지다! 슈테피의 심장박동이 두 배로 빨라졌다.

쌍둥이 쿠레와 똑같은 쉰 목소리로 올레가 말했다.

"외국 우표야. 우표 수집하는데 내가 가져도 돼?"

마이가 화를 내며 말했다.

"가만히 있어. 슈테피 좀 내버려 둬, 이 바보들아."

그럴지도 모른다…… 아닐지도 모른다…… 아빠에게서 온 편지일까?

편지는 침대 위에 있었다. 슈테피는 자신이 기다렸던 편지가 아니라는 걸 한눈에 알아보았다. 아빠 글씨가 아니었다.

주소는 타자기로 쳐 있었다.

그래도 어쩌면 아빠에게서 온 편지일 수도 있다. 어떤 이유 때문에 직접 편지를 못 썼을 수도 있다.

슈테피는 종이칼을 가져오느라 시간을 낭비하지 않고 그냥 봉투를 찢어 얇은 종이를 꺼내 들었다.

종이는 슈테피가 작성했던 서류들 중 한 장이었다. 오른쪽 모서리 위로 비스듬히 찍힌 소인에는 단어 몇 개가 적혀 있었고, 그 아래에는 서명이 있었다. 첫 단어는 읽을 수가 없었다. 그러나 다음 글자는 '바르샤바'였고, 독일어로 이렇게 적혀 있었다.

'실종.'

슈테피는 천천히 뒤를 돌아보았다. 마이가 서 있었다.

"아빠가……?"

슈테피가 고개를 흔들었다.

"아빠를 못 찾았다고 써 있어. 바르샤바에서 온 거야. 난 도무지 뭐가 뭔지 모르겠어. 유디트에게 편지 한번 봐 달라고 부탁해야겠어."

마이가 슈테피를 껴안았다.

"그 사람들은 이런 서류들을 몇 장이나 보냈다니?"

"여섯 장일 거야. 적십자에서 몇 장 더 보냈어. 근데 모두 똑같은 장소로 보낸 것 같아."

마이가 말했다.

"그럼 아직 가능성은 남아 있네."

식사 후에 슈테피는 유디트에게 가서 소인이 찍힌 서류를 보여 주었다.

유디트가 말했다.

"바르샤바에 있는 유대인 중앙위원회야. 네 아빠의 행방을 못 찾았대. 우리 가족도 못 찾았어. 나도 어제 똑같은 편지를 받았어."

유디트는 편지를 치우더니 창문을 열고 담뱃불을 붙였다.

유디트가 말했다.

"우리가 직접 찾아나서는 게 가장 좋을 것 같아."

"어떻게? 독일로 가야 해? 아니면 폴란드로?"

유디트가 말했다.

"수용소 사람들이 이곳으로도 와. 많은 사람들이 와. 이제 전쟁이 끝났으니까 스웨덴도 살아남은 사람들을 일부 받아들이고 있어. 특수병원과 집결지가 여러 군데 있어. 그곳에서 찾아보면 돼. 많은 사람들이 배를 타고 예테보리로 올 거야."

유디트의 활력이 슈테피에게도 전염되었다.

"그 사람들이 언제 오는지 어떻게 알지?"

유디트가 말했다.

"그건 유대인 공동체 사람들이 틀림없이 알거야. 난 요즘 거기 자주 가. 그래서 팔레스타인으로 가려는 다른 젊은이들을 만나. 갑자기 무슨 소식을 듣게 되면 네게 어떻게 전하지?"

"직장 전화번호 줄게. 정말 중요할 때만 전화해. 직장 사람들이 개인적인 용무로 전화 쓰는 거 싫어하거든."

슈테피는 얼마 전에 스벤의 전화를 받다가 경고를 받은 사실을 설명했다. 그때는 점심 시간이었는데도 말이다. 그러나 실험실 관장은 중요한 전화가 올지도 모르니까 쓸데없는 전화는 하지 말라고 말했다.

슈테피는 스벤에 대해서는 유디트에게 말하지 않았다. 마이를 제외하고는 아무에게도 말하지 않았다. 스벤과의 관계는 이제 막 시작이기 때문에 부서지기 쉽다.

공원에서의 그날 밤 이후로 두 사람은 여러 번 만났다. 둘은 산책하고, 커피를 마시고, 이야기를 나누고, 키스도 더 많아졌다.

어느 날 밤, 슈테피는 스벤의 단골 술집에 함께 갔다. 이번에는 스벤의 친구들 사이에서 편안함과 친밀감을 느꼈다. 스벤은 두 사람이 연인이라는 걸 비밀로 하지 않았다.

슈테피와 스벤.

이제 슈테피는 열세 살의 어느 가을날 오후, 연꽃 연못가에서 꿈꾸었던 모든 것을 얻게 되었다. 슈테피는 스벤을 얻었다.

슈테피는 행복해 할 이유가 충분하다.

그런데 왜 자칫 잘못하면 모든 것이 산산조각날 수도 있다는 불안한 기분이 드는 걸까?

19

"내일 배가 들어온대."

수화기 너머 유디트의 목소리는 흥분한 듯 들렸다.

"오후에 뤼벡에서 온대. 내일 휴가 낼 수 있니?"

"하루 종일?"

"아니, 네 시에 만나도 충분해. 그 사람들이 어디로 수송되는지 다 알아났어. 일단 몸에 있는 이를 구제한 뒤에 새 옷으로 갈아입고 저녁에는 여러 병원으로 옮겨진대. 대부분이 건강 상태가 아주 안 좋은가 봐."

두 사람은 약속을 하고 전화를 끊었다. 슈테피는 일자리로 돌아갔다.

실험실 관장에게 반나절 휴가를 달라고 해야 하나? 뭐라고 말해야 하지?

'우리 아빠가 포로수용소에서 오세요. 어쩌면요.'

아빠가 뤼벡에서 오는 배를 타고 오는 게 확실하기만 하다면 슈테피는 조금도 주저하지 않고 휴가를 낼 것이다. 그러나 사실은 전혀 아무것도 모르는 상태다.

슈테피는 아프기로 결정했다. 편두통이나 복통 등 하루가 지나면 나을 병을 생각해야 했다. 슈테피는 거짓말하는 걸 좋아하지 않지만 달리 도리가 없었다.

다음 날 아침, 슈테피는 평소대로 직장에 갔다. 하루 일당을 완전히 날리고 싶지는 않았다. 3시쯤에 몸이 아픈 것처럼 굴어서 조퇴를 청하기로 했다.

그러나 슈테피는 꾀병을 부릴 필요가 전혀 없었다. 오전부터 어찌나 긴장했던지 싱크대에서 시험관을 깨뜨려 손을 베었다. 잠시 후 슈테피는 다 만들어 놓은 프레파라트를 떨어뜨려 망쳐 놓았다.

실험실 관장이 물었다.

"오늘 도대체 왜 그러니, 슈테파니? 어디 아프니?"

"아……뇨."

슈테피는 말을 더듬거렸다.

"약간 어지러워요."

"메스꺼워?"

“약간요.”

실험실 관장이 말했다.

“그럼 그만 집에 가서 쉬는 게 좋겠구나. 이런 상태로 더 일하다가는 도움이 되기는커녕 손해만 더 끼치겠어. 내일 몸이 다시 좋아지면 그때 나오렴.”

슈테피는 흰 가운을 벗고 외투를 입으면서 약간 미안했다. 내일은 더 열심히 일해야지, 슈테피는 이렇게 다짐했다.

4시에 슈테피는 예타 광장에서 유디트를 만났다. 둘은 남자 김나지움 쪽으로 함께 언덕을 올라갔다. 스벤이 다녔던 학교다. 학교는 여름 방학이라 닫혀 있었고, 이제는 포로수용소에서 온 수감자들을 위한 집결지로 사용된다.

두 사람이 교정 가까이 다가가자, 버스 한 대가 학교에서 나왔다. 교정은 텅 비었다. 경찰이 버스 뒤로 교문을 닫았다.

경찰이 두 사람에게 물었다.

“너희들, 무슨 볼일이라도 있니?”

슈테피가 말했다.

“우린 가족을 찾고 있어요.”

경찰이 말했다.

“그럼 너무 늦었어. 모두들 다 떠났어. 이게 마지막 버스야.”

"어디로 갔어요?"

"우데발라에 있는 병원으로."

유디트가 우는 소리를 했다.

"하지만 사람들 말로는……. 이곳에 밤까지 머물 거라고 했어요."

경찰이 말했다.

"다음 주에 더 많이 와. 다음에는 여자들이 온다는 것 같아."

"그럼 이번에는요?"

"남자들뿐이었어. 소년들과 남자들. 하지만 너희들이 여기 와서 찾아봤자 소용이 없어. 여긴 외부 사람들은 못 들어오게 되어 있어. 여기서는 이를 구제하고 의료검진만 이루어져. 그런 다음에는 또 다시 수송돼."

경찰의 말투는 무뚝뚝하게 들렸다.

"그만 가렴, 애들아. 너희 가족이 스웨덴에 오게 되면 소식이 가겠지."

경찰은 길을 가로막고 교문을 닫더니 커다란 자물쇠로 잠갔다.

유디트는 울타리에 몸을 기댔다. 유디트는 피곤하고 지쳐 보였다.

슈테피가 경찰에게 물었다.

“죄송합니다만, 다음 주에 오는 여자들도 우데발라로 옮겨지나요?”

“그럴 거야. 이제 그만 가렴.”

슈테피는 유디트를 잡아끌고 언덕을 내려왔다.

“왜 이렇게 서두르니?”

유디트의 목소리는 화가 난 듯, 거의 찡얼거렸다.

“좋은 생각이 있어. 여기 앉아 봐, 그럼 내가 말해 줄게.”

두 사람은 빅토르 리드베리 동상이 놓인 작은 공원의 벤치에 앉았다.

“뭔데?”

슈테피가 말했다.

“우리가 우데발라로 가는 거야. 거기에 우리 가족이 있으면 만나게 해 줄 거야. 근데 우린 다음 배가 들어올 때까지 기다려야 해. 경찰이 말한 여자들이 탄 배가 올 때까지 말이야. 그럼 넌 아빠, 엄마, 에디트를 만날 수 있는 기회가 있어.”

“우데발라가 어디야?”

슈테피가 말했다.

“별로 멀지 않아. 칠팔 마일 정도 떨어져 있어.”

유디트가 물었다.

“거기까지 어떻게 가지?”

유디트의 목소리는 마치 대답을 기대하지 않는 듯 무덤덤했다.

"기차로. 기차 값이 비싸면 자전거로 가자. 텐트를 가져가서 자면 바로 그날 돌아오지 않아도 돼."

유디트가 말했다.

"난 텐트 없어. 넌 있니?"

"내가 하나 빌릴 수 있어."

스벤에게는 라플란드에서 등산할 때 사용하는 텐트가 있었다. 분명히 슈테피에게 빌려 줄 것이다.

슈테피가 말했다.

"토요일에 출발하자. 일이 끝나자마자. 그럼 저녁때까지는 도착할 수 있어. 그럼 우데발라 교외 아무 데서 텐트를 치고 잔 다음에, 다음 날 아침 시내로 갔다가 오후에 집으로 오는 거야."

"난 자전거가 없어."

슈테피는 유디트를 흔들어 깨우고 싶었다. 조금 전까지만 해도 그렇게 활력에 넘치더니 이제는 모든 힘과 의지를 잃어버린 것 같았다.

"자전거는 틀림없이 빌릴 수 있어. 빌려 줄 사람이 정 없으면 내가 메르타 아줌마에게 부탁할게. 그럼 나와 함께 이번 일요일에 섬으로 가서 자전거를 가져와야 해. 나 혼자 자전거 두 대를 배로 실어올 수는 없으니까."

유디트가 말했다.

"내 동료 울라에게 물어 볼게. 울라는 자전거가 있거든."

슈테피는 억지로 웃음을 참았다. 메르타 아줌마를 만나야 한다는 게 유디트로서는 위협이 되었던 모양이다. 유디트가 다시 활력을 되찾은 걸 보니.

"울라에게 물어 봐. 나는 길을 알아볼게. 그럼 다음 주 토요일에 가자. 너 자전거 탈 줄은 아니?"

유디트가 고개를 끄덕였다.

"달스란트의 농부들한테서 배웠어. 그 후에 보라스에서 지냈던 집의 부인은 심부름시킬 때 자전거를 빌려 주었어. 근데 벌써 몇 년 전의 일이야."

슈테피가 말했다.

"자전거는 한번 탈 줄 알면 타는 법을 잊어버리지 않아. 자전거를 그 전에 빌려서 타는 것 좀 연습해."

이제야 유디트가 웃었다.

"진짜 제대로 된 모험이 될 거야."

유디트가 말했다.

"난 텐트에서 자 본 적이 없어."

"나도 없어."

"텐트 치는 법 아니?"

"배워야지."

유디트가 물었다.

"텐트를 누구한테 빌릴 거니?"

슈테피는 입술을 꼭 깨물었다. 아니다, 스벤에 대해서는 말하고 싶지 않았다.

슈테피가 말했다.

"아는 사람이 있어. 넌 모르는 사람이야."

"확실히 빌릴 수 있어?"

"물론이지."

유디트는 입을 다물었다. 유디트의 눈길이 멍했다. 유디트는 길가 자갈을 신발 끝으로 긁어댔다.

드디어 유디트가 말했다.

"그 남자 참 못됐어."

"누구 말이야?"

"그 경찰 말이야. '여긴 외부 사람들은 못 들어와.' 경찰이 그렇게 말했잖아. 무슨 권리로 우리를 외부 사람들이라고 하는 거야? 그 경찰하고 스웨덴 사람들도 모두 외부 사람들이야!"

슈테피가 말을 꺼냈다.

"그 경찰 말은 그냥……."

유디트가 슈테피의 말에 끼어들었다.

“나도 경찰이 한 말 뜻은 알아. 하지만 외부 사람은 바로 경찰이야. 아무것도 이해 못하는 사람들이 외부 사람들이라고. 수감자들을 돌보는 사람들도 외부 사람들이야.”

“그건 모르는 일이지. 경찰이 좀 쌀쌀맞게 군 것뿐이야.”

유디트가 말했다.

“넌 참 특이해. 넌 모든 일에서 좋은 점만 봐. 너도 아까 같이 봤으면서.”

“그건 아니야. 난 단지 첫 인상만으로 판단하고 싶지 않아서 그래. 그건……”

슈테피는 입을 다물었다.

“……메르타 아줌마를 통해 배웠어.”

슈테피는 이렇게 말하고 싶었다. 그러나 유디트는 메르타 아줌마에 대해 잘 모른다. 또 알고 싶어하지도 않는다.

슈테피는 싱겁게 뒷말을 이었다.

“……여기 스웨덴에 와서 배웠어.”

유디트가 말했다.

“스웨덴 사람들은 감히 화낼 생각을 못하지. 아니면 자기 의견을 가질 생각도 못해. 그 사람들은 계속 ‘한편으로는 이렇고, 또 한편으로는 저렇다’는 식으로 말해.”

한편으로는 이렇고, 또 한편으로는 저렇다. 슈테피는 스벤의 부모인 세데르베리 씨와 그 부인을 생각했다. 그러나 모든 스웨덴 사람들이 다 그 사람들 같지는 않다.

슈테피가 화를 내며 말했다.

"메르타 아줌마는 자기 의견이 있어. 넌 메르타 아줌마가 마음에 안 들겠지만 말이야. 비에르크 선생님도 자기 의견이 있어. 마이는 아주 확실하게 자기 의견이 있다고!"

슈테피는 그 외에도 그런 사람들을 더 알았다. 그러나 그 사람들 이름을 모두 거론하고 싶지는 않았다.

유디트가 말했다.

"알았어, 알았다고. 그만 해. 내가 졌어!"

20

아침마다 넬리는 졸업식 때 입은 노란 원피스를 입고 다락방의 좁은 계단을 올라갔다. 카리타가 이젤에서 그림을 그리는 동안, 넬리는 한 시간 이상 화려한 색상의 천 뭉치를 팔에 들고 앉아 쥐죽은 듯 조용하게 있었다. 파블로는 지금은 필요 없다고 카리타가 말했다. 이제 넬리는 파블로 대신 엘사의 낡은 인형을 팔에 안고 있었다. 인형은 진짜 아기보다 더 가벼웠고, 무엇보다 버둥거리지 않았다.

알마 아줌마가 넬리에게 말했다.

"네가 그렇게 오랫동안 가만히 앉아 있는 게 신기하구나. 평소에는 잠시도 가만히 있지 못하면서."

이번 여름에 넬리가 평소와 달리 얌전해진 걸 알마 아줌마

는 눈치를 못 챈 모양이었다. 넬리는 조용히 앉아서 오랫동
안 생각에 잠겨 지냈다. 넬리는 평소 하던 일 외에도 자발적
으로 알마 아줌마 일을 도왔다. 자기 옷과 블라우스는 스스
로 다렸다.

넬리는 짐이 되고 싶지 않았다. 알마 아줌마에게 도움이
되고 싶었다. 그럼 어쩌면 이 집에서 계속 지내게 해 줄지도
모른다.

알마 아줌마가 비눗물로 바닥을 문지를 준비를 하자 넬리
가 말했다.

"제가 할게요. 곧 가사 학교에 가서 이런 것도 배울 거예
요."

알마 아줌마가 식탁에 신문지를 깐 뒤에 놋쇠 촛대와 양은
쟁반을 닦으려고 늘어놓자 넬리가 말했다.

"나중에는 제가 할 수 있을 거예요."

그러자 알마 아줌마가 넬리를 흘깃 쳐다보며 뭐라고 말하
려는 듯 짧게 숨을 내쉬다가는 말을 삼켜 버렸다.

넬리는 알마 아줌마가 무슨 생각을 하는지 알았다.

'이 아이는 여기서 지낼 수 없다는 걸 아직 모르는구나. 그
래, 모르는 편이 나아.'

그러나 넬리는 알았다. 너무 잘 알았다!

넬리는 알마 아줌마에게 더 머물게 해 달라고 아부하는 것

처럼 보이고 싶지는 않았다. 단지 시구르드 아저씨가 뭐라고 말하든 간에 자신을 데리고 있어 주기를 바랄 뿐이었다.

그게 안 된다면 넬리는 이제 어떻게 될까? 넬리는 어린이집에는 가고 싶지 않았다. 절대로!

한 달 전까지만 해도 여름은 아직 멀게만 느껴졌다. 이제 한여름의 더위가 섬을 뒤덮었다. 얕은 만에서는 해초가 썩어 갔고, 바닷새들의 새끼들은 쑥쑥 자라났다. 이제 곧 여름이 지나고 나면…….

카리타 보리가 넬리를 도울 수 있을까? 카리타는 넬리를 좋아하는 것 같았다. 어쩌면 보리 씨 집에서 지내면서 가사를 도울 수 있을지도 모른다. 어린 파블로가 그레타 양보다는 넬리를 더 좋아하는 게 역력하다. 넬리가 쳐다볼 때마다 파블로는 가르랑 소리를 내며 웃으면서 팔을 버둥거렸다.

그레타 양은 넬리가 유모차에서 파블로를 안아드는 걸 좋아하지 않았다. 파블로가 기저귀를 갈거나 우유를 먹을 시간이 되기 전까지는 유모차에 누워 있어야 한다는 게 그레타 양의 생각이었다. 하지만 파블로가 깨어서 이렇게 기뻐하는데! 넬리는 파블로를 안아 주지 않을 수가 없었다. 카리타는 그레타 양에게 넬리를 그냥 내버려 두라고 말했다.

"어린아이들은 어린아이들을 좋아하는 법이에요. 파블로도 좋아하는 게 보이잖아요."

그레타 양이 말했다.

"파블로는 너무 응석받이가 될 거예요. 그럼 나중에 힘드실 거예요. 손은 씻었겠지, 넬리? 아기들은 전염병에 저항력이 약해."

넬리는 아주 완전히 얌전하고, 단정하고, 부지런한 아이로 변할 수는 없었다. 때때로 넬리는 몸이 근질근질했다. 다리도 욱신거렸다. 그럴 때는 밖으로 나가 뛰고, 자전거를 타고, 수영을 해야 했다.

넬리와 소냐는 바닷가 곳에서 사람들의 접근이 어려운 장소를 하나 발견해서 종종 이곳에서 머물렀다. 좁은 분지에는 다 쓰러져 가는 낡은 오두막이 한 채 있었다. 지붕은 반이 부서졌다. 나지막한 오두막은 나무딸기 덤불, 쐐기풀, 잡초로 뒤덮여 있었다. 그러나 경첩에 달려 삐걱거리는 현관문 앞으로 누군가 길을 내놓았다.

한때 부엌이었던 곳에는 흙이 드러난 바닥 위로 거칠게 짜만든 식탁과 의자가 놓여 있었다. 벽난로의 화덕에는 불자리와 입구 흔적이 있었다. 유일한 창문에는 유리 없이 구멍만 나 있었다. 분지는 좁은 만으로 연결되었다. 다 쓰러져가는 선착장에는 물이 새는 나룻배가 놓여 있었다.

이 곳 앞에 있는 암초섬은 이름이 독일 암초섬이었다. 예전에는 갈매기 암초섬이라고 불렸지만 봄에 이곳으로 죽은 독일군이 떠내려 온 이후로 이런 이름이 붙여졌다. 당시 소년들 몇 명이 그물을 치다가 시체를 발견했다. 그 독일군은 지금 섬의 묘지에 묻혀 있다.

외딴 오두막은 넬리와 소냐의 비밀 장소이자, 놀이와 자유의 공간이 되었다. 둘은 식탁과 의자를 청소한 뒤 낡은 깡통에 야생화를 꽂아 식탁 위에 올려 두었다. 그러나 꽃은 곧 시들었다. 바닷물로 깡통을 채웠기 때문이다. 두 사람은 이가 빠진 커피잔과 도자기 조각을 찾아서 접시로 사용했다. 이런 소꿉놀이를 하기에는 둘 다 나이가 많았지만 오두막은 두 사람을 어린 시절로 다시 돌아가게 해 주었다.

아무도 이 사실을 알면 안 된다. 엘사조차도. 이 오두막은 두 사람만의 것이다.

소냐가 말했다.

"너 여기서 살아도 되겠다. 먹을 건 내가 갖다 줄게. 알러스에 나오는 연재소설처럼 말이야."

두 사람은 최근에 잡지에서 연재소설을 읽었다. 한 남자를 숲 속 오두막에 숨겨 둔 여자 이야기였다. 살인죄로 경찰이 그 남자를 찾으러 다녔지만, 여자는 남자의 무죄를 확신했으며 결국 그 여자가 옳았다는 게 드러났다.

넬리가 말했다.

"겨울에는 추울 거야. 지붕도 제대로 없잖아. 알러스에 나오는 오두막도 이렇게 낡지는 않았어."

"우리가 수리할까?"

"어떻게?"

소녀가 말했다.

"널빤지로. 마분지와 기왓장으로. 지붕에는 그런 게 필요하잖아."

넬리는 한숨을 지었다. 오두막에 필요한 재료조차 구할 수가 없어서였다.

"안 돼."

소녀가 말했다.

"그럼 우리가 널 여기에 숨겼다고 치는 거야. 내가 음식과 이불을 가져올 때까지 넌 여기서 기다려. 아무도 쫓아오지 못하도록 뒷길로 갈게."

소녀가 자리에서 일어섰다. 그때 바깥 덤불 속에서 바스락 소리가 났다.

"이게 무슨 소리니?"

두 사람은 얼른 문 밖으로 나갔다.

"누구야?"

다시 바스락 소리가 났다.

"얼른 나와!"

덤불 속에서 욘의 머리가 비죽 나왔다. 넬리는 화가 났다.

"여기서 뭐하니? 어떻게 우릴 쫓아올 생각을 다 했어? 여긴 우리 거야. 넌 여기 오면 안 돼!"

넬리가 욘을 막 쫓아내려고 할 때, 욘과 함께 놀아 주지 않으면 틀림없이 알마 아줌마에게 이 사실을 이를 거라는 생각이 들었다. 욘이 어차피 두 사람의 비밀 장소를 알아냈으니까 욘에게 함께 놀자고 하는 편이 더 나았다.

넬리가 말했다.

"우린 소꿉놀이 중이야. 넌 아빠 해."

욘은 진지하게 고개를 끄덕였다.

"아빠는 뭐 해야 하지?"

넬리가 말했다.

"고기를 잡아야지. 아빠가 하는 일이 뭔지 잘 알잖아. 여기 고기 잡을 때 타고 나갈 배가 있어."

소냐는 놀란 눈으로 넬리를 바라보았다. 낡은 나룻배는 바다로 나가기에는 상태가 너무 안 좋은데다가 욘은 얼마 전에야 수영을 배웠다.

넬리가 말했다.

"가자. 내가 보여 줄게."

세 사람은 좁은 길을 따라 한 줄로 늘어서서 선착장으로 내려갔다. 넬리가 맨 앞에, 욘이 그 다음에, 마지막에는 소냐가 갔다.

선착장은 아직 쓸 만했다. 선착장은 이미 살펴보았다. 그러나 나룻배는 타 보지 않았다.

"이거야."

욘은 배 안으로 기어들어갔다. 나룻배는 가라앉을 것 같지는 않았다. 욘은 몸무게가 가벼우니까.

"노가 하나뿐이야."

"그냥 삿대로 밀고 나가. 물이 아주 얕아."

욘에게 어떤 생각이 떠올랐다.

"엄마가 나더러 혼자 배타고 나가면 안 된다고 했어."

넬리가 말했다.

"이번에는 괜찮아. 우린 그냥 소꿉놀이하는 거야. 자, 이제 출발해."

넬리는 썩은 밧줄을 말뚝에서 풀었다.

소냐가 말했다.

"넬리. 너, 정말……?"

넬리가 말했다.

"물이 아주 얕아. 멀리 가지도 않을 거야."

넬리는 밧줄을 배 앞부분에 던졌다.

"행운을 빌어! 점심으로 구워 먹을 생선 많이 잡아 와!"

21

넬리는 오두막으로 돌아왔다. 소냐가 뒤따라왔다. 넬리와 소냐는 '접시'를 식탁 위에 차리고 화덕에 불을 지피는 시늉을 했다.

멀리서 먹먹한 천둥소리가 들렸다. 넬리는 창문을 통해 밖을 내다보았다. 육지에서부터 먹구름이 몰려왔다.

"폭풍이 오려나 봐."

잠시 후 비가 내렸다. 심한 소나기가 쏟아졌다. 넬리와 소냐는 지붕이 있는 쪽으로 몸을 피했다. 소나기가 부서진 지붕 위로 쏟아졌다. 굵은 물방울이 맨 팔과 다리에 떨어졌다.

소냐가 말했다.

"후, 온몸이 다 젖는구나."

욘!

잠시 동안 넬리는 욘을 잊고 있었다. 혼자 배에 타고 있다. 이 빗속에서.

넬리가 소리쳤다.

"욘! 욘을 데리러 가야 해!"

두 사람은 비를 맞으며 선착장으로 달려갔다. 풀밭이 미끄러워 비트적거리면서. 옷은 비에 젖어 몸에 딱 들러붙었고 머리카락도 붙었다.

"욘! 욘!"

욘은 벌써 저만큼, 만의 하구까지 떠밀려갔다. 욘은 배의 앞부분에서 삿대로 저어 보려 했지만 바닥이 닿지 않았다.

욘이 소리쳤다.

"넬리 누나! 너무 깊어!"

돌풍이 불어 빗줄기가 얼굴을 때렸다. 넬리는 달리고, 뛰고, 만을 둘러싼 절벽 위로 기어올라갔다.

"기다려, 욘! 내가 갈게!"

넬리는 미끄러지고 넘어졌지만 다시 일어섰다. 이제 더는 갈 수가 없었다. 배는 10미터, 아니 15미터 정도 떨어져 있었다.

넬리가 소리쳤다.

"밧줄을 내 쪽으로 던져!"

욘은 밧줄을 집어들어 넬리 쪽으로 던졌다. 그러나 밧줄은 넬리가 있는 곳까지 오지도 못하고 물 속으로 떨어졌다.

"다시 한 번 해 봐!"

욘은 덜덜 떨면서 울었다. 욘은 밧줄을 자꾸 던져 보았지만 바닷가까지는 닿지 못했다.

욘이 울먹였다.

"넬리 누나. 배가 가라앉아!"

넬리도 알았다. 배는 점점 더 깊이 가라앉았다. 배 아래위에서 물이 차 들어왔다.

"내가 갈게!"

넬리가 다시 소리를 지르며 바다로 뛰어들었다.

옷을 입고 수영하는 건 힘들었다. 옷이 온몸에 친친 감겼고, 신발 때문에 발이 자꾸 아래로 처졌다. 하지만 배까지는 그다지 멀지 않았다. 마침내 넬리가 배를 붙잡았다.

넬리가 숨을 헐떡이며 말했다.

"배를 끌고 갈 수는 없어. 바다로 뛰어들어. 그럼 내가 너와 함께 수영해 줄게."

욘이 말했다.

"싫어! 싫어, 싫다고!"

"해야 해. 안 그러면 물에 빠져 죽어."

욘은 귀찮다는 듯 천천히 셔츠를 풀기 시작했다.

"옷 그냥 입고 있어! 자, 뛰어!"

욘이 배 가장자리에 앉자 배가 빠르게 가라앉았다. 욘은 물 속으로 빠져들었다. 생각했던 것보다 훨씬 빨리 빠져들었기 때문에 욘이 물 속에 잠기고 나서야 넬리는 겨우 욘을 붙잡을 수 있었다. 넬리가 욘을 끄집어 냈다. 욘은 물을 내뱉으며 소리를 질렀다.

"가만히 있어! 얌전히 있으면 내가 육지로 데려가 줄게."

넬리와 소냐는 인명 구조 수영법을 배웠다. 하지만 수영을 할 줄 아는 사람이 물에 빠진 척 연기를 하며 연습할 때보다 공포에 질려서 발로 차고 때리는 여덟 살짜리 꼬마를 구조하는 일은 훨씬 힘들었다.

"가만히 있어, 안 그러면 우리 둘 다 빠져 죽어."

욘은 마침내 얌전해졌다. 넬리는 배영을 하면서 욘을 배 위로 꼭 붙잡았다. 넬리가 물 속으로 뛰어든 절벽까지는 수영 거리가 그다지 멀지 않았다. 그러나 절벽은 미끄러웠다. 여기서는 욘을 육지로 끌어내기가 힘들었다. 그래서 넬리는 만으로 욘을 데려가기로 결정했다. 발이 바닥에 닿기만 하면 수영할 필요가 없다.

넬리가 발을 아래로 뻗어보자 돌 하나가 발에 닿았다. 그 돌 위에 서 있을 수 있었다. 다시 바닥을 더듬어 보았다. 아직은 아니었다.

소냐가 소리쳤다.

"넬리! 넬리, 내가 도와줄까?"

바로 그 순간 넬리는 두 발에 차례대로 바닥이 느껴졌다. 물은 이제 턱까지 찼다.

넬리가 소냐에게 소리쳤다.

"괜찮아. 나 혼자 할 수 있어."

넬리는 욘 뒤로 가서 욘을 밀었다. 이제 곧 물이 얕아져서 욘도 혼자 갈 수 있을 것이다.

두 사람은 녹초가 되어 비틀거리며 육지로 왔다. 배의 윗부분 가장자리 쪽이 아직도 조금 보였다.

욘이 말했다.

"배가 가라앉아. 응."

넬리는 돌 위에 앉았다. 물이 얼굴 위로 뚝뚝 흘러내렸다. 넬리는 서서히 자신이 무슨 짓을 했는지 깨달았다. 넬리는 욘의 목숨을 구했다. 그러나 욘을 죽일 뻔한 것도 넬리였다.

넬리가 말했다.

"욘. 알마 아줌마에게는 배에 대해 절대 말해서는 안 돼. 네가 이런 짓을 한 줄 아시면 아줌마가 아주 화를 내실거야. 알아들었니?"

"그럼 뭐라고 말해야 해?"

"절벽에서 놀다가 미끄러져서 바다에 빠졌다고 말해. 그래서 내가 널 구해줬다고 말이야."

욘은 고개를 끄덕였다.

"약속하니?"

"응."

욘은 무릎에서 해초를 떼어 냈다.

욘이 말했다.

"독일군이었어. 독일군이 나를 아래로 막 잡아당겼어. 그건 엄마에게 말할 거야."

넬리가 말했다.

"말도 안 돼. 그 독일군은 죽어서 묻혔어. 그 사람은 아무 짓도 못해. 그냥 미끄러졌다고만 말해."

소냐는 울기 시작했다.

소냐가 울면서 말했다.

"여긴 절대로 다시 안 올 거야. 다시는!"

넬리가 말했다.

"바보처럼 굴지 마. 아무 일도 없었어."

욘은 약속을 지켰다. 욘은 젖은 돌 위에서 미끄러졌다고 알마 아줌마에게 설명했다.

"비누처럼 미끄러웠어, 엄마!"

그래서 바다에 빠졌다고 말했다. 넬리가 수영해서 욘을 구해줬다고도 말했다.

"수영을 했다고? 절벽은 바로 바닷가잖아?"

"내가 파도 때문에 밀려갔거든. 그래서 넬리 누나가 만으로 수영해야 했어. 바위가 너무 미끄러워서."

알마 아줌마는 넬리를 쳐다보았다. 둘은 식탁에 앉아 따뜻한 우유를 마셨다. 넬리와 욘은 담요를 덮고 있었다. 젖은 옷은 화덕 앞에 널어 두었다.

"정말 고맙구나, 넬리. 네가 바다에 뛰어든 건 정말 용감한 일이야."

엘사가 말했다.

"욘이 물에 빠져 죽을 수도 있었어."

"나도 알아."

알마 아줌마는 욘을 팔로 안더니 다른 쪽 손을 뻗어 넬리의 뺨을 어루만졌다.

넬리는 침묵했다. 침묵하면서도 창피함을 느꼈다.

22

우데발라로 자전거를 타고 간다는 계획은 슈테피에게도 열정을 불어넣었다. 오랫동안 기다린 끝에 슈테피도 드디어 뭔가 할 수 있게 되었다. 그래서 프라하에서 이런 전보를 받았을 때도 슈테피는 별로 기죽지 않았다.

안톤 슈타이너는 우리 기록에 없습니다.
프라하 유대인 공동체

프라하의 유대인 공동체도 아빠에 대해 아무 정보가 없었다. 하지만 아빠는 벌써 훨씬 가까운 곳에 와 계실거야, 슈테피는 스스로 이렇게 위안했다.

스벤은 우데발라 여행을 멋진 생각이라고 여겼다. 스벤은 함께 가겠다고 나섰지만 슈테피가 거절했다.

"유디트가 소외감을 느낄 거야. 이번 일은 유디트와 내가 단둘이 해내야 해."

스벤도 이를 이해했다. 스벤은 텐트 치는 법을 가르쳐 주었고, 유디트에게도 배낭을 하나 빌려 주었다.

슈테피가 자전거를 가지러 섬에 가자 메르타 아줌마는 오히려 회의적이었다.

"우데발라까지는 아주 거리가 멀어. 게다가 다시 돌아와야 하잖아. 정말 할 수 있겠어? 그냥 편지를 써서 물어보면 안 되겠니?"

물론 슈테피도 그 생각을 했었다.

"아빠가 혹시 거기 안 계신다고 하더라도 아빠를 만났거나 어디 계신지 아는 다른 사람들을 만날 수 있잖아요."

메르타 아줌마가 말했다.

"그래, 네가 하고 싶은 대로 하려무나. 넌 이제 다 컸어. 얼음 위를 걷다가 길을 잃을 뻔한 옛날과는 다르지."

그때는 섬에 온 첫 해 겨울이었다. 당시 슈테피는 얼음 위를 걸어 예테보리로 가려고 했다. 부모님도 스웨덴에 올 수 있도록 도움을 청할 생각이었다. 지난 겨울에야 슈테피는 그 사실을 메르타 아줌마에게 털어놓았다.

메르타 아줌마가 말했다.

"조심해라. 여자 아이 단둘이 여행하다니!"

슈테피는 조심하겠다고 약속했다. 약속한다고 뭐가 달라질 것도 없지만.

넬리에게는 아무 말 하지 않았다. 괜히 희망을 갖게 할 필요가 없었다. 함께 갈 수도 없는 노릇이었다. 슈테피가 아빠를 찾게 되면 함께 기차를 타고 오면 된다.

게다가 넬리는 알마 아줌마 집에 여름 숙박 손님으로 온 화가에게 완전히 빠져 있는 것 같았다. 넬리는 그 화가의 모델이라고 자랑스럽게 말했다.

"모델이라고?"

슈테피는 스벤이 이레네에 대해 한 말이 생각났다.

"넌 옷을 입었잖아?"

넬리가 말했다.

"언니 바보야? 당연하지. 난 졸업식 때 입은 원피스를 입고 있어. 게다가 파블로 대신 인형을 안고 있어. 파블로는 카리타의 어린 아들이야."

슈테피는 무슨 말인지 잘 이해하지 못했다.

넬리가 말했다.

"그림이 다 완성되면 볼 수 있어. 언니도 베르니사주에 와도 되는지 카리타에게 물어 볼게. 언니는 베르니사주가 뭔지 알아?"

"응, 알아."

슈테피는 금방 대답을 후회했다. 넬리에게 설명할 기회를 줬어야 했는데. 예외적으로 한번 슈테피보다 잘 아는 게 있는 걸 보여 주도록 말이다.

넬리는 퉁명스럽게 말했다.

"아는구나. 카리타에게 물어 볼게. 언니가 와도 되는지 난 몰라. 초대받은 사람들만 오는 데니까, 물론 언니도 알겠지만."

토요일 오후에 출발했다. 텐트는 슈테피 자전거의 짐칸에 단단하게 묶여 있었고, 두 사람의 침낭은 유디트 자전거 짐칸에 묶여 있었다. 유디트가 직장 동료에게 빌린 자전거 바구니에는 먹을 것, 칫솔, 비누, 따뜻한 스웨터, 갈아입을 속옷이 들어 있었다.

두 사람은 예타 강 위 다리를 건넜다. 머리카락이 바람에 휘날렸다. 따뜻한 날이었지만 히싱겐의 주택 사이를 자전거로 달리자 차가운 바람이 느껴졌다. 이제 곧 집들이 드문드문해지면서 잠시 후에는 시골이 나타날 것이다.

이제 길은 구릉이 심해졌다. 오른쪽으로는 꽃이 핀 초원이 강가까지 이어졌다. 왼쪽으로는 어두운 숲이 보이면서 군데 군데 트인 곳에는 나무로 된 집과 농가가 보였다.

둘은 자전거로 달리다가 농가에 이르러 우물에서 물을 좀 쓰게 해 달라고 청했다. 친절한 부인이 닭들에게 모이를 주면서 두 사람과 이야기를 나누었다.

"너희들 어디로 가는 거니?"

슈테피가 대답했다.

"우데발라에 가요."

"먼 길인데. 텐트를 갖고 가는구나. 해수욕하러 가니?"

"네."

슈테피가 채 대답하기 전에 유디트가 말했다.

부인이 말했다.

"쳇, 휴가를 전혀 못 가는 사람들도 있으니. 너희들은 도시에서 오는 거지?"

유디트가 말했다.

"물 고마웠어요. 그만 가야해요."

두 사람은 자전거를 밀면서 국도로 들어섰다.

슈테피가 물었다.

"너 왜 그러니? 왜 그렇게 쌀쌀맞게 대답해?"

유디트가 말했다.

"그 여자가 얼마나 궁금해 하는지 넌 못 봤니? 아니면 왜 그렇게 물었겠어?"

두 사람이 다시 자전거를 타고 가자, 산 위 높은 곳에 보후스 요새의 낡은 성벽이 보였다. 쿤겔브에 이르자 과자 공장에서 맛있는 냄새가 났다.

슈테피가 말했다.

"이제 쉬면서 뭘 좀 먹자. 너는 배 안 고프니?"

"고파."

적당한 휴식 장소를 찾기까지는 잠시 시간이 걸렸다. 마침내 호숫가에 이르렀다.

"여기 어때?"

"좋아."

두 사람은 호숫가에 앉아 먹을 것을 꺼냈다. 태양은 뜨거웠고, 파리가 사방에서 몰려들었다.

슈테피는 수영하고 싶어졌다.

"우리 잠깐 수영이나 할까?"

유디트는 코를 찡긋했다. 유디트는 수영을 못한다.

"틀림없이 물이 아주 얕을 거야. 자, 한번 가서 보자."

호수는 얕았고 가장자리에는 갈대가 많이 자랐다. 슈테피는 노 젓는 배가 묶여 있는 작은 선착장을 발견했다. 이곳에는 갈대가 없었고 물은 허리까지만 왔다.

두 사람은 수영복을 안 가져왔지만 보는 사람이 없어서 그냥 벌거벗고 수영했다.

수건도 없었다. 몸을 닦지도 않고 옷을 입어야 했다. 하지만 더위 속에서 기분이 상쾌했다.

마이 엄마가 오늘 아침에 준비해 준 음식은 정말 맛있었다. 치즈 빵, 소시지 빵, 삶은 계란. 빨간색 보온병에 든 커피. 마이 아버지가 평소에 회사에 들고 다니는 보온병이다.

슈테피는 원래는 다 먹을 수 있었지만 이렇게 말했다.

"오늘 밤을 위해서 좀 남겨 두는 게 좋겠어. 곧 다시 배고파 질 거야."

코데에서부터 국도와 철도가 평행해서 달렸다. 수많은 화차가 달린 화물 열차가 시끄러운 소리를 내며 옆으로 지나갔다. 언덕을 오르자 바다가 보였고, 스테눙준트에 가까워지면서 수평선으로 시야가 확 트였다. 바닷가에서 몇 미터 떨어진 곳에는 바다와 철도 사이를 따라 길이 나 있었다.

두 사람은 몇 시간을 달렸지만 아직도 가야할 길이 멀었다. 이제는 처음처럼 속도를 낼 수도 없었다. 언덕이 나오자 두 사람은 중간에서 멈췄다.

수영한 뒤 시원함도 이젠 소용이 없었다. 슈테피는 땀이 나고 피곤했다.

"자전거 밀고 갈까?"

유디트가 고개를 끄덕였다.

이제는 언덕 정상이겠지 하고 느낄 때마다 경사는 계속 더 이어졌다. 기차를 탈 걸 그랬어, 슈테피가 생각했다. 기차 삯이 그만한 값어치는 했을 텐데. 이제와서 우데발라까지 못 가면 어떡하지?

이제 언덕의 가장 높은 지점에 이르렀다. 기다란 인터체인지 길이 나오면서 두 사람은 편하게 달렸다. 그런 다음 철도를 지나 계속 위로 올라갔지만 이번에는 처음 언덕만큼 그렇게 가파르거나 길지는 않았다. 양쪽이 높은 전나무로 둘러싸인 곧은길이 나오더니 계곡에서 소와 송아지들이 풀을 뜯는 풍경이 펼쳐졌다.

태양은 아직도 높이 떠 있고, 찬바람은 저녁이 가까워짐을 알렸다. 숨결과 페달 밟는 일이 한결 수월해졌다. 융실레에서 산은 지금까지보다 더 높고 험해졌다. 두 사람은 한 온천장 옆에 있는 얕은 만에서 멈춘 뒤 물 속으로 조금만 들어갔다. 여기서는 사람들이 너무 많아서 벌거벗고 수영할 수가 없었다.

슈테피는 다리와 등이 아팠다. 그로헤드 정거장이 우데발라 전의 마지막 정거장이었다. 슈테피는 지도를 보고 알았다. 슈테피는 안도하며 길가로 모습을 드러내는 빨간 기와지붕 집들을 바라보았다. 이제 곧 도착할 것이다.

마지막 구간에서는 길이 높은 산의 산길처럼 굽이치며 이어졌다. 마지막 커브를 돌자 저 아래로 우데발라가 보였다.

슈테피가 말했다.

"여기서 머물자. 여기서 텐트를 치고 내일 아침 일찍 시내로 가자."

유디트는 자전거에서 내렸다. 얼굴이 창백했다.

유디트가 말했다.

"이렇게 먼 줄 몰랐어."

"나도 몰랐어!"

텐트를 치고 나자 두 사람은 남은 음식을 먹을 힘조차 남아 있지 않았다.

23

　침낭으로 막 기어들어 갔을 때 비가 왔다. 텐트 지붕 위로 비가 떨어지면서 텐트 안으로 비치던 푸른빛이 어둠 속에 잠겼다.

　유디트가 말했다.

　"이제 설명해 봐."

　"뭘?"

　"텐트와 침낭을 누구에게 빌렸는지부터 시작하면 돼."

　"말했잖아."

　"아는 사람이라고 했지. 이름이 뭐지?"

　이제 사실대로 말하거나 아니면 절대 말해서는 안 된다. 적당히 거짓말을 둘러대면 끝나지 않는다. 슈테피는 처음 학교에서 거짓말을 하기 시작하던 때를 떠올렸다. 슈테피는 해리엇과 릴리안에게 스벤과 연인 사이인 것처럼 거짓말을 했었다. 이제 진짜 연인 사이가 된 지금, 왜 거짓말을 해야 하는가?

기회가 좋았다. 유디트의 얼굴이 희끄무레하게 형태만 보이는 푸르스름한 어둠 속에서 말하기가.

"스벤이라고 해. 예전부터 알던 사람이야. 근데 지금은, 얼마 전부터는 좀 더 친해졌어."

"그 사람 사랑하니?"

"응."

"그 사람도 널 사랑하니?"

"그런 것 같아."

조용해졌다. 유디트가 침낭 안에서 몸을 움직이는 게 보이지는 않았지만 느낄 수는 있었다. 유디트의 얼굴이 슈테피에게 바싹 다가오더니 이렇게 물었다.

"그 남자도 유대인이니?"

"아니. 그 남자는 내가 예테보리로 이사 왔을 때 함께 살던 집 아들이야."

"그 의사와 끔찍한 부인 말이야?"

"응. 근데 스벤은 아주 달라. 스벤도 자기 부모님과 잘 못지내."

유디트가 말했다.

"어쩜 넌 그럴 수 있니? 이방인이잖아? 이런 일을 겪고도 말이야."

"그게 무슨 소리야?"

"독일인은 유대인들을 수백만 명 죽였어. 우리 민족이 살아남도록 신경 쓰는 게 우리 의무라고 생각하지 않니?"

유디트의 목소리는 이제 비난하는 것처럼 들렸다. 유디트는 텐트에 등을 기대고 앉은 뒤 무릎을 끌어당겼다.

"네 말은, 내가 유대인과 결혼해서 유대인 아이들을 낳아야 한다는 거니?"

"바로 그거야."

"유대인 아이, 아리아인 아이, 그게 뭐가 중요하지?"

"우리가 다른 사람들과 섞여 버리면 이 기억이 어떻게 전해지겠니?"

기억. 엄마에 대한 기억. 넬리와 내가 살아 있는 한 엄마도 살아 있는 거야, 슈테피가 생각했다. 또 우리가 아이들을 낳으면 아이들에게 엄마 사진을 보여 주면서 할머니에 대해 들려 줄 거야. 그럼 엄마는 우리 아이들 안에서도 계속 살아 계시는 거야. 내가 어떤 남자와 결혼하든 간에.

슈테피가 말했다.

"난 스벤을 사랑해. 그 남자가 어느 나라 사람인지는 아무 상관없어. 중요한 건 그 사람이 스벤이란 거지."

"그러니까 네 말은 우리 출신 따위는 중요하지 않다는 말이니?"

"응."

"난 네가 이해가 안 돼. 나라면 어렸을 때 부모님에게서 배운 모든 것을 내가 엉망으로 만들어 버린다는 기분이 들 거야."

"너도 알지만 우리 집은 그다지 종교적이지 않았어. 우리 부모님은 내가 사랑하고 또 나를 사랑해 줄 사람이 있다면 기뻐하실 거야."

"그럼 죽은 사람들은 다 어쩌고?"

"나도 너만큼이나 그 사람들을 애도해. 하지만 난 그 사람들의 인생을 살 수는 없어."

유디트가 말했다.

"우린 정말 다르구나. 가끔씩 난 널 정말 이해하지 못하겠어. 근데도……."

유디트는 입을 다물었다.

"근데 뭐?"

"근데도 난 네가 아주 좋아, 슈테피."

"나도 네가 좋아. 내가 아는 사람 중에서 네가 가장 똥고집이긴 하지만 말이야."

웃음이 터지면서 두 사람 사이의 긴장이 녹아 버렸다. 두 사람은 침낭에 바싹 붙어서 잠이 들었다.

다음 날 아침, 다시 해가 모습을 드러냈지만 텐트는 지난밤 비 때문에 온통 젖어 있었다. 슈테피와 유디트는 텐트를 나무에 걸어 말린 뒤 짐을 쌌다. 짐이 약간 축축하긴 했지만 그래도 다시 접어서 슈테피 자전거 짐칸에 묶어야 했다.

유디트가 말했다.

"배고파! 싫어하는 귀리죽도 두 그릇은 먹을 수 있겠어."

"병원으로 가는 길에 잠깐 뭐 좀 먹자. 분명히 카페가 문을 열었을 거야."

두 사람은 자전거를 타고 시내로 갔다. 비온 뒤의 공기는 차갑고 신선했다. 일요일 아침 이른 시간이어서 거리에는 사람들이 거의 보이지 않았다.

아침 식사를 파는 카페가 하나 눈에 띄었다.

슈테피가 말했다.

"귀리죽도 파네. 이인분 시켜 줄까?"

"아주 고맙지만 버터 빵을 먹는 게 낫겠어."

두 사람이 서로 독일어로 이야기하자 판매대 뒤의 부인이 호기심어린 눈으로 바라보았다.

부인이 물었다.

"마그레테게르데 학생들이니?"

슈테피는 이 이름을 들어보았다. 이곳은 지금 비상병원으로 사용되고 있는 학교다.

"아뇨, 우리는 누굴 찾아가는 길이에요."

부인이 말했다.

"그런 줄 알았어. 그 학교 학생들은 마음대로 시내를 못 돌아다니거든."

두 사람은 커피와 치즈 빵을 주문한 뒤 창가 테이블에 앉았다. 카페와 부엌 사이에 쳐진 커튼 뒤로 부인이 사라졌다. 잠시 후 부인은 커피 두 잔과 커다란 치즈 빵을 네 조각 들고 왔다.

슈테피가 말했다.

"죄송합니다만, 치즈 빵 하나씩만 주문했는데요."

부인이 말했다.

"너희들이 아주 배가 고파 보여서. 나머지 빵 두 개는 싸갖고 가서 배고픈 사람에게 주렴."

부인은 두 사람이 주문한 커피와 빵 값도 받지 않았다. 슈테피와 유디트는 치즈 빵을 하나씩 먹고 남은 빵은 종이봉투를 달라고 해서 넣었다. 이 빵은 나중에 잘 먹을 수 있을 것이다.

"정말 고맙습니다."

"아무것도 아닌 걸. 잘 가렴."

슈테피가 거리로 나와 자전거를 타며 유디트에게 말했다.

"너도 봤지? 동정심이 있는 스웨덴 사람들도 있어."

유디트가 고개를 끄덕였다.

"응. 저 부인은 친절했어."

카페의 그 부인은 학교로 가는 길을 알려 주었다. 학교는 시내 한복판에 아름다운 꽃밭과 벌거벗은 여인의 동상이 세워진 분수가 있는 작은 공원 옆에 있었다.

학교는 갈색 기와지붕으로 된 2층짜리 건물이었다. 공원 쪽으로 나 있는 기다란 전면은 높고 어두운 창문 때문에 암울해 보였다. 학교 마당은 쇠창살로 된 울타리로 둘러쳐져 있었고, 뒤쪽으로는 남자 키보다 더 높은 철조망 울타리가 보였다. 교문에도 철조망이 쳐져 있었고 이런 간판이 걸려 있었다.

보호구역 출입금지
위반시 벌금 100크로네

철조망 뒤로 자갈이 깔린 학교 마당에는 회색 옷을 입은 사람들이 몇 명 보였다. 울타리 내에서 유일하게 보이는 몇 그루의 커다란 나무 그늘에는 사람들이 몇 명 서 있었다. 거리 맞은편에는 공원의 잘 손질된 잔디밭 사이로 꽃밭이 화려한 자태를 과시했다.

슈테피가 나무쪽을 가리키며 말했다.

"저쪽으로 가 보자. 어떻게 하면 안으로 들어갈 수 있는지 물어 보자."

두 사람은 울타리를 따라 걷다가 나무 아래 사람들이 서 있는 곳 가까이서 멈추었다. 다섯 명의 남자들이 보였다. 모두 담배를 피우고 있었다. 멀리서 봤을 때는 늙고 지쳐 보였지만, 가까이 가 보니 슈테피 나이 또래의 젊은이들이었다. 남자들은 얼굴이 누렇게 창백했고, 몸은 비쩍 말랐다. 천천히 몸을 움직이는 모습이 마치 힘을 아끼려는 것 같았다.

그 중 한 남자가 두 소녀를 발견하더니 뭐라고 외쳤다. 슈테피는 무슨 소리인지 못 알아들었지만 유디트는 울타리 가까이로 다가가 유대어로 말했다. 젊은이는 대답하면서 활짝 웃었다. 입에는 치아가 하나도 없었다.

"저 남자가 뭐라고 하니?"

"미국산 담배 한 갑을 사 주면 우리가 원하는 걸 해 주겠대."

"어떻게 들어갈 수 있는지 물어 봐. 아니면 우리 가족에 대해 아는지 물어 봐."

유디트는 젊은이에게 몸을 돌려 한참동안 이야기를 나누

었다. 슈테피는 자기 아빠와 유디트 부모님과 언니 이름을 알아들었다. 젊은이는 유디트의 말을 듣는 동안 얼굴이 진지해졌다. 그 젊은이는 다른 동료를 불렀다. 모두 몸짓을 섞어 가며 서로 이야기를 했다.

유디트가 통역했다.

"저 사람들은 베르겐 벨젠에서 왔대. 그 전에 여러 수용소에 있었는데, 항상 여자와 남자는 따로 떨어져 있어서 여자들에 대해서는 자기들도 모른대. 자기 어머니와 여동생 소식도 모르긴 마찬가지래. 저 사람들 중 누구도 우리 아버지 이름을 모르겠대. 그래도 누가 아는 사람이 있는지 물어 보겠대. 누군가 우리 가족을 만났었을 수도 있으니까. 한 시간 후에 다시 오라고 하는데."

간호사복을 입은 키가 큰 부인 한 명이 갑자기 무리 한가운데 나타났다.

"여기 무슨 일이야? 여긴 금지구역이라는 거 모르니? 설마 저 사람들에게 과자 같은 건 주지 않았겠지? 그런 건 소화를 못 시켜. 위가 다 상했거든. 여기 있으면 안 돼, 애들아. 여긴 너희들이 있을 곳이 아니야. 그만 집으로 가."

슈테피가 말했다.

"우린 가족을 찾고 있어요. 좀 들어가게 해 주세요."

거의 울기 직전이었다. 간호사의 목소리가 너무 무섭게 들렸던 것이다.

간호사는 고개를 흔들었다.

"전염 위험이 있기 때문에 아무도 못 들여보내. 일부 사람들이 전염병에 걸렸거든."

슈테피가 말했다. 슈테피 목소리가 떨렸다.

"우린 예테보리에서 자전거로 여기까지 왔어요."

"누굴 찾는데?"

"우리 아빠요. 안톤 슈타이너라고 해요. 그리고 유디트의 부모님과 언니를 찾고 있어요. 성이 리버만이에요."

간호사는 가운 주머니에서 작은 수첩과 펜을 꺼냈다.

"자. 여기 이름을 써. 그러면 너희들 가족들이 이곳에 있는지 한번 물어 볼게."

슈테피는 이름을 썼다.

'안톤 슈타이너.'

'카임 리버만. 리브카 리버만. 에디트 리버만.'

슈테피는 울타리 너머 간호사에게 수첩과 펜을 건넸다.

간호사가 말했다.

"여기서 기다려. 금방 돌아올게. 남자들에게는 아무것도 주지 마. 필요한 건 여기서 다 주니까."

24

간호사가 문 안으로 사라지자 슈테피와 유디트만 남겨졌다. 젊은이들도 있던 자리로 돌아갔다. 슈테피는 심장이 두근거렸다. 슈테피는 손을 뻗어 유디트의 손을 꽉 잡았다. 1분, 2분, 5분, 10분…….

15분 후에 간호사가 문 밖으로 나오는 게 보였다. 유디트는 슈테피의 손을 아플 정도로 꽉 잡았다. 유디트는 유대어로 뭐라고 중얼거렸다. 아니 히브리어인가? 기도하는 걸까?

간호사는 울타리 옆에서 멈췄다.

간호사가 말했다.

"우리 등록부를 훑어봤어. 그리고 예테보리에 있는 바사 병원과 메른달에 있는 병원에도 전화해 봤어. 거기에도 같은 배로 수송된 사람들이 있거든. 알고 있었니?"

슈테피는 고개를 흔들었다.

간호사가 말했다.

"하지만 너희들이 찾는 사람 중에서 한 사람 밖에 못 찾았어."

누굴까?

슈테피와 유디트 모두 그 질문이 입 밖에 나오지 않았다. 그 질문은 그냥 떨린 채 두 사람 사이에 머물렀다.

간호사가 유디트를 보며 말했다.

"네 언니를 찾은 것 같아. 에디트 리버만."

유디트의 얼굴이 활짝 펴지더니 빛이 감돌았다.

"언니가 여기 있어요?"

"응. 여기 있어."

"만나볼 수 있어요?"

간호사가 말했다.

"수석 의사 선생님하고 이야기를 해 봤어. 의사 선생님은 이런 경우에는 예외로 해야 한다는 의견이야. 네 친구도 함께 들어와도 돼. 하지만 언니를 만지지 않겠다고 약속해야 해. 언니는 결핵에 걸렸거든. 그리고 언니를 흥분시키면 안 돼. 그럼 언니에게 해로우니까. 문으로 와. 내가 열어 줄게."

유디트는 문 쪽으로 달려갔다. 슈테피도 따라갔다. 슈테피도 유디트를 위해 아주 기뻤다. 아빠도 여기 계셨으면 얼마나 좋을까!

간호사가 교문을 여는 동안 유디트는 안달이 나서 제자리에서 총총걸음을 했다. 두 사람은 간호사를 따라 마당을 건너갔다.

건물 내부는 밖에서 보는 것처럼 그렇게 암울하지는 않았다. 계단과 복도는 환기가 잘 되고 밝았다. 그러나 마주치는 사람들은 한결같이 눈빛이 슬퍼 보였다. 학교 마당에 있던 젊은이들은 그나마 아주 건강한 사람에 속했다. 인간이 해골처럼 비쩍 말랐는데도 살 수 있다니! 계단 한 칸을 올라가는 게 저렇게 힘들 수 있다니!

복도에서 어린 소년과 마주쳤다. 그 소년은 많아봤자 열두 살 정도 되어 보였다. 넬리처럼. 소년의 얼굴에서는 시커먼 눈만 커다랗게 보였다. 작대기처럼 말랐다. 하지만 소년은 지나가면서 슈테피를 보고 웃었다.

간호사는 병실로 쓰는 교실 문을 열었다. 병상이 열두 개였다. 한쪽에 여섯 개씩 나뉘져 있었다. 흰색 커튼. 창가에 놓인 꽃.

병상 몇 개는 깨끗이 비어 있었다. 그 외에는 사람처럼 보이는 존재들이 누워 있었다. 머리를 빡빡 깎았기 때문에 여자인지 구별하기가 힘들었다. 비쩍 마른 몸은 헐렁한 환자복

안에서 거의 표도 나지 않았다.

간호사가 유디트에게 말했다.

"오른쪽에서 두 번째야."

슈테피는 문가에 서 있었다. 슈테피는 들어가면 안 될 것 같았다. 유디트가 안으로 들어가자 베개에 누워 있던 창백한 얼굴이 환해지는 것이 보였다. 속삭이는 소리도 들렸다.

"유디!"

유디트가 말했다.

"언니, 언니!"

유디트의 목소리는 부드럽고 어린아이처럼 들렸다. 유디트가 저렇게 말하는 소리는 한 번도 들어 보지 못했다.

간호사는 유디트를 위해 의자를 가져와 침대에서 약간 떨어진 곳에 놓았다. 간호사들은 서로 유대어로 나지막이 이야기했다. 유디트가 뭔가를 물었다. 에디트가 대답했다. 유디트는 울기 시작했다. 에디트는 동생을 위로하기 위해 손을 뻗으려고 했지만 간호사가 말렸다. 만지면 안 된다.

잠시 후 유디트는 아직도 문가에 서 있는 슈테피 쪽으로 몸을 돌렸다.

유디트가 말했다.

"이리 와. 와서 언니에게 인사 해."

슈테피는 에디트가 아직 젊은 소녀라는 걸 알고 있었다.

자신과 유디트보다 몇 살 더 많을 뿐이었다. 그러나 베개 위에 놓인 얼굴은 눈이 움푹 들어간 것이 늙은 여자처럼 보였다. 그러면서도 동시에 얼굴은 어린 새처럼 보이기도 했다. 빡빡 깎은 머리, 살가죽과 뼈만 남은 날카로운 윤곽, 마른 몸. 에디트의 눈길을 견디기가 힘들었다.

유디트는 몇 년 전에 예테보리의 전차에서 우연히 슈테피를 다시 만난 이야기를 에디트에게 들려 주었다. 슈테피는 빈의 유대 학교에서 알던 사이였다는 것도.

유디트가 말했다.

"슈테피는 내 가장 좋은 친구야. 자전거를 타고 여기 와서 가족을 찾아보자는 것도 슈테피의 생각이었어."

에디트는 고개를 끄덕이며 창백한 웃음을 지어 보였다.

에디트가 독일어로 물었다.

"넌 누굴 찾니?"

"아빠."

"아빠만 찾아?"

"엄마는 테레지엔슈타트에서 돌아가셨어. 여동생은 여기 있고."

간호사가 다가왔다.

간호사가 유디트에게 말했다.

"이제 그만 가야겠다. 에디트를 피곤하게 하면 안 돼. 아주 몸이 약하거든."

유디트가 물었다.

"다시 와도 돼요? 면회는 얼마 만에 가능해요?"

간호사가 말했다.

"원래는 면회 금지야. 전염 위험 때문이야. 하지만 수석 의사에게 면회를 허락해 달라고 청해 볼게. 에디트에게 뭔가 즐거운 일이 있으면 힘이 생길지도 모르니까."

"언니를 예테보리 병원으로 옮겨 주시면 안 될까요? 그럼 언니를 매일 만날 수 있을 텐데."

간호사가 말했다.

"한번 물어 볼게. 안 될지도 몰라. 비상병원은 자리가 모두 찼거든. 이렇게 몸이 약한 환자를 수송하는 게 위험한 일이기도 하고."

간호사는 두 사람을 밖으로 데리고 나왔다. 계단에서 어떤 남자가 뒤따라왔다. 학교 마당에서 대화를 나눴던 그 젊은이였다. 그 남자는 유대어로 뭐라고 열심히 떠들었다.

유디트는 슈테피 쪽으로 몸을 돌렸다.

"네 아빠를 만났던 사람을 찾았대. 마당으로 오래."

슈테피는 간호사에게 이 사실을 설명했다. 간호사는 고개를 끄덕이며 헤어졌다.

그 젊은이는 목발을 짚은 작은 남자에게로 두 사람을 데려
갔다.

슈테피가 말했다.

"안녕하세요."

젊은이도 독일어로 대답했다.

"안녕. 내 이름은 아담 골즈미트야. 네가 안톤 슈타이너 씨
딸이니?"

슈테피의 가슴은 방망이질을 했다. 이 남자는 정말 아빠를
알고 있구나!

"네. 슈테파니라고 해요."

작은 남자가 말했다.

"네 아빠는 좋은 분이셨어."

이셨다고? 그렇다면 아빠가 돌아가셨다는 말인가?

아담 골즈미트가 말을 이었다.

"우린 함께 아우슈비츠에 있었어. 거기서 경험한 일들은
설명하지 않겠어. 그건 말로 다 할 수가 없으니까. 하지만 내
가 발을 다쳤을 때 네 아빠가 날 구해 주셨어. 네 아빠 덕분
에 난 계속 일할 수가 있었어. 안 그랬으면 나도 가스실에서
죽었을 거야. 정말 좋은 분이셨어."

슈테피는 그 후에 무슨 일이 있었는지, 아빠를 마지막으로
본 건 언제였는지, 아빠가 계신 곳을 아는지 묻고 싶었다. 그

러나 슈테피의 입술은 바싹 마르고 굳었다. 말이 혀에 붙어서 나오질 않았다.

"네 아빠하고 함께 독일로 행군했어. 러시아 군대가 가까이 진군하자, 독일군들이 수용소를 해체시켰어. 그래서 우리는 한겨울에 떠나야 했어. 따뜻한 옷도, 신발도, 음식도 없이 말이야."

그 남자는 입을 다물었다.

"계속 말씀해 주세요."

슈테피가 속삭였다.

"제발요, 계속 말씀해 주세요!"

"우린 길가에서 잤어. 헛간에서, 폐허에서. 넷째 날 되던 아침에, 눈을 떠 보니까 네 아빠가 사라지고 안 계셨어. 그 이후로는 한 번도 못 봤어."

"그럼 아빠가……?"

"모르겠어. 아직도 살아 계시길 기도하고 있어. 더는 나도 말 못하겠어."

정말 마음이 아팠다! 정말 말할 수 없이 아팠다. 슈테피는 눈 덮인 국도를 비틀거리며 걷는 아빠를 떠올렸다. 얇은 옷을 입고 발에는 천 조각을 걸친 채.

왜 이 남자는 슈테피가 잠시나마 희망을 갖도록 했을까? 곧 그렇게 희망을 꺼뜨릴 거면서. 슈테피는 도대체 왜 이곳으로 왔을까? 그냥 서류로 대답이 오기를 기다리는 편이 나았을 텐데. 아무것도 모르는 편이 희망하기가 더 쉽다. 이제 넬리에게 뭐라고 말해야 할까?

정말 마음이 아팠다.

25

카리타 보리가 말했다.

"표정을 그대로 유지해 봐."

"어떤 표정요?"

"방금 보인 표정 말이야."

넬리는 방금 어떤 표정을 지었는지 더듬어 보려 애썼다. 잘 되지 않았다.

카리타가 말했다.

"긴장하지 마. 조금 전에 아주 좋았는데. 그때 네가 무슨 생각을 했었는지 기억나니?"

물론 넬리는 기억이 났다. 넬리는 요즘 계속 고민하는 그 문제를 생각하고 있었다.

앞으로 어떻게 될지. 어디로 가야 할지.

"네."

"그럼 계속 그 생각을 해."

욘이 알마 아줌마에게 물에 빠져 죽을 뻔했다는 사실을 말한다면 어떻게 될까.

"좋아! 바로 그거야."

넬리는 카리타가 그림을 그리는 동안 쳐다보면 안 된다. 눈길을 비스듬히 내리깔고 파블로 대신 안고 있는 인형을 바라보아야 한다. 넬리는 웃음도 지으면 안 된다. 그림도 보면 안 된다. 아직은. 9월의 베르니사주에서야 보여 주겠다고 카리타가 결정했다. 깜짝 놀라게 해 주겠다는 것이다.

넬리의 오른쪽 팔이 저렸다. 얼얼했다.

"좀 쉬고 싶니?"

"네."

넬리는 자리에서 일어서며 인형을 내려놓았다. 팔의 얼얼한 느낌을 떨쳐보려 했다. 카리타는 이젤 옆 테이블 위에 놓인 유리병에서 물을 따라 넬리에게 건넸다. 카리타 자신도 한 잔 마셨다.

"햇볕을 받으면서 밖에서 놀고 싶지 않니?"

넬리는 고개를 흔들었다.

"난 모델이 좋아요."

카르타가 말했다.

"이상하구나. 너 같은 아이가 이런 곳까지 오게 되다니."

넬리는 카리타의 말뜻을 제대로 이해하지 못했다.

카리타가 계속 말했다.

"난 금방 알아차렸어. 네가 여기 속한 아이가 아니라는 거 말이야. 그건 네 머리나 눈 색깔 때문만은 아니야. 네 몸을 휘감은 후광을 보고 네가 좋은 가문 자식이라는 걸 알았어."

"후광이라고요?"

"네 몸에서 나는 광채 말이야. 네겐 아주 영묘한 광채가 있어, 넬리. 사실 이 말은 하면 안 되지만, 널 당장 그리고 싶게 만든 건 바로 그 광채였어. 넌 이곳으로 오지 말았어야 했어. 네 개성을 발휘하려면 넌 세련된 환경에서 자라야 해."

후광. 영묘. 세련. 개성.

넬리는 이런 말들을 이해하지 못했다. 하지만 그 말뜻은 이해했다. 지금 이 말뜻은 넬리가 늘 갖고 있던 남들과 다를까 봐, 어울리지 못할까 봐 걱정하던 오랜 두려움이었다.

넬리는 다르다. 어울리지 않는다. 그래서 알마 아줌마는 넬리를 데리고 있지 않으려 한다.

카리타가 계속 말했다.

"린드베리 부인처럼 무감각한 사람들은 네가 어떤 아이인지 물론 이해 못하지."

넬리 마음속에서 뭔가 무너져 내렸다.

"알마 아줌마는 세상에서 가장 좋은 분이세요! 아줌마는 늘 내게 잘 대해 주세요. 아줌마는…… 아줌마는……."

넬리 목소리는 울음 때문에 중단되었다.

카리타가 말했다.

"아가야. 진정해! 난 린드베리 부인을 조금도 비난하고 싶지 않아. 그 부인은 나름대로 좋은 사람이야. 내 말은 그냥……."

넬리가 소리쳤다.

"그만하세요! 그만, 그만!"

카리타는 입을 다물었다. 카리타는 다락방 화실 안을 돌아다니면서 바닥에서 물감을 줍거나 의자 위로 덮어 둔 천을 정리했다. 그런 다음 넬리의 잔에 새로 물을 따라서 넬리에게 주었다.

"물 좀 마셔. 좀 더 앉아 있을 수 있겠어?"

"네."

넬리는 팔에 인형을 들고 의자에 앉았다. 넬리는 인형을 꼭 끌어안았다. 울음은 가라앉았지만 슬픔은 여전했다.

카리타가 말했다.

"좋아! 바로 그거야! 바로 그 표정이야!"

'곧 슈테피 언니가 올 거야.'

넬리는 주문처럼 이 말을 되풀이했다.

곧 슈테피 언니가 올 것이다. 그럼 좋아질 것이다. 그럼 넬리는 이제 혼자가 아니다.

넬리는 마치 벌써 섬을 떠나기라도 한 것 같았다. 몸은 아직 여기서 움직이면서 늘 하던 대로 행동하지만, 진짜 넬리는 벌써 어딘가 달라졌다.

부엌에서 알마 아줌마를 도와 일을 할 때 가끔씩 넬리는 아줌마 팔에 안겨 울고 싶어졌다. 넬리가 어렸을 때 그렇게 했던 것처럼. 그러나 넬리는 그렇게 할 수가 없었다. 두 사람 사이에는 비밀이 너무 많았다. 아줌마의 비밀은 여름이 끝나면 넬리를 떠나 보내겠다고 결정한 것이었다. 넬리의 비밀은 버려진 오두막이 있던 해변에서 욘과 있었던 일이었다.

그리고 가장 나쁜 비밀은, 만약 욘이 물에 빠져 죽었더라면 넬리가 알마 아줌마와 시구르드 아저씨 집에서 계속 머물 수도 있다는 생각이었다. 그럼 아이가 하나 줄어들어서 넬리가 필요할 수도 있다.

소냐가 물었다.

"그렇게 할까?"

"뭘?"

소냐가 말했다.

"넌 내 말을 전혀 안 듣고 있어."

"너 도대체 왜 그러니? 요즘 너 아주 이상해졌어."

"네 말을 못 들었어. 뭐라고 말했니?"

"버려진 오두막으로 안 가겠냐고 물었어."

"넌 절대로 다시 안 가겠다며?"

소녀가 말했다.

"아. 아무 일도 없었잖아. 그리고 이젠 벌써 일주일도 넘은 일이야."

넬리가 말했다.

"모르겠어. 별로 가고 싶지 않아."

"아니면 수영하러 갈까?"

"그러지 뭐."

소녀가 말했다.

"너 정말 따분하다! 평소하고는 아주 달라. 넌 아무것도 안 하려고 해."

"수영하러 가고 싶다고 말했잖아."

소녀가 넬리를 흉내냈다.

"그러지 뭐. 나 때문에 갈 필요는 없어. 만약 그렇게 생각했다면 말이야. 울라 브리트에게 물어 봐도 되니까. 아니면 안나."

"그럼 그렇게 해."

“아, 그렇다면 알았어.”

“네가 뭘 하든 난 상관없어. 내게 다 설명할 필요 없어.”

소냐가 말했다.

“아, 그래! 그럼 난 갈게.”

소냐는 정원 울타리를 풀쩍 뛰어 자전거에 올라타더니 가 버렸다. 넬리는 그냥 앉아 있었다. 이제 소냐와 사이가 틀어졌다. 아무 이유 없이, 전혀 불필요하게.

넬리가 이렇게 말했으면 좋았을 텐데.

“그래, 수영하러 가자!”

그럼 두 사람은 벌써 해변으로 가고 있을 텐데. 이제 그곳은 소냐가 울라 브리트나 안니와 함께 가고 있을 것이다. 안니는 얼굴이 말상이었다. 소냐는 어떻게 안니와 함께 놀 생각을 했을까? 아니면 고자질을 잘하는 울라 브리트와?

하지만 그 아이들은 아주 정상이다. 소냐, 안니, 울라 브리트 모두 여느 사람들과 똑같다. 넬리만 다르다. 넬리에게는 후광이 있다. 영묘하다. 개성이 있다. 독자적이다. 다르다. 넬리는 이곳에 속하지 않는다. 그래서 사람들은 넬리를 원치 않는다.

곧 슈테피 언니가 올 거야, 넬리가 생각했다.

하지만 그 생각도 넬리를 위로하지 못했다.

26

우데발라에 다녀온 뒤 월요일 아침, 슈테피는 몹시 피곤했다. 근육 하나하나가 모두 아팠다. 슈테피는 겨우 몸을 이끌고 실험실에 나가 할 일을 모두 해내야 했다. 몸이 납덩이처럼 무겁긴 했지만 말이다.

몸만 무거운 게 아니었다. 생각도 납덩이처럼 무거웠다.

돌아가셨다. 돌아가셨어. 아빠가 돌아가셨다.

전차 정거장으로 가는 길에 슈테피는 공중전화 앞에 멈춰서서 스벤에게 전화를 걸었다. 신호음이 한참 울리고 나서 막 끊으려고 하는데 스벤 목소리가 들렸다.

"세데르베리입니다."

"나야."

“어땠어?”

“유디트는 언니를 찾았어. 난 아빠를 아는 사람을 만났어. 그 사람은 에둘러서 바로 말하려고 하지 않았지만 난 알아차렸어. 아빠가······.”

슈테피는 하루 종일 머리를 떠나지 않던 그 말을 차마 입 밖에 내뱉을 수가 없었다. 하지만 스벤은 알아차렸다.

스벤이 말했다.

“그 문제는 전화로 얘기하지 말자. 이리로 올래?”

슈테피는 스벤 집에 한 번도 가 본 적이 없었다. 스벤은 그렇게 말해 놓고 금세 후회를 했는지 곧 이렇게 덧붙였다.

“아니면 카페에서 만날까? 그게 더 낫겠어?”

슈테피가 말했다.

“아니. 내가 집으로 갈게.”

스벤이 말했다.

“우리 집은 정말 엉망이야. 차라리 그냥······.”

“그건 괜찮아. 지금 당장 갈까?”

“좋아. 여기 찾아올 수 있겠어?”

스벤은 슈테피에게 주소를 알려 주며 오는 길을 설명하려 했다.

슈테피가 말했다.

“알아. 내가 비에르크 선생님 집에서 몇 달 살았었다는 거

잊어버렸구나. 거기랑 아주 가깝잖아."

"그럼 곧 보자."

"응."

슈테피는 평소처럼 에른토리에서 전차를 갈아탔지만, 이번에는 산다르나 쪽으로 서쪽 방향 대신 동쪽으로 가는 전차를 탄 다음 요한네베리로 가는 버스로 갈아탔다.

스벤은 7층짜리 신축 건물에 살고 있었다. 슈테피는 현관문에서 스벤 이름이 적힌 문패를 확인하고는 승강기를 타고 5층으로 갔다.

슈테피가 초인종을 누르자마자 스벤이 얼른 문을 열어 주었다. 마치 문 뒤에서 기다리고 있다가 승강기가 멈추는 소리라도 들은 것처럼. 스벤은 슈테피를 잡아당기더니 슈테피 뒤로 문을 닫았다.

스벤은 슈테피 머리에 입술을 갖다대며 중얼거렸다.

"슈테파니, 불쌍한 슈테파니. 정말 안 됐어."

잠시 두 사람은 서로 꼭 끌어안은 채 가만히 서 있었다. 그런 다음 슈테피는 몸을 풀며 사방을 둘러보았다.

집은 작았다. 한쪽에는 부엌 싱크대가 있고 코너에 침대가 놓인 방 하나짜리 집이었다. 싱크대는 두 사람이 서 있는 현관 오른쪽에 있었다. 현관문 바로 앞에 커튼이 쳐져 있어서 방 안은 보이지 않았다.

스벤이 커튼을 옆으로 젖히며 말했다.

"들어 와. 여기 밖에 서 있을 건 아니잖아. 뭐 좀 마실래?"

슈테피가 말했다.

"물 한 잔만 줘."

스벤은 싱크대에서 물 한 잔을 가져오더니 먼저 방 안으로 들어갔다.

방 한가운데는 커다란 책상이 놓여 있고, 책상 위에는 책, 신문, 종이더미와 함께 푸른 타자기가 놓여 있었다. 바닥에도 이미 종이가 넘쳐났다. 책상 주변에는 책들이 잔뜩 쌓여 있었고, 한쪽 벽면을 가득 메운 책꽂이에는 책들이 잔뜩 꽂혀 있었다. 그 외에 가구로는 책상 의자, 안락의자, 역시 종이와 신문으로 넘쳐나는 작은 테이블이 있었다. 오른쪽에는 침대가 놓인 코너를 가린 커튼이 쳐져 있었다.

스벤이 말했다.

"정말 엉망이지. 그냥 못 본 척 해 주라."

"난 괜찮아."

스벤은 의자 위에서 셔츠와 신문을 치워 슈테피에게 권했다. 스벤은 책상 의자를 잡아당겨 슈테피 맞은편에 앉았다.

"이제 설명해 봐."

슈테피는 주말에 있었던 일들을 모두 설명했다. 텐트에서 유디트와 했던 대화만 빼고 모두.

스벤은 주의 깊게 들었다.

스벤이 마침내 말했다.

"확실한 것도 아니잖아. 네가 만났다는 그 남자는 네 아빠와 그냥 헤어진 것일 수도 있어. 그렇다고 꼭 아빠가 돌아가셨다는 뜻은 아니잖아."

슈테피는 고개를 흔들었다.

"넌 거기 없어서 몰라. 그 사람이 하는 말을 들었어야 해. 그 남자는 아빠가 돌아가셨다는 걸 알고 있었어. 아주 확실해."

슈테피는 울지 않았다. 엄마가 돌아가시고 나서 슈테피가 얼마나 많이 울었는지 아빠를 위해 흘릴 눈물은 더는 남아 있지 않았다. 가슴을 파고드는 아픔만이 있었다. 근육과 뼈마디가 아픈 것보다 훨씬 더 심한 아픔이.

스벤이 말했다.

"불쌍한 것. 넌 왜 그렇게 고통을 받아야 하니?"

스벤은 슈테피의 머리와 뺨을 어루만졌다. 슈테피는 스벤의 손을 잡아 손바닥에 입을 맞추었다. 순간 스벤이 몸을 움찔했다.

"어디서 배웠어?"

"뭘 어디서 배워?"

스벤이 말했다.

"미안. 그냥 좀 놀라서."

슈테피는 스벤의 집게손가락을 자기 입술에 갖다댄 뒤 손가락 끝을 혀로 핥았다. 슈테피는 몸이 묵직하면서도 뜨거워졌다.

슈테피가 말했다.

"이리 와. 이리 와서 키스해 줘."

스벤은 의자를 슈테피 쪽으로 더 바싹 당긴 뒤 슈테피의 얼굴을 두 손으로 잡고 키스했다.

"더."

슈테피의 손이 스벤의 등을 어루만졌다. 서로 혀로 애무했다. 스벤의 입술이 슈테피의 목으로 미끄러져 내려왔다.

스벤은 은줄에 걸린 부적을 만지더니 이렇게 중얼거렸다.

"이거 아직도 갖고 있어?"

"물론이지."

슈테피는 이렇게 속삭이면서도 한번은 바다에 던져 버릴 뻔했던 것을 떠올렸다.

슈테피의 온몸에 따뜻함이 퍼졌다. 고통은 사라졌다. 슈테피는 스벤이 자신의 왼쪽 가슴에 기댈 수 있도록 스벤의 고개를 아래로 끌어내렸다.

스벤은 갑자기 슈테피 품 안에서 몸을 일으켰다. 스벤은 일어서서 몇 발자국 멀어지더니 몸을 돌려 슈테피를 바라보았다.

스벤이 말했다.

"내가 널 잘 몰랐더라면, 네가 나를 유혹하려는 줄 알았을 거야."

"나도 그러고 싶은지도 몰라."

슈테피는 어디서 이런 말이 튀어나왔는지, 어떻게 이런 어조가 튀어나왔는지 알 수가 없었다.

스벤이 말했다.

"슈테파니. 네가 흥분한 거 알아. 하지만 네가 후회할 짓은 하지 마."

"왜 내가 후회하겠어? 난 널 사랑해."

스벤이 말했다.

"넌 아직 어려. 아주 순수해. 그걸 내가 망가뜨리고 싶지는 않아."

슈테피가 말했다.

"사 년 전에는, 내가 키스하기에도 너무 어렸을 거야. 하지만 난 이제 곧 열여덟 살이야! 네가 날 어른으로 보기 위해서는 도대체 내가 몇 살이 되어야 하는 거야?"

"만약 네가 임신이라도 하게 되면?"

"어떻게 하면 임신을 피할 수 있는지조차 모를 정도로 난 무지하지 않아."

스벤은 슈테피를 바라보았다.

"내가 원하지 않는다고는 생각하지 마."

스벤이 말했다.

"내가 열망하지 않을 거라고도 생각하지 마. 난 공원에서의 그날 밤 이후로 계속 열망해왔어. 하지만 난 널 아프게 하고 싶지 않아, 슈테파니. 넌 이미 너무 고통을 받았어."

"넌 날 아프게 하지 않아. 네가 날 사랑한다면 난 아프지 않아."

스벤은 슈테피 의자 앞에 웅크리고 앉았다. 슈테피의 손을 잡았다.

"그래, 나도 널 사랑해. 하지만 네가 날 사랑하는 것처럼은 아닐 거야. 난 너처럼 강하지 않아, 슈테파니. 난 너와 인간이 달라. 난 약하고 비겁하고, 그래서 사람들을 아프게 해. 넌 내가 아닌 다른 사람을 사랑해야 해. 너 같은 여자에게 마땅한 남자를 말이야."

슈테피가 속삭였다.

"넌 내게 마땅한 남자야. 지금 우리가 하지 않으면, 난 네가 날 사랑하지 않는다고 생각할 거야."

"확신해?"

"응."

"그럼 이리 와."

스벤은 두 손을 여전히 꼭 잡고 있었다. 이제 스벤은 슈테피를 조심스럽게 의자에서 일으켰다. 슈테피의 입술에 자기 입술을 포갰다. 슈테피를 커튼 쪽으로 데리고 가더니 커튼을 걷었다.

침대는 정리되지 않은 채 어지러웠다. 스벤은 한 손으로 신문을 옆으로 치웠다.

"아직도 확신해?"

"응!"

27

몇 시간 후, 여름밤의 황혼이 스벤 집 창가로 찾아들었을 때, 슈테피는 팔꿈치에 기댄 채 말했다.

"이제 그만 가 봐야 해."

슈테피는 벌써 오래 전에 갔어야 했다. 하지만 스벤처럼 이토록 가까운 사람과 어떻게 헤어질 수 있단 말인가?

"조금만 더……."

"안 돼. 마이와 식구들이 걱정할 거야. 게다가 나도 내일 일해야 해."

스벤은 몸을 일으켰다.

"택시 불러 줄게."

"필요 없어. 아직 그렇게 늦은 것도 아닌데, 뭐."

“그럼 내가 데려다 줄게.”

“아냐, 그냥 누워 있어.”

“그래도. 오늘 밤처럼 이렇게 예쁘다가는 혼자 가다가 공격당하고 말걸.”

“벌거벗고 가는 것도 아닌데, 뭐.”

슈테피는 이렇게 말하고 옷을 줍기 시작했다.

“내 말은 그게 아니야. 네 얼굴을 두고 한 소리야. 얼굴에서 빛이 나.”

“정말?”

“응.”

스벤은 슈테피를 끌어당겨 키스했다. 슈테피는 잠시 가만히 있다가 스벤을 밀어냈다.

“그럼 택시 불러 줘. 안 그러면 절대 여길 못 빠져나가겠어.”

스벤이 전화하는 동안 슈테피는 얼른 옷을 입었다. 이제 침대에서 일어나고 나자 갑자기 부끄러움이 느껴져서 스벤에게 벌거벗은 몸을 보여 주고 싶지 않았다.

“오 분 후에 온대.”

스벤은 슈테피를 뒤에서 팔로 꼭 안아 자기 몸으로 꽉 눌렀다.

“이거 놔.”

"오 분은 길어!"

그러나 스벤은 슈테피를 놓아 준 뒤, 슈테피가 머리를 빗고 목에 난 애무 자국을 감추기 위해 옷깃을 세우는 것을 지켜보았다. 내일 직장에 갈 때는 목도리를 해야 한다. 브리텐에게 하나 빌릴 수 있을 것이다.

하지만 그것도 소용없어, 슈테피가 생각했다. 모두들 무슨 일이 있었는지 다 알 거야. 스벤은 슈테피 온몸 구석구석에 남아 있었다. 땀구멍에조차. 슈테피의 얼굴이 빛난다고 한 스벤의 표현은 이를 두고 한 말이다.

두 사람은 현관방에서 마지막으로 키스했다.

"내일 전화할게."

"응."

슈테피는 직장으로 전화하지 말라는 말을 차마 할 수가 없었다.

슈테피 뒤로 문이 잠기는 소리가 들렸다. 순간 슈테피는 계단 위에서 멈춰 섰다. 혹시 스벤이 문 뒤에서 기다리는 건 아닐까? 만약 슈테피가 문을 두드리면 스벤은 당장 슈테피를 안으로 들일 것이다. 그럼 슈테피는 절대 집으로 못 갈 것이다.

슈테피는 가야 했다. 마이 가족이 틀림없이 걱정할 것이다. 밤새도록 집에 돌아오지 않으면 다들 뭐라고 생각할 것인가?

슈테피는 마음이 바뀔까 봐 얼른 계단을 뛰어내려갔다. 문 앞에는 택시가 기다리고 있었다.

"산나 광장요."

집에서 좀 떨어진 곳에서 택시를 내리는 것이 좋다. 안 그러면 사람들이 뭐라고 말을 할 것이다. 산다르나에는 저녁에 택시를 타고 집으로 오는 사람들이 많지 않기 때문이다.

슈테피가 집 안으로 들어섰을 때 마이 부모님과 어린 동생들은 벌써 잠들었다. 쿠레와 올레는 식탁 의자 위에서 이미 잠들었지만 마이와 브리텐은 깨어 있었다.

마이 목소리는 흥분한 것 같았다.

"어디 갔었어? 집에 못 올 것 같으면 그렇다고 얘기했어야지!"

마이가 아니고 다른 사람이었더라면 슈테피는 거짓말을 했을지도 모른다. 직장 동료 집에 갔었다느니 아니면 유디트를 만나러 갔었다고 말했을 것이다. 하지만 슈테피는 마이에게는 절대 거짓말을 하지 않는다.

"스벤 집에 있었어."

브리텐이 킥킥대고 웃으며 말했다.

"그랬다고 얼굴에 쓰여 있어. 저것 봐, 언니. 목에 애무 자국이 있잖아!”

마이가 소리를 질렀다.

“가만히 있어! 가자, 슈테피.”

“어디로? 밤이 깊었어.”

마이가 씩씩대며 말했다.

“오? 알긴 아는구나. 밖으로 나가서 조용히 얘기 좀 해.”

두 사람은 밖에 나가 현관문 옆으로 자리를 잡았다.

마이가 물었다.

“진짜야?”

“뭐가?”

“스벤하고 잤다는 게?”

“응.”

마이가 말했다.

“네가 정말 그럴 줄은 몰랐어, 슈테파니.”

슈테피는 대답하지 않았다. 갑작스럽게 불어온 서늘한 바람에 슈테피는 전율을 느꼈다. 마이와 슈테피가 처음 만난 이후로 이렇게 서로 거리감을 느낀 적이 없었다.

마이가 말했다.

“베라처럼. 베라처럼 똑같이 생각이 없구나.”

슈테피는 마이의 말은 뭐든지 다 참고 들을 수 있었다. 그러나 이런 식으로 자신을 베라와 비교하는 것은 참을 수가 없었다.

슈테피는 화를 내며 말했다.

"베라는 속은 거야. 그건 속임수와 유혹이었어. 그런 다음 결과를 감추려고 다른 남자와 결혼했어. 그게 나와 스벤하고 무슨 관계가 있는지 설명해 볼래? 우린 서로 사랑해. 그리고 난 내가 원할 때가 아니면 절대 아기를 갖지 않을 거야."

마이가 한숨을 지으며 말했다.

"너희들 결혼할 거야?"

"그런 얘기는 안 해 봤어."

"아니면 약혼이라도?"

"그런 얘기도 안 했어."

"스벤이 정말 널 사랑하는 거야?"

"확실히."

마이는 다시 한숨을 지었다.

마이가 말했다.

"난 누가 널 아프게 하는 게 싫어, 슈테피."

스벤도 이와 비슷한 말을 했었다.

'널 아프게 하고 싶지 않아, 슈테파니.'

"내 일은 내가 잘 알아서 할 수 있어."

슈테피 자신이 듣기에도 참으로 냉정한 말이었다.

"그럼 됐어."

마이의 목소리는 피곤해 보였다. 마이는 현관문으로 다가갔다. 슈테피도 따라갔다.

슈테피가 말했다.

"마이. 내게 화내지 마. 제발! 네가 알기만 한다면……."

슈테피는 이렇게 말하고 싶었다.

"……스벤이 얼마나 멋진지 말이야."

하지만 마이의 눈을 보는 순간 그 말은 목구멍에 걸려 버렸다.

아, 지금 슈테피가 느끼는 감정을 마이가 한번이라도 느낄 수 있다면!

28

슈테피는 마음 같아서는 스벤을 혼자만 만나고 싶었다. 스벤 친구들이 싫은 건 아니었다. 그 중 몇 명과는 벌써 친구가 되었다. 쾌활하고 배려 있는 릴리모어, 비쩍 마른 시인 모나, 또 라스라는 수줍음이 많은 젊은 작가는 벌써 첫 소설집을 냈다.

그러나 스벤은 친구들과 함께 있을 때면 딴 사람 같았다. 자신도 그 친구들처럼 그렇게 재능 있고 박식하다는 것을 보여 주고 싶어하는 것 같았다. 어느 날 저녁, 스벤은 곧 완성될 예정인 '자신의 소설'에 대해 말했다.

슈테피는 놀라서 스벤을 쳐다보았다. 자신에게는 소설을 쓴다는 이야기를 전혀 하지 않았기 때문이다. 슈테피는 다른 사람들 앞에서 묻고 싶지 않아서 단둘만 남게 되자 이렇게 말했다.

"난 네가 소설을 쓰는지 전혀 몰랐어."

"내 머릿속에 들어 있어. 글로 쓸 시간이 필요할 뿐이야."

"요즘엔 방학이잖아?"

"그렇게 간단하지가 않아."

"무슨 내용이야?"

"그건 말할 수 없어. 우선 글부터 써야 해. 물론 그 소설은 네가 가장 먼저 읽게 될 거야."

슈테피는 기뻤다. 그래도 스벤이 자기에게 가장 먼저 그 이야기를 해 주지 않아서 기분이 약간 상했다. 스벤이 자신의 소설에 대해 아예 말하고 싶지 않다면 그건 이해할 수 있는 문제다. 하지만 자기 친구들에게 다 설명을 했다면…….

집으로 돌아와 보니 침대 위에 편지가 놓여 있었다. 손으로 쓴 국제 항공 봉투에 미국 우표가 붙어 있었다. 슈테피는 봉투를 찢어 얇은 편지지를 꺼냈다.

1945년 7월 2일, 플레인필드, 뉴저지

사랑하는 슈테피!

드디어 스웨덴의 네 주소를 손에 넣었구나. 전쟁이 벌어지던 동안에는 유럽에 있는 사람과 연락한다는 게 거의 불가능했어. 하지만 이젠 너와 닐리에게 연락이 닿을 수 있겠지.

이젠 너도 거의 어른처럼 다 큰 소녀가 되었겠구나. 네 어렸을 때 모습이 아직 기억나. 넌 내가 아마 기억이 안 나겠지? 그래도 곧 기억이 날 거야. 아르투르 고모부, 페터와 내가 빈을 떠나서 1940년 12월에 이곳에 온 것은 아마 너도 알겠지.

우리가 여기 왔을 때 페터는 열아홉 살이었어. 미국이 전쟁에 가담하자 페터는 자원 입대했어. 페터가 노르망디 상륙작전 때 전사한 지 벌써 일 년도 더 지났구나. 내가 페터 때문에 얼마나 슬퍼했을지 너도 잘 알 거야. 너도 네 엄마를 잃었으니까. 페터는 우리에게 하나밖에 없는 자식이었어.

엘리자베스가 죽었다는 소식은 세계유대인회의에서 들었어. 우린 네 아버지의 행방을 알아봐 달라고 부탁했었는데, 네 어머니와 테레지엔슈타트로 수송되었다가 거기서 아우슈비츠로 간 것 같다는 것만 들었어. 넌 소식을 아니?

슈테피, 이젠 용건을 말하는 게 좋겠구나. 우린 물론

안톤이 살아 있다는 희망을 버리지 않아. 하지만 너무나 많은 사람들이 죽었고, 우린 현실을 직시해야 해.

넌 어린 소녀고, 네 동생 넬리는 아직 어린아이야. 너희들은 내 남동생의 딸들이고, 유일하게 남은 우리 가족이야. 그래서 난 너희 둘이 우리가 있는 뉴저지로 왔으면 좋겠어. 우린 예쁜 집도 있고, 아르투르 고모부는 회사도 차렸어. 빈에 있던 회사만큼 크지는 않지만 사업은 아주 성공적이야. 너희들이 공부하길 원하면 우리가 학비를 대 줄게.

슈테피, 내가 너희들의 어머니를 대신할 수 있다고 생각하지는 않아. 네 어머니는 정말 훌륭한 분이셨어. 하지만 우린 서로 친척이고 난 너희 둘을 늘 아주 좋아했단다. 그 문제에 대해 생각해 보고, 될 수 있으면 빨리 답장해 주렴.

아르투르 고모부가 안부 전해 달래.

사랑하는

네 고모 에밀레로부터

이 편지는 하필이면 왜 지금 왔을까? 대학 공부를 몇 년 늦춰야겠다고 마음먹은 지금에 와서. 스벤을 얻게 된 지금에 와서?

스벤과 헤어진다는 것, 그건 불가능한 일이다!

하지만 이런 좋은 제안을 놓칠 수 있을까? 평생 후회하게 되지나 않을까?

마이는 당장 이 문제를 논의할 수 있는 유일한 사람이다. 거의 5년 동안 슈테피의 가장 좋은 친구인 마이는 이렇게 말했다.

"물론 가야지. 이런 기회는 놓치면 안 돼. 네가 그렇게 원하던 대로 당장 대학 공부를 시작할 수도 있어."

당연히 마이 말이 맞다. 그래도 마이가 그냥 있으라고 설득해 주기를 바랐다. 스웨덴에서 보낸 6년 간의 세월은 슈테피에게 새로운 언어와 새로운 세계를 열어 주었다. 유년기는 빈에서 보냈다. 하지만 그건 과거에 속한다. 현재는 여기에 있다. 그럼 미래는? 미래는 미국에 있을까? 다시 떠날 힘이 있을까? 새로운 언어, 새로운 세계로?

마이, 메르타 아줌마, 에버트 아저씨, 베라, 비에르크 선생님, 슈테피는 이 사람들을 두고 갈 수 있을까? 두고 가고 싶은 걸까?

그리고 유디트. 그러나 유디트는 스스로 떠날 것이다. 에디트가 건강해지면 두 사람 모두 팔레스타인으로 떠날 준비를 할 것이다.

유디트는 확고했다. 자신이 원하는 것을 정확히 안다. 하지만 유디트는 슈테피처럼 스웨덴에 남기고 갈 것이 많지는 않다.

아빠가 살아 계신다면 모든 게 달라질 것이다. 그럼 슈테피는 당연히 아빠에게 갈 것이다. 그곳이 어디든 간에.

넬리를 위해서는 미국으로 가는 것이 아마 최선일 것이다. 넬리는 어쨌든 알마 아줌마와 시구르드 아저씨 집에 머물 수 없게 되었다. 미국에서 넬리는 새 가족을 얻게 된다. 에밀레 고모는 틀림없이 넬리의 응석을 받아 줄 것이다. 그러면 슈테피 자신은? 슈테피는 아무것도 알 수 없었다.

슈테피는 편지 내용을 잊으려 애썼다. 하지만 잘 되지 않았다. 편지는 실험실 옷장 속에 넣어둔 가방 안에 들어 있었지만 마치 편지를 손에 들고 계속 읽고 있는 기분이었다. 슈테피는 모든 단어, 모든 문장을 외울 수 있을 정도였다.

'우린 물론 안톤이 살아 있다는 희망을 버리지 않아……. 유일하게 남은 우리 가족이야……. 너희들이 공부하길 원하면……. 난 너희 둘을 늘 아주 좋아했단다.'

며칠이 지나서야 슈테피는 편지에 대해 스벤에게 이야기했다. 슈테피는 스벤과 헤어질 수도 있다는 생각을 한 것 자체를 두고 스벤이 마음 상할까 봐 두려웠다. 만약 정반대의 일이 일어난다면! 만약 스벤이 갑자기 글을 쓰기 위해 파리로 가겠다는 말을 한다면. 스벤 친구들 중에는 국경이 다시 열린 이후로 그런 계획을 세우는 사람들이 많았다. 그럼 슈테피는 스벤이 자신을 어떻게 생각한다고 여길 것인가?

그러나 이제 7월의 마지막 주, 섬에서 보낼 휴가가 다가온다. 그 전에 말해야 한다.

슈테피는 가장 적당한 때가 언제일지 생각해 보았다. 스벤 집을 찾아가자마자 해야 할까? 하지만 스벤 집에 가면 서로 상대방에 대한 열망이 몹시 크기 때문에 말을 할 시간이 없었다. 그럼 그 후에 침대에서? 하지만 그때는 두 사람이 가장 상처받기 쉬운 순간인데 너무 충격적이지 않을까?

마침내 슈테피는 부둣가를 산책하면서 편지에 대해 말하기로 결심했다. 스벤은 아무 말 없이 듣고 있었다. 스벤의 표정에서 아무것도 읽을 수가 없었다.

슈테피가 이야기를 마치자 스벤이 물었다.

"갈 거야?"

슈테피는 이런 질문이 두려웠다. 그냥 스벤이 이렇게 말해 주기를 바랐다.

"가지 마! 네가 가면 내가 견딜 수가 없어."

그럼 머물 텐데.

"모르겠어."

“네 고모와 고모부는 어떤 분들이셔?”

슈테피는 유쾌하고 수다스러운 에밀레 고모와, 아이들에게 사탕을 나눠 주던 과묵한 아르투르 고모부에 대해 설명했다. 또 사촌 오빠 페터에 대해서도 설명했다. 슈테피는 늘 페터의 책을 물려받았었다. 지금은 죽었지만 살아 있다면 나이가 스물세 살이다. 스벤과 동갑이다. 페터가 노르망디 상륙작전에서 전사했다고 말하자, 스벤의 얼굴에 그늘이 드리워졌다. 슈테피는 예전에 스벤이 보여 줬던 소설을 떠올렸다. 그 소설은 스페인 내전에 자원 입대한 젊은이에 관한 것으로, 그 젊은이의 결정은 스벤 자신은 절대로 하지 못할 거라고 생각한 행동이었다.

“너도 고모를 좋아해?”

“응, 하지만 벌써 오래 전의 일이야.”

“그 사람들이 네 학비를 대 주겠다고 했다면서. 그건 정말 잘 된 일이야.”

스벤은 자신과는 아무 상관도 없는 일이라는 듯 아주 냉정하게 말했다. 하지만 어쩌면 그건 자신의 기분을 감추는 나름대로 방식인지도 모른다.

“내가 가야 한다고 생각해?”

스벤은 슈테피 쪽으로 몸을 돌렸다.

“그건 네 스스로 결정해야 해.”

물론 스벤 말이 맞다. 그건 슈테피의 결정이었다. 스벤이 어떻게 하라고 요구할 수는 없다.

슈테피 눈에 눈물이 솟았다. 슈테피는 스벤 팔에 안기며 쉰 목소리로 이렇게 말했다.

"어떻게 널 떠날 수가 있겠어? 오, 스벤. 널 사랑해."

스벤은 슈테피에게 격렬하게 키스했다. 하지만 스벤은 이런 말로 응답하지는 않았다.

"나도 널 사랑해."

다음 날 슈테피는 배를 타고 섬으로 갔다. 예전에 수도 없이 그랬던 것처럼 슈테피는 갑판에 서서 뱃머리에 이는 소용돌이를 바라보았다.

편지는 주머니 속에 있었다. 이제 편지 내용에 대해 설명해야 한다. 넬리, 메르타 아줌마, 에버트 아저씨에게.

결정은 슈테피 혼자 할 수 있는 게 아니었다. 넬리도 함께 결정할 만큼 자랐다. 어차피 섬에서 지낼 수 없게 되었으니 무엇이 넬리를 못 가게 막을 수 있단 말인가?

메르타 아줌마와 이야기해 봐야겠어, 슈테피가 생각했다. 아줌마라면 충고해 주실 거야.

29

넬리는 부두 잔교에 서서 슈테피를 기다렸다. 구름이 짙게 깔린 바람 부는 날이었다. 반팔 옷을 입은 넬리는 덜덜 떨었다. 배는 도대체 언제 오는 거야!

배는 3시 15분에 도착하기로 되어 있지만, 넬리는 시계가 없었다. 넬리는 시간을 물어 볼 만한 사람이 있는지 사방을 둘러보았다. 하지만 부두 잔교에는 넬리 혼자뿐이었다. 부두 앞쪽의 창고 앞 벤치에는 늘 앉아 있는 늙은 사람들만 보였다. 그 사람들도 시계가 없을 것 같았고, 있다고 해도 넬리는 물어 보고 싶지 않았다. 그 사람들의 놀림감이 되고 싶지 않았기 때문이다.

넬리는 손에 턱을 괴고 말뚝 위에 앉아 있었다. 잠시 후 고개를 들어보니 저쪽 섬 뒤로 증기선 연기가 가까워지는 게 보였다. 곧 배가 섬 뒤에서 모습을 드러내더니 부두를 향해 방향을 잡았다.

배의 트랩을 내리는 동안 넬리는 안달하며 기다렸다.

"언니! 안녕, 언니!"

슈테피는 갑판 위에서 손을 흔들었다.

쇼핑 가방과 상자를 든 여름 숙박 손님들이 먼저 내렸다. 도시에 가서 쇼핑을 하고 오는 듯했다. 그 뒤로 뚱뚱한 요한손 아줌마가 내렸다. 아줌마는 예테보리의 딸을 방문하고 오는 길인 듯했다. 젊은 연인 한 쌍이 버너, 텐트, 짐을 실은 자전거를 밀면서 내렸다.

드디어 슈테피 차례였다.

"무슨 일이 있니?"

"아니. 그냥 언니 마중 나왔어. 저 뒤에 내 자전거 있어. 언니 가방 실어."

슈테피의 작은 여행 가방을 자전거 짐칸에 맨 뒤 출발했다. 곧 비가 올 것 같았다.

슈테피가 물었다.

"네 자전거 좀 빌려 줄래? 내일 돌려 줄게. 아니면 오늘 밤이나. 만약 네가 오늘 필요하다면."

"언니가 원한다면 내가 집까지 같이 가 줄게."

넬리는 아무래도 상관없다는 듯 무관심하게 말하려 했다. 그러나 사실은 슈테피와 단둘이 있고 싶었다.

슈테피가 말했다.

"마음대로 해. 아니면 내 말대로 하던가."

"같이 갈게."

유리 베란다가 달린 노란 집 앞을 지나갈 때, 알마 아줌마가 마당에 서서 빨래를 걷고 있는 게 보였다. 슈테피는 걸음을 늦추었다. 하지만 넬리는 계속 걸어갔다. 슈테피는 의아한 눈길로 넬리를 쳐다보았다.

"아줌마한테 인사 안 해?"

넬리는 어깨를 으쓱했다.

"하고 싶으면 언니가 해."

둘은 계속 걸었다.

슈테피가 말했다.

"넬리. 알마 아줌마에게 너무 화내면 안 돼. 그래봤자 소용없어."

"언니는 메르타 아줌마가 언니를 어린이집으로 보내려고 하면 화 안 나겠어?"

슈테피는 한숨을 지었다. 잠시 후 두 사람은 말없이 나란히 걸었다. 넬리는 머릿속에 떠오르는 생각들을 모아 보려 애썼다. 하지만 넬리가 채 생각을 정리해서 뭐라고 말을 꺼내기도 전에 슈테피가 먼저 말을 꺼냈다.

"넬리, 할 말이 있어. 사실은 말 안 하려고 했지만……."

슈테피는 말을 멈췄다.

아빠한테 무슨 일이 있어? 넬리가 이렇게 물을 것이다. 아빠가 살아계실까? 아니면 돌아가셨을까? 하지만 슈테피는 차마 그 말을 할 수가 없었다.

슈테피가 물었다.

"에밀레 고모 생각나니?"

에밀레 고모라고? 넬리는 이름은 들은 기억이 났다. 계속 떠들어대던 빨간 립스틱을 칠한 커다란 입과 달랑거리던 귀걸이가 떠올랐다. 에밀레 고모라.

"잘 모르겠어."

슈테피가 말했다.

"아빠의 누나이셔. 남편은 아르투르 고모부이시고. 아들이 하나 있었는데, 이름은 페터야. 페터는 죽었어. 전쟁에서……."

넬리가 말했다.

"페터. 페터는 기억이 나. 항상 나하고 말타기놀이를 했었어. 착한 오빠였는데. 그 오빠가…… 그러니까……?"

슈테피가 말했다.

"군인이었어. 미군이었어. 노르망디에서 전사했어."

“어떻게 미군이 될 수 있어? 빈에서 살았잖아?”

슈테피가 말했다.

“미국으로 이민 갔어. 에밀레 고모, 아르투르 고모부, 페터 이렇게. 우리도 계획했던 것처럼 말이야. 기억나니?”

“응, 물론 기억나지.”

“에밀레 고모에게서 편지가 왔어. 지금 미국에서 사셔. 뉴저지의 플레인필드라는 도시야. 여기에 집도 있고 회사도 있대. 잘 지내고 계신가 봐. 물론 페터를 그리워하시긴 하지만 말이야.”

넬리가 말했다.

“불공평해. 그 사람들은 미국에 이민 갔는데 우린 왜 못 갔어? 그리고 페터는 왜 바보같이 돌아와서는 죽은 거야?”

슈테피가 말했다.

“독일군과 맞서 싸우려고 했지. 그게 뭐 그렇게 이상한 일은 아니잖아?”

넬리는 잠시 생각했다.

“그래.”

마침내 넬리가 말했다.

“잘한 일이야. 페터 오빠가 죽은 걸 두고 하는 말이 아니라 오빠가 싸우려고 했던 거 말이야.”

두 사람은 언덕 꼭대기에 이르렀다. 앞에는 바다가 펼쳐졌다. 확 트인 바다, 끝없는 바다. 어두운 구름이 수면 위로 무겁게 걸려 있었지만 서쪽 수평선에는 은처럼 반짝이는 바다가 눈에 들어왔다.

슈테피는 멈춰 섰다.

슈테피가 말했다.

"저것 봐. 내가 여기 처음 왔을 때 난 세상 끝이라고 생각했었어. 하지만 지금은 아니야. 저 너머 세상은 계속 돼. 바다 저 건너편에는 미국이 있어."

넬리의 뺨 위로 빗방울이 하나 떨어지더니, 점점 더 많은 빗방울이 떨어졌다.

넬리가 말했다.

"그래. 그만 가자. 비가 올 것 같아."

"기다려. 넬리, 너 미국으로 가고 싶니?"

"지금?"

"에밀레 고모가 우리더러 오라고 편지했어. 우린 고모 집에 친자식처럼 살아도 된대. 넌 학교에도 가고, 난 의학도 공부할 수 있어."

넬리의 심장이 거칠게 뛰었다. 거의 숨을 쉴 수도 없었고 말도 나오지 않았다.

"지금 당장 대답할 필요는 없어. 생각해 봐. 나도 생각해 봐야 하니까."

그때 비가 쏟아졌다. 거센 소나기여서 땅도 젖고 두 사람의 옷도 금방 젖어 버렸다. 슈테피는 자전거를 타고 언덕을 달려가면서, 자전거가 속도 때문에 넘어지지 않도록 브레이크를 밟고 있었다.

넬리가 뒤따라왔다. 넬리는 절뚝거리며 균형을 잃는 것 같더니 다시 균형을 되찾았다. 두 사람 앞으로 바다와 하늘이 회색빛으로 영원 속에 서로 녹아들어 하나가 되었다.

바다 저 건너편에는 미국이 있다.

30

미국.

넬리는 섬에 온 첫 해 가을에 슈테피와 함께 해변에 앉아서 미국에 대해 이야기를 나눴던 기억이 났다. 고층 건물이 있는 대도시와 자동차로 가득 찬 도로. 슈테피는 이렇게 설명해 주었다. 슈테피가 어찌나 그 장면을 실감나게 설명했던지 마치 미국에 가 본 것 같았다. 그러나 사실 슈테피는 섬에 오기 전에 섬에 대해 아무것도 몰랐던 것만큼이나 미국에 대해서도 아무것도 몰랐다.

두 사람은 섬에서 이방인이었다. 언어도 이해하지 못했고, 친구도 없었고, 어딘가로 떠나게 되기만을 기다렸다. 그러나 둘은 남게 되었다. 이제 자매는 떠날 수 있게 되었다. 하필이면 지금에 와서. 하필이면 넬리의 한 가지 바람이 오직 이곳에 남는 것이 되어버린 지금에 와서.

하지만 넬리는 남을 수가 없다. 섬에, 알마 아줌마 집에. 미국에 있는 고모가 어린이집보다는 낫지 않을까?

그 사람들에게 보란 듯이 보여 주고 싶었다. 알마 아줌마에게 보란 듯이 보여 주고 싶었다. 알마 아줌마는 넬리가 아줌마 없이도 잘 지낸다는 걸 봐야 한다. 넬리에게도 넬리를 딸처럼 돌봐 줄 친척이 있다. 넬리가 떠나봐야 안다. 그럼 알마 아줌마는 넬리를 그리워할 것이다.

물론 두 사람은 떠날 것이다. 그러나 그 생각을 하는 순간 넬리는 마음 한 구석이 아파왔다. 미국은 아주 멀다. 미국에 가면 어쩌면 다시 못 돌아올지도 모른다. 소냐도 다시는 못 만날 것이다. 알마 아줌마도.

넬리의 머릿속은 뒤죽박죽이 되었다. 발은 기계적으로 자전거 페달을 밟았다. 넬리는 무의식적으로 자전거를 몰았다. 옷은 여전히 약간 축축했다. 메르타 아줌마가 화덕 위에서 옷을 말려 주었는데도 말이다. 넬리는 슈테피에게서 카디건을 하나 빌려 입었다.

"넬리!"

넬리는 길을 가로막고 선 아이와 부딪히지 않으려고 급하게 제동을 거는 바람에 넘어질 뻔했다. 소냐는 자전거 핸들을 붙잡았다.

"무슨 일이야? 날 못 봤어?"

넬리가 중얼거렸다.

"못 봤어."

"어디 가는 거야?"

"집에."

넬리는 썩 내키지 않았지만 이렇게 말했다.

알마 아줌마의 집은 이제 곧 넬리의 집이 아니다. 어쩌면 한번도 넬리의 집인 적이 없었는지도 모른다. 넬리가 그렇게 믿었을 뿐인지도.

"같이 갈까?"

소냐의 목소리는 애절하게 들렸다. 몇 주 전에 싸운 이후로 소냐는 넬리와 화해하려고 무척 애를 썼다. 넬리도 이를 알아챘지만 소냐와 거리를 두었다.

"그러든가."

이번에는 소냐도 넬리의 무덤덤함을 아무렇지도 않은 듯 그냥 넘어갔다. 소냐는 넬리 어깨에 팔을 두르며 안니와 울라 브리트와 노는 게 얼마나 따분했는지 설명했다.

"그 아이들은 판타지가 없어. 아무 생각도 없어. 그런데다 안니는 이런 말만 해. '그건 하면 안 돼.'"

"그 아이들에게 버려진 오두막 보여 줬니?"

"물론 안 보여 줬지. 그건 우리들의 비밀이니까."

버려진 오두막은 작은 비밀이다. 이제 넬리에게는 더 큰 비밀이 있다.

"아무 말도 하지 마."

슈테피는 넬리와 헤어지면서 이렇게 말했다.

"며칠 더 이 문제에 대해 생각해 보자. 그런 다음에 알마 아줌마에게 말씀드려도 돼."

슈테피의 말은 넬리가 결정을 내리기 전에는 알마 아줌마에게 아무 말도 하지 말라는 뜻이 분명했다. 하지만 소냐에게는 말해도 되지 않을까? 소냐는 가장 친한 친구인데. 그리고 소냐는 비밀을 지킬 수 있는 아이다.

넬리는 인심 쓰듯 이렇게 말했다.

"내가 떠나고 나면, 울라 브리트에게 버려진 오두막 보여 줘도 돼. 원한다면."

"네가 예테보리로 떠나고 나면 말이니?"

소냐는 어린이집에 대해 알고 있었지만 그 말을 직접 들먹이기를 피했다.

"미국으로 떠나고 나면 말이야."

"미국?"

소냐는 갑자기 멈춰 섰다.

"미국이라고 말했어? 아빠가 거기 계시니?"

넬리가 말했다.

"아니. 미국에는 고모가 계셔. 슈테피 언니와 나를 자식으로 삼고 싶어하신대. 외아들 페터가 죽었거든. 슈테피 언니가 편지를 받았대."

소녀는 넬리에게 뭐라고 말하려고 했지만 두서없이 이런저런 말들만 튀어나왔다. 마침내 넬리도 그 중 몇 마디 말을 알아들었다.

"……그렇게 멀리…… 널 다시는 못 보겠네……."

넬리가 위로하며 말했다.

"아직 결정하지는 않았어. 어쩌면 안 갈지도 몰라."

하지만 소녀에게는 위로가 되지 못했다. 소녀는 울었다. 넬리도 울기 시작했다. 두 사람은 길가에 앉아 서로 끌어안았다.

소녀가 울먹이며 말했다.

"넌 내 가장 좋은 친구야. 너 없이 이제 어떻게 하니?"

"난 어쨌든 여기 있을 수가 없잖아."

"알아. 하지만 예테보리는 그렇게 멀지 않아. 네가 거기 살면 우린 서로 만날 수 있어. 나도 몇 년 후면 예테보리에 갈 수도 있고. 하지만 미국이라니. 미국은 지구 반대편에 있잖아."

넬리가 말했다.

"바다 저 건너편에 있어. 바다 저 건너편에 있을 뿐이야."

그날 저녁 넬리는 친절하고 싹싹하게 굴지 않기로 했다. 넬리는 설거지를 대충 끝내고 알마 아줌마가 쓰레기통을 비우라는 말에도 대들었다.

"욘이 버리면 안 되나요? 욘은 아무것도 안 하잖아요."

알마 아줌마는 놀란 눈으로 넬리를 쳐다보다가 욘에게 시켰다.

다음 날 저녁을 차리던 알마 아줌마는 정말 화가 난 것처럼 보였다. 아줌마는 소스를 식탁보에 흘리고, 부자연스런 목소리로 크게 떠들었다. 할일을 모두 끝내자 아줌마는 아이들을 평소보다 한 시간 일찍 침대로 보냈다. 그러고는 문을 닫고 시구르드 아저씨와 대화를 나눴다.

넬리는 아래층에서 들려오는 목소리를 들었다. 알마 아줌마의 목소리는 화가 난 것 같았다. 그러나 넬리는 아줌마 아저씨가 하는 말들을 전혀 알아듣지 못했다. 그러나 다시 문 앞에서 엿들을 생각은 감히 하지 못했다. 무슨 말을 엿듣게 될지 누가 알겠는가?

목소리가 점차 잦아들었다. 엘사는 벌써 잠들었다. 넬리는 눈을 감았다. 넬리가 막 잠이 들려는 순간, 방문이 열렸다.

알마 아줌마였다.

“넬리? 자니?”

“아뇨.”

알마 아줌마가 말했다.

“잠깐 내려올래? 시구르드 아저씨와 내가 할 말이 있어.”

이제 그 순간이 왔다. 여름은 아직 완전히 끝나지는 않았지만 이 사람들은 결정했다. 이제 넬리를 어린이집으로 보내려고 한다.

넬리가 미국에 대해 설명하면 두 사람은 놀랄 것이다.

넬리는 잠옷을 입은 채 맨발로 알마 아줌마를 따라 계단을 내려갔다. 거실 의자 끝자락에 넬리가 걸터앉자 알마 아줌마가 말했다.

“안 춥니?”

시구르드 아저씨는 맞은편에 앉아 있었다. 모든 건 아저씨 잘못이다.

“아뇨, 안 추워요.”

알마 아줌마는 그래도 숄을 가져와 넬리 어깨에 걸쳐 주었다. 아줌마가 아저씨를 바라보았다. 그러자 아저씨가 고개를 끄덕였다.

알마 아줌마가 말했다.

“넬리. 너 왜 아무 말도 안 했니?”

“무슨 말을요?”

"미국에서 온 편지에 대해 말이야."

어떻게 알았지? 슈테피 언니가 말하지는 않았을 텐데?

"근데 어떻게……?"

알마 아줌마가 말했다.

"소냐 엄마가 오늘 오후에 여기 다녀가셨어. 어제 소냐가 아주 울상이 되어 집으로 돌아왔대. 그러고는 몇 시간 동안 울기만 하더니 네가 한 말을 엄마에게 전했다더구나. 처음에는 사실일 리가 없다고 생각했어. 그러다가 메르타 아줌마에게 전화를 해서 슈테피와 얘기해 봤어. 너 왜 내게 말하지 않았어, 넬리?"

"슈테피 언니가 결정한 다음에 얘기하자고 말했어요."

"나와는 아무 상관없는 일이라고 생각한 거니?"

넬리는 뭐라고 대답해야 할지 알 수가 없었다.

"넌 내 친자식이나 다름없어."

알마 아줌마가 말했다.

"넌 언제나 내 친자식이었어. 네게 미리 말하지 않은 건 내 잘못이야. 하지만 이제 시구르드와 그 문제에 대해 의논했어. 난 네가 미국에 있는 친척에게 가는 걸 막고 싶지는 않아. 하지만 네가 원한다면 여긴 네 집이야. 그럼 난 널 보내지 않을 거야. 그리고 네 아빠가…… 돌아오시지 않는다면, 시구르드와 난 널 입양하고 싶어."

넬리는 숨을 헐떡였다. 넬리는 시구르드 아저씨를 다급하게 쳐다보았다. 아저씨가 고개를 끄덕였다.

넬리가 나지막이 말했다.

"알마 아줌마. 알마 아줌마, 드릴 말씀이 있어요."

"뭔데?"

넬리는 다시 한 번 시구르드 아저씨를 흘깃 바라보았다. 알마 아줌마는 무슨 뜻인지 알아차렸다.

아줌마가 말했다.

"여보. 넬리가 나와 단둘이 얘기하고 싶나 봐요."

시구르드 아저씨는 부엌으로 가서 문을 닫았다.

"무슨 일이지?"

넬리 입에서 말이 폭포처럼 쏟아졌다. 댐이 무너져 버린 듯이.

"욘이 물에 빠져 죽을 뻔했던 일은 모두 제 잘못이에요. 내가 욘에게 배를 타고 나가서 고기를 잡아오라고 했어요. 욘은 죽을 수도 있었어요. 그건 다 내 잘못이에요. 그러니 이젠 저를 받아들이기 싫으시죠?"

알마 아줌마가 말했다.

"아가야. 그 얘기는 이미 욘에게서 들었어. 아이들은 한번씩 어리석은 짓도 하고, 나쁜 짓을 하기도 해. 하지만 네가 욘을 구했잖아. 그건 정말 용감한 일이었어."

"시구르드 아저씨도 이 사실을 알아요?"

"아니. 그건 아저씨에게 말할 필요가 없어. 그건 우리들만
의 비밀로 하자. 너, 나, 욘의 비밀로."

넬리가 말했다.

"알마 아줌마. 아줌마는 세상에서 가장 좋은 분이세요."

31

넬리가 알마 아줌마와의 대화 내용을 설명하는 동안 슈테피는 잠자코 듣기만 했다. 슈테피는 넬리의 눈에서 행복을 보고, 목소리에서 열정을 느꼈다. 슈테피는 넬리를 위해 기뻐했다. 그러나 자기 자신을 위해서도 안도감을 느꼈다. 이제 슈테피는 힘든 결정을 내릴 필요가 없다. 이젠 머물러도 된다, 넬리를 위해서.

넬리는 입을 다물었다.

"알마 아줌마하고 얘기해 볼게."

슈테피가 말했다.

"네 입양은 아빠가…… 살아 계시는지 확인한 다음에야 가능해."

슈테피는 그 말을 힘겹게 내뱉었다. 마음 깊은 곳에서 슈테피는 알고 있었다. 아빠는 돌아가셨다는 것을. 하지만 넬리에게는 그 얘기를 하지 않았다.

넬리가 말했다.

"알아. 당연하지. 알마 아줌마가 얼마나 기다려야 하는지 알아보실 거야. 물론 아빠에게서 아무 소식이 없다면 말이지."

넬리는 잠시 말을 멈추었다.

"언니?"

"응?"

"언니는 미국에 가고 싶어?"

슈테피가 말했다.

"나도 몰라. 나도 여기 사랑하는 사람들이 많잖아."

넬리가 조용한 목소리로 말했다.

"가고 싶으면, 언니. 가."

"너를 두고? 말도 안 돼!"

"내가 여기서 잘 지내는 거 언니도 알잖아."

말은 차분하게 했지만 목소리는 떨렸다.

슈테피가 진지하게 말했다.

"넬리. 우린 절대 헤어지지 않아. 무슨 일이 있어도. 이젠 우리 둘뿐이야."

넬리의 얼굴이 환하게 밝아졌다.

"정말이야?"

"안 그러면 이런 말도 안 했겠지."

넬리가 말했다.

"언니. 내가 입양이 돼도 우린 자매로 남는 거야?"

"당연하지, 이 바보야. 그건 아무도 바꿀 수 없어."

"그럼 난 스웨덴 사람이 되는 거야?"

"응. 그렇게 될 거야."

"웃긴다. 우리가 자매인데도 난 스웨덴 사람이고 언니는 외국 사람이라는 게."

슈테피가 말했다.

"나도 성년이 되면 스웨덴 국적을 신청할 수 있어. 만약 결혼해도 국적을 얻을 수 있고."

마지막 말은 생각도 없이 그냥 튀어나와 버렸다. 슈테피는 금세 후회했다.

"언니 결혼할 거야?"

넬리의 눈이 동그래졌다.

"만약이라고 했잖아. 언젠가는 결혼하겠지."

"스벤하고?"

"스벤?"

슈테피는 지난 며칠 동안 스벤 생각을 하지 않으려 애썼다. 이제 그리움과 걱정 때문에 마음이 아파왔다. 슈테피가 옆에 없어도 스벤은 슈테피 생각을 할까?

넬리가 말했다.

"연기하지 마. 내가 아무것도 모를 줄 알아? 평화 축제 때와 그 후에 아비투어 때 다 눈치챘어."

"뭘 눈치채?"

"두 사람 서로 사랑하는 거."

넬리가 열광하는 걸 보니 슈테피는 저절로 웃음이 나왔다.

넬리가 흥분하며 물었다.

"둘이 서로 키스했어?"

"응."

넬리는 꿈꾸는 듯한 눈길로 변했다. 슈테피가 넬리에게 그런 생각을 하기에는 너무 어리다는 말을 하려는 순간, 자신도 거의 넬리 나이만 했을 때 스벤을 사랑하게 된 사실을 떠올렸다.

"너는? 좋아하는 사람 있니?"

"남자 아이?"

"응."

"모르겠어. 없는 것 같아."

넬리는 이마를 찌푸렸다.

"사랑하면 도대체 어떤 기분이 들어?"

"사랑하는 사람을 보면 마음속이 아주 따뜻해져. 계속 그 사람과 함께 있고 싶어. 상대방도 그만큼 나를 사랑해 주길 바라지."

넬리가 말했다.

"아, 아는 사람 중에 그런 기분을 느끼는 사람이 있어! 남자 아이는 아니야. 카리타에게 그런 기분을 느껴."

"카리타?"

그 사람이 알마 아줌마 집을 빌린 화가 이름이란 걸 떠올리기까지는 약간 시간이 걸렸다. 넬리 초상화를 그리는 그 여자.

"그 부인이 그렇게 좋아?"

넬리가 말했다.

"그 부인은 정말 아름다워. 그 부인은 나를 특별하게 생각해. 다른 사람들과 다르게 보는 것 같아. 내게 영묘한 후광이 있다고 말했어."

슈테피가 말했다.

"예술가들은 보는 게 달라."

"어쨌든 그런 것 같아. 하지만……."

"부인은 내가 훌륭한 모델이래. 9월에 초상화를 볼 수 있어. 그때 베르니사주를 하거든. 언니도 와도 된대. 카리타가 약속했어."

슈테피는 넬리를 바라보았다. 넬리는 아주 들뜨고 즐거워했다. 실망하지 않아야 할 텐데, 슈테피가 생각했다. 카리타가 넬리의 말대로 정말 좋은 사람이어야 할 텐데.

"남자 아이들은 정말 유치해."

슈테피는 대화 주제를 바꾸려고 이렇게 말했다.

"하지만 몇 년 더 기다려 봐. 그럼 남자 아이들도 철이 좀 드니까. 너도 갑자기 약혼할지도 모르지. 브리텐처럼."

넬리는 얼굴을 찌푸렸다.

"브리텐은 잘난 척해."

"그렇지 않아."

"진짜야. 언니가 그 집에서 나오게 되어 다행이야. 그럼 내가 자주 놀러갈 수 있잖아. 언제 이사해?"

"9월 1일에."

그때까지는 한 달 조금 더 시간이 남았다. 그럼 진짜 어른다운 생활이 시작된다.

넬리가 가고 나자, 슈테피는 자리에 앉아 에밀레 고모에게 편지를 썼다. 얼른 해치우는 편이 좋다.

1945년 7월 22일

사랑하는 에밀레 고모님!

편지 주셔서 정말 감사합니다. 고모님 소식을 알게 되어 얼마나 기쁜지 몰라요. 하지만 페터 오빠 일은 정말 안 됐어요. 어쨌든 오빠는 자유를 위해 목숨을 바친 것이지, 수많은 다른 사람들처럼 살해된 건 아니니까요. 그러니 페터 오빠를 자랑스럽게 생각하세요. 아빠 소식은 못 들었어요. 저도 행방을 찾아 달라고 신청했지만 아직 성과가 없어요. 스웨덴의 난민 병원에서 아빠를 아우슈비츠에서 알고 지냈다는 한 남자를 만났어요. 그 남자는 아빠와 함께 있다가 독일로 행군을 시작했대요. 그 남자는 정확한 건 모른다고 했지만 아빠가 돌아가셨다고 믿는 것 같았어요.

고모님께서 저와 넬리에게 새 가정을 주시겠다는 제안은 정말 너그러우신 처사예요. 하지만 우리가 여기 온 이후로 넬리를 돌보시는 양부모님이 넬리를 입양하고 싶어 하세요. 제 생각에는 그것이 넬리에게 최선인 것 같아요. 넬리는 여기서 아주 잘 적응하고 있고 거의 스웨덴 사람이 다 된 걸요.

제 경우에는 미국으로 갈 수도 있지만, 넬리를 혼자 내버려 둘 수가 없어요. 넬리가 잘 보살핌을 받을 거라는 건 알지만 말이에요. 넬리가 유일한 제 혈육이잖아요. 우

린 함께 있어야 해요. 고모님이 이를 이해해 주시기를,
또 우리를 은혜도 모르는 아이라고 생각지 말아 주셨으
면 해요.

앞으로 서로 편지를 주고받았으면 좋겠어요. 남아있는
친척들과 계속 연락하며 지내고 싶어요. 누구라도 아빠
소식을 듣게 되면 알려 주기로 해요.

넬리가 안부 전해 달래요.

안부를 전하며,
슈테피 올림

슈테피는 잠깐 앉아서 책상 위에 놓인 편지지를 내려다보
았다. 편지지 위의 글씨가 꾸불꾸불했다. 깨끗하게 글씨를
잘 쓴다는 칭찬을 자주 듣던 슈테피였는데. 철자, 글자. 결
정. 이젠 다시 번복할 수가 없다.

다른 방법이 없다. 슈테피는 결연하게 편지지를 접어 봉투
에 넣었다. 봉투에는 뉴저지, 플레인필드라고 주소를 썼다.

미국에서 사는 건 어떨까? 슈테피는 이제 경험해 보지 못
할 것이다.

내일은 월요일이다. 우체국의 홀름 양에게 편지를 부치면
바다 저 건너편으로 배가 배달을 해 줄 것이다. 미국 우편배
달부가 에밀레 고모와 아르투르 고모부 집의 우편함 속에 이

편지를 넣을 것이다. 슈테피는 말끔하게 정리된 잔디밭을 둘러싼 울타리 밖에 걸린 빨간 우편함을 상상했다. 거기서 똑바로 가면 베란다가 딸린 하얀 집이 나온다. 이 집에서 에밀레 고모가 편지를 발견해서 봉투를 열어 편지를 읽는다. 고모는 한숨을 내쉬고, 아르투르 고모부가 집에 돌아오면 이렇게 말한다.

'아이들이 그냥 스웨덴에 남겠대요. 아마 안톤은 죽은 모양이에요.'

그렇게 될 것이다. 그리고 고모와 고모부의 인생은 계속될 것이다. 에밀레 고모와 아르투르 고모부는 뉴저지의 플레인필드에서. 넬리는 섬에서. 슈테피는 예테보리에서. 이제 빈에는 슈타이너 가족은 아무도 없다.

32

한 주가 빠르게 흘러갔다. 일요일 오후 메르타 아줌마는 슈테피를 부두로 배웅했다. 작은 여행 가방에는 깨끗하게 세탁해서 다린 빨래로 가득찼다.

"몸조심해라, 얘야."

"물론이죠, 메르타 아줌마."

작별의 인사말은 몇 마디면 충분하다. 두 사람은 서로 많은 대화를 나누었다. 엄마와 아빠, 미국에 있는 친척, 넬리와 입양에 대해. 대개는 슈테피가 얘기했고 메르타 아줌마는 듣기만 했다. 메르타 아줌마는 잘 경청하고, 제대로 된 질문을 해서 슈테피로 하여금 혼자서는 미처 짚어내지 못한 생각들을 하게끔 한다.

슈테피 앞에 놓인 인생은 자신이 기대했던 인생은 아니다. 그러나 어쨌든 그것도 슈테피 인생이다.

슈테피는 마이와 브리텐과 함께 쓰는 방에서 여행 가방을 풀었다. 마이는 섬에서 무슨 일이 있었는지, 슈테피와 넬리가 어떤 결정을 했는지 궁금해 했다. 하지만 마이는 브리텐이 방에 있는 동안에는 질문하지 않았다.

마침내 단둘이 있자 슈테피가 설명했다. 마이의 눈에 눈물이 솟았다.

마이가 말했다.

"아, 슈테피. 네가 갈 수 없게 되어 정말 안됐어. 하지만 네가 있겠다니 정말 기뻐!"

저녁에 슈테피는 스벤 집에서 만나기로 약속했다. 슈테피는 서로 일주일 동안 못 만났기 때문에 집에서 시간을 보낼 줄 알았다. 그러나 스벤 집의 초인종을 눌렀을 때 스벤은 외출할 준비를 마친 채 문을 열었다.

"외출하는 거야?"

스벤이 말했다.

"얀이 생일이야. 우리도 참석하겠다고 약속했어."

"하지만 우린 일주일 만에 만나는 거잖아!"

"오래 있진 않을 거야."

슈테피가 말했다.

"미리 좀 말해 주지 그랬어."

슈테피는 일을 끝낸 뒤 옷을 갈아입지 않았다. 스벤 집에서는 어차피 옷을 벗을 테고 더군다나 레스토랑에서 생일 파티를 하게 될 줄은 몰랐다.

스벤이 말했다.

"미안해. 잊어버렸어. 지금도 예뻐."

모두들 단골 테이블로 모여들었다. 얀은 8시 밖에 안 되었는데 벌써 많이 취했다. 얀의 아내 릴리모어는 창백한 얼굴로 계속 화장실을 들락거렸다. 누군가 릴리모어가 임신했다고 속삭였다.

"릴리모어가 일을 못하면 얀이 어떻게 그림을 그리지? 얀은 일 년 전부터 그림 한 점 못 팔았잖아."

이레네는 금발머리를 탈색시켜서 거의 하얗게 보였다. 이레네의 옷은 검정색으로 평소처럼 빨간 스카프를 목에 두르고 있었다. 이레네는 스벤 왼쪽에 앉아 내내 스벤과 이야기했다. 스벤 오른쪽에 앉은 슈테피는 외면당했다.

몇 번이나 그만 집에 가지 않겠냐고 물어 보았다. 그러나 스벤은 그 말을 못 듣거나 아니면 이렇게 말할 뿐이었다.

"조금 있다가."

스벤은 평소보다 더 많이 마셨다. 반대로 슈테피는 잔에 거의 손도 대지 않았다.

드디어 12시가 되었다. 슈테피는 다음 날 아침 8시에 일하러 가야 했다. 슈테피는 자리에서 일어섰다.

"난 그만 갈래."

스벤이 쳐다보았다.

"조금만 기다려. 우리도 곧 갈 거야."

"난 지금 갈래. 너는?"

이레네가 스벤의 귀에 대고 뭐라고 속삭였다. 이레네는 음흉하게 웃음지었다. 스벤이 억지로 자리에서 일어섰다.

스벤이 말했다. 목소리가 퉁명하게 들렸다.

"그럼 가자."

"바래다 줄 필요 없어. 혼자 갈 수 있으니까."

슈테피는 스벤이 자기 말에 반박해 주거나 아니면 적어도 택시라도 불러 주기를 기대했다. 그러나 스벤은 이렇게만 말했다.

"그럼 그렇게 해. 내일 전화할래?"

"응."

스벤은 슈테피에게 급하게 키스했다. 그런 다음 다시 자리에 앉아 이레네와 계속 이야기를 나누었다.

출구로 향하는 슈테피의 눈은 눈물에 젖었다. 하지만 슈테피는 우는 걸 보이면 안 된다. 스벤 때문에 운다는 걸 보이면 안 된다!

다음 날 저녁 둘이 만났을 때는 모든 것이 평소와 같았다. 스벤은 다정했다. 스벤은 레스토랑에서 있었던 일에 대해 말하지 않았고, 슈테피도 이 문제는 꺼내지 않았다.

스벤은 술을 너무 많이 마셨어, 슈테피는 스스로 애써 이렇게 위안했다. 그냥 신경을 못 썼을 뿐이다. 아무 일도 아니다. 그러나 마음속 깊은 곳에서 슈테피는 뭔가 잘못되고 있다는 걸 느꼈다.

33

슈테피가 미국에 가야 한다는 게 유디트의 확고한 의견이었다. 유디트의 표현대로 한다면 자기 사람들과 함께 있는 것이다. 그러나 넬리를 혼자 두지 않겠다는 슈테피의 결정도 틀림없이 이해할 것이다. 유디트 자신도 언니를 다시 찾았으니까.

우데발라를 방문하고 난 뒤 유디트는 아주 쾌활해졌다. 몇 번이나 병원으로 에디트를 문병하러 갔다. 유디트는 팔레스타인으로 떠날 준비를 계획하기 시작했다. 입국 허가서를 작성하고 팔레스타인에 있는 오빠에게 편지를 썼다.

슈테피는 유디트가 집에 있는지 물어 보려고 유디트 주인 집에 전화를 걸었다. 신호음이 한참 울리더니 늙은 오델베리 부인이 전화를 받았다.

"여보세요."

"저는 슈테파니 슈타이너라고 합니다. 유디트 리버만이 집에 있나요?"

늙은 부인은 힘겹게 숨을 내쉬었다.

"리버만 양 친구인가요?"

"네."

"그럼 당장 와 주시는 게 좋겠어요."

슈테피는 걱정으로 온몸이 싸늘해졌다.

"무슨 일이죠?"

"나도 몰라요. 하지만 뭔가 이상해요. 리버만 양이 방문을 잠근 채 이틀 전부터 밖에 나오지 않아요."

"회사에도 안 갔어요?"

"안 갔어요."

"제가 갈게요."

슈테피는 흥분했다. 슈테피는 전화요금을 내고 계단을 올라가 당장 갈 데가 있다고 마이에게 말했다. 10분 후에 슈테피는 전차에 올라탔다.

유디트, 유디트! 무슨 일이 벌어진 걸까?

오델베리 부인은 방문 앞에서 기다리고 있었던 모양이다. 슈테피가 초인종을 누르자 금방 열어 주었다. 유디트 방문은 잠겨 있었다. 슈테피는 방문을 두드리며 소리쳤다.

"유디트! 문 열어! 나야."

대답이 없었다.

"비상 열쇠 없으세요?"

늙은 부인은 천천히 고개를 끄덕였다.

"근데 열쇠를 어디다 뒀더라?"

부인은 비틀거리며 부엌으로 가더니 서랍과 찬장을 뒤지기 시작했다. 시간이 한참 걸렸다. 슈테피가 경찰, 구급차, 열쇠 수리공, 아니면 누구를 불러야 할지 고민하고 있는데 오델베리 부인이 승리에 찬 표정으로 뼈만 앙상한 손가락 사이로 열쇠를 들고 나왔다.

"여기 있네. 왜 그 생각을 못했지!"

다행히 유디트는 문에 열쇠를 꽂아 두지 않았다. 슈테피는 열쇠를 돌려 손잡이를 아래로 누른 뒤, 어떤 모습을 보게 되더라도 놀라지 않도록 단단히 마음을 먹었다.

유디트는 침대에 누워 있었다. 문 쪽으로 등을 돌린 채. 몸에는 이불을 덮고 있었는데 머리까지 이불을 뒤집어썼다. 이 여름 더위에 추위라도 타는 듯.

유디트는 아주 조용히 누워 있었다.

슈테피는 깊게 숨을 내쉬었다. 슈테피 뒤에는 오델베리 부인이 불안하게 왔다갔다했다.

슈테피는 침대 쪽으로 걸어갔다. 뻣뻣하게, 마치 어떻게 걷는 건지 잊어버린 사람처럼. 유디트는 움직이지 않았다.

죽었어, 슈테피가 생각했다. 유디트도 죽었어.

이불자락 위로 유디트의 뺨이 보였다. 슈테피는 뺨을 조심스럽게 어루만졌다.

따뜻했다.

슈테피의 경직된 몸이 풀렸다.

"유디트!"

슈테피는 유디트의 어깨를 잡아 흔들었다.

"유디트! 정신 차려!"

유디트가 돌아누우면서 이불이 미끄러졌다. 그때 슈테피의 첫 번째 느낌은 안도감이었다. 유디트가 살아 있기 때문이다. 그러나 두 번째 느낌은 충격이었다.

유디트의 짙은 금발 곱슬머리가 사라졌다. 머리카락 하나 남김없이. 여기저기 면도칼자국이 핏자국과 함께 작은 상처를 남겼다.

"유디트! 왜 그래? 무슨 일이야? 머리를 어떻게 한 거야?"

유디트의 눈길이 흐릿했다. 유디트는 손으로 밋밋한 머리를 매만졌다. 그런 다음 기괴한 소리로 짧게 웃었다.

"이게 마땅하지."

"뭐가, 유디트? 뭐가 마땅하다는 거야?"

유디트는 문가에 서 있는 오델베리 부인을 발견했다.

유디트가 말했다.

"저 여자 가라고 그래. 저 여자 가라고 그래, 나쁜 년."

슈테피가 말했다.

"가시는 게 좋겠어요, 오델베리 부인."

"유디트는 제가 돌볼게요."

"의사에게 전화 안 해도 될까요?"

"그럴 필요 없는 것 같아요. 필요하면 말씀드릴게요."

오델베리 부인은 안도하며 문을 닫고 나갔다.

슈테피는 유디트의 손을 잡고 몰래 맥박을 재어 보았다. 정상인 것 같았다. 유디트가 어딘가 이상하다면, 그건 몸에 이상이 있어서가 아니다.

"설명해 봐, 유디트. 뭐가 마땅하다는 거야?"

유디트가 말했다.

"난 도망쳤어. 그게 잘못이었어. 잘못, 잘못이었다고. 난 다른 사람들과 함께 있었어야 했어. 에디트 언니 옆에. 이젠 나도 언니처럼 되었어."

그 말을 들은 슈테피는 한 대 얻어맞은 것 같았다.

둘 다 모두 도망쳤다. 슈테피와 유디트 모두.

슈테피는 유디트의 어깨를 잡아 흔들었다.

슈테피가 소리쳤다.

"아니야. 그건 네 잘못이 아니야, 유디트! 그건 네 잘못이 아니라고!"

유디트는 슈테피를 멍하니 쳐다보았다. 그러더니 유대어로 갑자기 뭐라고 큰 소리로 중얼거리기 시작했다.

슈테피는 유디트를 때릴 뻔했다.

'왜 내 말을 안 듣는 거야?'

유디트는 횡설수설하더니 가족들 이름을 하나하나 계속해서 불러댔다. 두 손으로 머리를 붙잡은 채 계속 이리저리 흔들어댔다.

슈테피는 이제야 서서히 알아차렸다. 유디트가 정신이 나갔다는 것을. 유디트는 제정신이 아니었다. 슈테피가 무슨 말을 해도 아무 소용이 없다.

그러나 유디트는 정신착란을 일으키다가도 칼로 자른 듯 다시 제정신으로 돌아올 때도 있었다.

에디트가 죽었다.

슈테피는 유디트가 내뱉는 단어들을 하나씩 짜맞춰갔다.

에디트는 칼스타트의 결핵 전문병원으로 옮겨질 예정이었다. 그러나 에디트는 이를 원치 않았고 유디트도 원치 않았다. 그곳은 아주 멀어서 유디트로서는 언니를 문병하기가 더 힘들어지기 때문이었다. 그러나 의사들은 옮겨야 한다고 말했다. 우데발라 병원은 그냥 임시로 사용하는 중이다. 가을이 되면 학생들이 돌아온다.

에디트의 상태는 악화되었다. 에디트는 음식도 먹지 못했다. 칼스타트로 옮기기로 한 날 아침, 에디트는 병상에서 죽은 채 발견되었다.

유디트는 더는 설명하지 않았다. 그러나 슈테피는 나머지 이야기를 추측할 수 있었다. 누군가, 아마 슈테피가 처음 문병을 갔을 때 보았던 간호사가 유디트에게 전화를 했다. 고통이 얼마나 컸던지 유디트를 바깥 세계로부터 보호하던 딱딱한 껍질이 깨져 버렸다. 유디트는 자신의 방에 갇혀서 머리카락을 다 밀어버린 뒤 침대에 누워 자기만의 세계에 빠져들었다.

그러나 유디트는 다행히 살아 있다.

슈테피는 유디트에게 의사가 필요하다는 걸 알았다. 몸 때문이 아니라 정신 때문에. 슈테피는 유디트의 몸을 이불로 덮어 주었다.

"가만히 누워 있어. 곧 돌아올게."

유디트가 말했다.

"슈테파니, 너 빈에서 온 슈테파니 슈타이너 맞지?"

슈테피가 대답했다.

"응. 곧 돌아올게, 유디트. 가만히 있어."

슈테피는 오델베리 부인에게 전화를 쓰겠다고 양해를 구

한 뒤 긴급구호 전화번호를 눌렀다.

"내 친구 때문에 전화했어요. 정신착란이에요."

슈테피는 담당자를 바꾸는 동안 기다렸다. 조용하고 친절한 목소리의 간호사가 전화를 받았다. 간호사는 몇 가지 질문을 했다.

"의사를 보내 줄게."

그런 다음 간호사가 말했다.

"네 친구를 병원에 입원시킬지 여부는 그 의사가 결정할 거야."

슈테피는 오델베리 부인에게 상황을 간단하게 설명했다. 그런 다음 다시 유디트에게 가서 의사가 올 때까지 손을 잡고 있었다.

의사는 유디트와 단둘이 있길 원했다. 슈테피는 오델베리 부인과 밖에서 기다렸다. 잠시 후 유디트가 소리를 지르기 시작했다. 의사가 문을 열었다.

"전화는 어디 있습니까?"

오델베리 부인이 전화를 가리켰다. 의사는 누군가와 잠깐 통화하더니 다시 돌아왔다. 유디트는 계속 소리를 지르고 뭐라고 중얼댔다.

의사가 말했다.

"구급차를 불렀습니다. 저 소녀는 입원해야 합니다. 안 그러면 생명이 위험해요. 가족 되십니까?"

슈테피가 대답했다.

"아뇨. 전 친구예요. 오델베리 부인은 집주인이고요."

"가족은 어디 있습니까? 알고 계십니까?"

의사의 목소리는 안달하는 듯했다.

슈테피는 의사의 눈을 똑바로 쳐다보며 말했다.

"가족이 없어요. 가족이 살해되었어요. 그 때문에 슬퍼하는 거예요."

"가족이 없다고요?"

의사는 슈테피의 말을 이해하지 못하는 듯했다.

"팔레스타인에 오빠만 둘 있어요."

"그럼 두 분 중에서 한 분이 서명하세요."

의사는 가방에서 서류를 꺼냈다. 슈테피는 서류를 읽어 보려 했지만 글씨가 눈에 들어오지 않았다.

"……강제 입원…… 보호자 서명……."

어떻게 해야 하나? 슈테피가 서명해야 하는 걸까?

"꼭 해야 해요?"

"서명이 필요합니다."

"제 말은 입원을 시켜야 하냐고요?"

"자살할 위험이 있다고 말씀드렸잖아요."

슈테피는 달리 도리가 없었다. 슈테피는 서류 맨 마지막에 이름을 썼다.

잠시 후 유디트는 밖으로 실려 나와 들것에 꽁꽁 묶였다. 유디트는 계속 발버둥을 치고 소리를 질렀지만 힘센 남자 간호사에게는 당할 도리가 없었다. 이제 유디트는 조용해졌다. 유디트의 주근깨투성이 얼굴은 밀어버린 머리 때문에 말라 보였다.

슈테피는 유디트의 손을 잡았다.

"잘 가, 유디트. 몸이 좀 나아지면 만나자."

유디트가 말했다.

"슈테파니. 너 빈에서 온 슈테파니 슈타이너 맞지?"

34

"그런 사람은 의사가 될 자격이 없어."

스벤의 목소리는 흥분했다. 손으로 머리를 쓸어올리자 머리카락이 산처럼 솟았다.

슈테피가 말했다.

"난 네가 의사라는 직업에 그렇게 고귀한 의견을 가진 줄 몰랐어."

스벤이 말했다.

"난 의사라는 직업에 아주 고귀한 의견을 가졌어. 어찌나 고귀한지 나 자신은 결코 다다를 수 없을 정도지. 하지만 의사들은 달라. 의사들은 가까운 곳에서 많이 봤으니까. 잘나신 우리 아버지도 그 의사처럼 그렇게 졸렬하고 무정하지는 않아."

스벤은 슈테피를 바라보며 어조를 바꾸었다.

"슬퍼하지 마. 병원에는 틀림없이 더 좋은 의사들이 있을 거야. 유디트를 릴하겐으로 데려갔어?"

"응."

슈테피는 다리를 끌어당겼다. 슈테피는 스벤의 안락의자에 앉아 있었다. 방은 평소보다 더 지저분했다. 구석마다 먼지덩어리들이 뭉쳐 있었다.

슈테피가 말했다.

"스벤. 내가 잘못한 거야? 서명을 거부할 걸 그랬나?"

스벤은 생각에 잠겼다.

마침내 스벤이 말했다.

"아냐. 넌 어쩔 수가 없었어. 네가 서명을 거부했더라면, 그 의사는 다른 의사에게 전화했을 테고, 두 의사의 의견이 일치한다면 동의 없이도 실어갈 수 있어. 그럼 괜히 쓸데없이 일만 늦어지지. 게다가 난 그 의사 말이 옳다고 생각해. 유디트는 입원해야 해. 안 그러면 누가 유디트를 돌보겠어?"

"내가."

"어떻게? 유디트는 아마 스물네 시간 내내 지켜봐야 할 걸. 또 유디트가 밤에 소리라도 지르면 집주인이 뭐라고 하겠어? 슈테피, 넌 모든 책임을 다 떠안을 수가 없어."

물론 스벤 말이 맞다. 하지만 슈테피는 남자 간호사에게서 풀려나기 위해 몸부림을 치던 유디트의 겁에 질린 얼굴을 잊을 수가 없었다. 소리를 지르던 유디트의 목소리에 어린 공포도.

"병원에는 안 가! 병원에는 안 간다고! 병원에 가면 다 죽어!"

스벤이 말했다.

"너무 골똘히 생각하지 마. 며칠 후에 전화해서 유디트 상태가 어떤지 물어 보면 돼. 문병갈 수 있을지도 몰라. 원한다면 내가 같이 가 줄게. 자, 이제 이리 와 봐. 드디어 제대로 키스하게."

슈테피는 스벤을 쳐다보았다. 스벤은 책상에 기댄 채 서 있었다. 당장이라도 곧 쓰러질 것 같은 책더미 바로 옆에. 슈테피는 열정과 그리움에 사로잡혔다. 하지만 이런 따뜻함 속에 차가운 근심이 작게 도사리고 있었다. 스벤이 슈테피를 사랑하는 걸까? 슈테피가 사랑하는 것만큼 그렇게 많이?

스벤이 말했다.

"내 사랑. 정말 보고 싶었어. 우린 너무 오래 떨어져 있었어."

"일주일 동안이지."

"영원과도 같은 한 주였어. 이리 와!"

슈테피는 일어서 스벤에게 다가갔다. 스벤은 팔을 펴서 슈테피를 안았다. 얼굴과 얼굴, 입과 입, 몸과 몸이 밀착했다.

슈테피가 속삭였다.

"사랑해."

아마 스벤은 못 들은 모양이었다. 어쨌든 스벤은 아무 대답도 없었다. 그 대신 스벤은 혀로 슈테피의 입을 막았다. 면도용 화장수, 새로 세탁한 셔츠, 따뜻한 피부에서 나는 향기가 슈테피의 코를 사로잡았다.

잠시 후 침대에서 스벤의 손목시계가 슈테피의 은 목걸이에 걸렸다. 스벤이 부주의하게 움직이다가 목걸이가 끊어졌다. 부적이 쟁그랑 소리를 내며 바닥으로 떨어졌다.

"그냥 둬."

하지만 슈테피는 부적을 잃어버리고 싶지 않았다. 슈테피는 몸을 빼서 침대 가장자리로 몸을 숙였다.

처음에는 부적이 보이지 않았다. 침대 밑으로 굴러 들어간 모양이었다. 슈테피는 윗몸이 침대 가장자리에 걸릴 정도로 더 깊숙이 몸을 숙였다. 이제 부적이 보였다. 하지만 다른 것도 함께 눈에 들어왔다. 침대 밑에는 빨간색의 뭔가가 있었다. 슈테피는 손을 뻗어 부적을 꺼냈다.

"찾았어?"

슈테피는 대답하지 않았다. 손을 한 번 더 뻗어 빨간색 물건을 찾아 더듬었다. 손가락에 부드러운 실크 감촉이 느껴졌다. 슈테피는 침대 밑에서 천 조각을 꺼냈다. 스카프였다.

이레네의 빨간 스카프.

"이게 어떻게 여기 떨어져 있지?"

스벤은 이마를 찌푸렸다.

"이게 뭐지?"

"이게 뭔지는 너도 알잖아."

슈테피의 목소리는 차분했다. 하지만 마음속은 땅에 떨어진 벌거벗은 어린 새처럼 달달 떨었다.

"누군가 잃어버린 모양이지. 오랫동안 침대 밑에 있었을 거야. 너도 알잖아. 내가 청소 잘 안 하는 거."

슈테피가 말했다.

"거짓말하지 마. 이 스카프는 최근에 본 적이 있어. 이레네가 하고 있는 거 말이야."

"이레네?"

스벤의 목소리는 그게 누군지 전혀 기억나지 않는다는 듯 들렸다.

"그래, 이레네. 얀의 생일을 축하해 줬을 때."

"이레네는 이런 스카프가 몇 개 될 거야."

"그러니까 이건 이레네 스카프 맞지?"

"나도 몰라."

슈테피는 일어섰다. 속옷을 주섬주섬 챙기고는 옷을 입기 시작했다.

"뭐하는 거야? 슈테피! 그렇게 과장하지 마!"

슈테피가 나지막이 말했다.

"그럼 진실을 말해 보는 게 어때?"

"옷 입지 마!"

슈테피는 손에 속치마를 든 채 가만히 있었다.

"그래, 이레네 거야."

"이레네가 스카프를 왜 풀었어?"

"그건 너도 생각해 보면 알잖아."

"그게 언제였어?"

"그날 저녁."

슈테피는 스벤을 멍하게 쳐다보았다.

"네가 말한 그날 저녁 말이야. 네가 가고 난 뒤에."

"이레네를 여기로 데려왔어? 내가 가고 나자마자?"

"몇 시간 지나고 나서였어. 하지만 내가 이레네를 여기로 데려온 게 아니야. 이레네가 무조건 오고 싶어했어. 난 상당히 취했었어. 내가 무슨 짓을 하는지도 몰랐어. 미안해, 슈테파니!"

"어떻게 그럴 수가 있어?"

슈테피는 어쩔 줄 모르는 절망감 때문에 주먹으로 스벤을 때렸다.

"어떻게 그럴 수가 있어, 어떻게……."

스벤은 슈테피의 손목을 꽉 잡았다.

"진정해! 그건 아무것도 아니었어. 이레네와 같은 여자와 자는 건 아무것도 아니야. 그 애는 아무하고나 자니까."

"정말이야?"

슈테피의 의지에 상관없이 분노가 놀라움으로 변했다.

"아무하고나 자. 심지어 얀하고도 말이야."

스벤의 어조 때문에 슈테피는 욕지기가 났다. 어떻게 저런 이야기를 저렇게 아무렇지도 않은 어조로 말할 수가 있을까? 슈테피는 얀의 부인, 임신 중인 릴리모어를 떠올렸다.

그걸로 충분했다. 슈테피는 얼른 속치마를 입고 옷을 집어 들었다.

"너? 그냥 잊어버리면 안 될까? 그건 실수였어. 무슨 일이 있었는지 기억도 안 나. 어쩌면 술에 취해 그냥 잠들어 버렸는지도 몰라."

"그만 갈래."

슈테피는 단추를 잠갔다.

"슈테파니! 설마 진심은 아니겠지."

"진심이야."

스벤의 눈길이 어두워졌다.

"사랑이냐, 사랑이 아니냐. 이거냐, 저거냐. 흑이냐, 백이냐. 넌 참 편하구나, 슈테파니. 하지만 인생은 대개 회색이야. 약간은 더럽고, 약간은 부족해. 넌 네 자신과 다른 사람에게서 완전한 것을 요구해. 그건 비인간적이야. 내 말 이해해, 슈테파니?"

슈테피는 문 쪽으로 걸어갔다. 갑자기 스벤이 침대에서 벌떡 일어나 마루로 나왔다. 스벤은 슈테피 앞에 서 있었다. 벌거벗은 채로. 그러고는 현관문을 막아 섰다.

"가지마."

"갈 거야."

"다시 올 거야?"

"아니."

"널 사랑해, 슈테파니."

이제야 이 말을 한다. 모든 것이 늦어 버린 이제야.

"비켜 줘."

그러자 스벤이 약간 옆으로 비켜섰다. 슈테피는 손잡이를 아래로 눌러 문을 열고 나갔다. 슈테피는 나가면서 스벤을 돌아보지 않았다. 그러나 그 향기, 스벤의 향기는 마지막으로 맡았다.

집 앞으로 나가자 슈테피는 속이 안 좋아졌다. 집을 둘러싼 덤불 사이로 가서 슈테피는 구토를 했다. 이틀 동안 슈테피는 가까이 지내던 두 사람을 잃어버렸다. 유디트와 스벤. 하지만 마이는 아직 있다. 마이는 슈테피의 이야기를 들어 주고, 위로해 주고, 이런 의미를 담은 눈길을 보내지 않았다.
'그러게 내가 뭐랬니?'

35

"넬리 언니에게 편지가 왔어!"

엘사는 시장을 보러 갔다가 우체국에 들렀다. 흥분한 엘사는 부엌에 서서 흰색의 작은 편지봉투를 흔들어 댔다.

알마 아줌마가 말했다.

"도대체 무슨 일일까?"

넬리는 2년 전에 부모님의 연락이 끊어진 이후로 편지를 받은 적이 없었다. 넬리는 봉투에 뭐가 들어 있는지 알았지만 알마 아줌마가 잠시 고민에 빠지도록 내버려 두었다.

넬리는 알마 아줌마가 왜 그렇게 걱정스럽게 말하는지 생각했다. 아빠가 돌아가셨다는 소식일까 봐 걱정하는 걸까? 아니면 그 반대일까? 아빠가 살아 계셔서 넬리를 데려갈까 봐 걱정하는 걸까?

알마 아줌마는 엘사에게서 편지를 빼앗아 봉투를 살펴보았다. 예테보리 소인이 찍힌 스웨덴 우표가 붙어 있는 걸 본 아줌마는 안도의 한숨을 내쉬었다.

알마 아줌마가 말했다.

"자, 넬리. 받아."

봉투는 작고 깔끔했다. 여는 부분에는 금색 테두리가 입혀져 있었다. 넬리는 이렇게 우아한 봉투는 처음 받아 보았다.

'린드베리 씨 댁, 넬리 슈타이너 양.'

넬리 대신에 엘레오노레라고 적혀 있었더라면 더 좋았을 텐데. 그 이름이 금색 테두리 봉투에 더 잘 어울렸을 텐데.

넬리는 알마 아줌마에게 종이 자르는 칼을 청한 뒤 조심스럽게 봉투를 열었다. 알마 아줌마는 궁금해 하면서도 궁금함을 애써 감추려 했다.

9월 1일, 토요일 오후 2시. 귀하를 베르니사주에 초대합니다. 간단한 다과가 준비되어 있습니다.

그 밑에는 커다란 글씨로 이렇게 적혀 있었다.

유럽의 꿈과 악몽

유화와 조각

카리타 보리 작품

맨 아래에는 예테보리에 있는 화랑 이름과 주소가 적혀 있었다.

넬리는 내용을 두 번이나 읽었다. 그런 다음 카드를 알마 아줌마에게 건넸다.

알마 아줌마가 말했다.

"세상에. 정말 널 초대할 생각을 하다니!"

넬리는 기분이 나빴다. 어떻게 카리타가 그걸 잊을 수가 있단 말인가?

알마 아줌마는 계속 흥분했다.

"너 도대체 무슨 옷을 입고 갈래, 애야? 그리고 어떻게 혼자 거기까지 갈래?"

넬리가 말했다.

"아줌마도 같이 가셔도 돼요."

"초대권은 두 사람용이라고 적혀 있잖아요."

"아냐, 아냐."

알마 아줌마는 거절했다.

알마 아줌마가 말했다.

"베르니사주 같은 데를 내가 어떻게 가니."

넬리가 말했다.

"슈테피 언니가 부두에 마중 나올 수도 있어요. 그럼 언니하고 같이 가면 돼요."

그 말에 알마 아줌마는 마음을 놓으며 넬리의 졸업식 원피스를 가져와서 세탁해야 하는지 살펴보았다.

며칠 후 넬리가 전화했을 때 슈테피의 목소리는 그다지 열광하는 것 같지는 않았다.

"시간이 있을지 모르겠어. 하필이면 내가 이사하는 주말이니. 게다가 두 시까지는 가기가 힘들어. 한 시 삼십 분에 퇴근하거든."

넬리는 목구멍에 뜨거운 것이 올라왔다.

"언니가 못 가면 나도 못 가."

"알마 아줌마가 함께 안 오시니?"

"아줌마는 안 오셔. 오기 싫대. 난 언니가 내 초상화를 봤으면 좋겠어."

슈테피가 말했다.

"그럼 내가 휴가를 내야겠구나. 그럼 한 시에 부두로 마중 나갈게. 됐니?"

넬리가 말했다.

"언니는 참 착해. 정말 멋진 날이 될 거야. 다과도 있대."

둘은 좀 더 이야기를 나누다가 전화를 끊었다. 슈테피는 이런 저런 이야기를 했지만, 수다스러움에도 불구하고 목소리는 슬프게 들렸다. 넬리는 무슨 일이 있었는지 궁금했다. 넬리에게 설명하고 싶지 않은 무슨 일이. 아빠에게 무슨 일이 있는 건가? 하지만 넬리는 직접적으로 그렇게 묻지는 못했다.

"그럼 토요일에 보자."

"안녕, 언니."

"안녕, 넬리."

처음으로 넬리는 슈테피가 뭔가 숨긴다는 걸 알았다. 때때로 슈테피는 넬리가 아직도 일곱 살짜리 꼬마여서 보호해야 한다고 생각하는 것 같았다. 슈테피가 넬리를 어린아이로 취급해 주지 않는다면 얼마나 좋을까!

어쩌면 두 사람은 미국으로 가야 했는지도 모른다. 두 사람만. 자매는 긴 여행 동안 함께 지낼 수 있고 나중에 도착해서도 함께 지낼 수 있다. 엄마가 돌아가셨을 때 둘이 서로 약속했듯이 서로 보살펴 줄 수 있었을 것이다.

하지만 그럼 넬리는 섬을 영원히 떠나야 했다. 알마 아줌마, 엘사, 욘. 소냐와 다른 학교 친구들과도 헤어져야 했다. 그리고 스웨덴에서 자란 넬리와도. 이 넬리는 빈에서 자랐던 그 넬리와는 달랐다.

모든 것이 아주 복잡했다. 왜 인생은 좀 더 단순할 수 없는 것일까?

여름이 거의 끝나갔다. 9월 첫째 주에 가사 학교가 시작되었다. 그러나 그 전에 넬리는 베르니사주에 간다. 드디어 초상화를 볼 수 있게 된다.

넬리는 카리타가 그 그림에 어떤 제목을 붙였을지 곰곰이 생각했다.

'의자에 앉은 넬리와 파블로? 동생과 누나?'

넬리는 그림에 그런 제목이 붙는다는 걸 알았다. 슈테피가 설명해 주었다.

넬리는 제목에 자기 이름이 있기를 몹시 고대했다. 베르니사주에 오는 사람들은 모두 넬리를 틀림없이 알아볼 것이다. 넬리는 그림에 나오는 것과 똑같은 옷을 입을 것이다. 그럼 누군가 다가와서 이렇게 말하겠지.

"아, 네가 바로 넬리구나. 정말 멋진 초상화야! 실제로 보니 그림처럼 똑같이 예쁘구나."

넬리는 그 초상화를 카리타 자신이 소유하기를 바랐다. 그러나 전시회의 목적은 그림을 팔기 위한 것이다. 카리타가 그렇게 설명했다.

넬리는 누가 그 초상화를 살지 궁금했다. 그 그림은 커다랗고 훤한 방의 소파 위로 걸리게 될까? 아니면 고풍스런 어두운 가구가 놓인 살롱의 그랜드 피아노 위에 걸리게 될까?

방으로 들어올 때마다 넬리의 눈길과 마주치게 될 사람은 누구일까? 금박 테두리의 먼지를 털어내고 파블로의 귀여운 얼굴 표정을 보며 웃음 지을 사람은 누구일까?

"카리타 보리의 그림입니다."

20년 또는 50년 후에 누군가 이렇게 말할 것이다.

"이 초상화에 나오는 소녀는 카리타 보리가 어느 여름에 알게 되어 아주 매혹 당했던 사람입니다. 소녀가 팔에 안고 있는 이 아기는 카리타 보리의 아들이에요. 아이들이 정말 매혹적이죠?"

그런데 왜 전시회 이름이 〈유럽의 꿈과 악몽〉일까? 아무리 고민해 봐도 넬리는 그 이유를 알 수가 없었다.

36

가방은 뚜껑을 활짝 펼친 채 침대 위에 놓여 있었다. 슈테피는 블라우스, 치마, 원피스, 웃옷 들을 잘 개켜 넣었다. 스타킹은 돌돌 말아 매끄러운 실크 천으로 된 속주머니 속에 쑤셔 넣었다.

맨 위에는 사진 액자를 넣었다. 엄마 아빠와 비너발트로 가족 소풍을 갔던 사진이다. 슈테피는 그 위로 스웨터를 덮어 액자 유리가 깨어지지 않게 했다.

사진을 제외한 슈테피의 개인적인 물건들은 섬의 메르타 아줌마 집에 있다. 다 낡은 곰 인형, 춤추는 발레리나가 달린 보석함 등.

지난 6년 동안 슈테피는 몇 번이나 가방을 쌌던가! 처음에

는 빈에서 스웨덴으로 먼 여행을 하기 위해 엄마의 도움을
받아 가방을 쌌다. 슈테피는 그때의 불안감을 아직도 기억한
다. 무엇을 가져가야 하지? 뭐가 필요하게 될까? 그곳에서
겨울을 지내게 될까? 독일인들이 국경에서 값싼 보석까지
압수할까?

그 다음에 짐을 쌌을 때는 완전히 기대감으로 부풀었다.
슈테피는 예테보리의 학교에 다니게 되었다. 스벤을 만나게
된 것이다. 그러나 그로부터 약 반 년 후 슈테피는 깊은 절망
으로 완전히 혼란 속에서 다시 짐을 쌌다. 가방을 들고 섬으
로 도망갔다. 비에르크 선생님 손에 이끌려 다시 도시로 돌
아왔다. 선생님 집이 작아서 슈테피는 가방을 완전히 풀지는
않았다. 그곳은 피난처였다. 가방을 다시 닫을 수 있는 시간
이 올 때까지 슈테피가 잠시 쉴 수 있었던 공간이었다.

슈테피는 마이 가족이 이사할 때 가방을 들고 함께 산다르
나로 왔다. 실내 화장실과 온수와 냉수가 쫄쫄 흐르는 새로
운 시대의 주택으로의 감동적인 이사였다. 마이는 맞은편 침
대에 앉아 슈테피의 움직임을 지켜보았다.

"내 파란 카디건 가질래? 가슴 쪽이 좀 작아."

마이는 한 번도 말랐던 적은 없었지만 최근에는 살이 더
쪘다. 가슴, 허리, 엉덩이. 마이는 얼굴과 두꺼운 안경알뿐만
아니라 온몸이 둥그스름해 졌다.

"그래, 좋아. 네가 안 입는 게 확실하다면."

"내게 너무 작다니까."

마이는 자리에서 일어나 장롱 서랍을 열더니 카디건을 꺼냈다. 마이가 직접 짠 카디건이었다. 밝은 파란색. 슈테피는 이 카디건이 마음에 들었다.

"자, 받아."

마이는 카디건을 건네는 순간 울음을 터뜨렸다.

마이가 울먹이며 말했다.

"너 없이 어떻게 사니?"

"내가 영영 가는 것도 아니잖아. 엥고르덴까지는 멀지도 않아. 게다가 너도 평생 이 집에서 살 것도 아니잖아."

마이는 코를 풀었다.

마이가 말했다.

"난 그저……. 우리 둘이 함께 이사 나갈 거라고 항상 생각했었어. 같이 집을 얻을 수도 있고. 근데 이제 너는 가고 나는 남는구나. 브리텐도 아마 나보다 먼저 이사 나갈 거야. 남자 친구와 결혼하면."

"그래서? 브리텐은 고작 화장실이라고는 마당에 구멍 하나 파 놓고, 쥐가 득실거리는 부엌이 딸린 집이나 얻겠지. 그게 좋아?"

마이는 웃고 말았다.

"나도 브리텐이 안 그러길 바래. 가끔씩 어떻게 그렇게 철없이 구는지. 행복한 젊은 부부 이야기를 하니까 생각나는데, 베라는 어떻게 지내니?"

슈테피가 말했다.

"아주 잘 지내. 점점 배가 불러오는데도 여전히 빨리 걷고 잘 움직여. 글렌은 얼마나 귀엽고 사랑스러운지 몰라. 글렌도 베라처럼 빨간 머리가 될 거야."

"베라 남편은 어때?"

"낮에는 일하고 밤에는 열심히 공부해. 공부할 때 글렌이 시끄럽게 굴면 화를 내지. 그래서 베라가 또 임신한 걸 갖고 뭐라고 하나 봐. 자기는 아무 책임이 없는 것처럼 말이야."

리카르드가 한 말을 슈테피는 그대로 옮기지는 않았다. 최근에 베라를 만났을 때 베라는 리카르드가 했다는 말을 그대로 전했다.

"넌 그냥 쳐다보기만 해도 임신이 되는구나."

"리카르드는 그냥 쳐다보는 걸로는 만족하지도 못하면서 그렇게 말했어."

베라가 덧붙였다.

"이렇게 드럼통처럼 뚱뚱해진 지금도 마찬가지면서."

그 말에 슈테피는 마음이 아팠다. 슈테피는 베라와 입장을 바꾸고 싶지는 않았다. 하지만 베라의 만족스러운 어투 뒤에 숨겨진 뜻을 슈테피는 알아차렸다.

2년 전, 베라가 처음 임신했을 때 슈테피는 아무것도 몰랐다. 당시 슈테피 자신은 여전히 어린아이 같았고 경험도 없었다. 벵트가 베란다에서 슈테피를 유혹하려고 했을 때 겁만 났었다. 하지만 지금은 슈테피도 알고 있다. 다른 사람에게 정말 가까이 다가간다는 게 얼마나 아름다운 일인지를. 얼굴과 얼굴, 입과 입, 몸과 몸이 밀착된다는 게.

베라에게는 이렇게 친밀한 관계가 있지만 슈테피에게는 없었다. 이젠 더는.

최근 몇 주 동안 슈테피는 가끔씩 후회했다. 스벤이 한 짓이 정말 그렇게 끔찍한 일일까? 스벤은 술에 취했고, 이레네가 졸랐던 것은 아닐까? 스벤이 말한 것처럼? 스벤을 용서하지 못하도록 하는 것은 슈테피의 교만이 아닐까?

슈테피는 스벤에게 전화하기 위해 말이 많은 상점 대신 퇴근길의 담뱃가게를 택했다. 그러나 수화기를 드는 순간 슈테피는 구역질이 날 것 같았다. 스벤은 슈테피에게 한 짓을 이레네에게도 했다. 슈테피의 심장이 방망이질을 하더니 속이 메스꺼웠다. 슈테피는 수화기를 내려놓고 그냥 바깥으로 나왔다. 머릿속에 스벤이 했던 말들이 계속 맴돌았다.

"난 약하고 비겁해. 그래서 사람들을 아프게 해."

스벤이 경고했지만 슈테피는 그 말을 믿지 않았다. 슈테피

잘못이다.

슈테피는 마이의 파란 카디건을 가방 위에 펼쳐 넣고는 뚜껑을 닫았지만 잠기지 않았다.

"네가 가방 위에 앉아 봐."

마이가 농담으로 말했다.

"그럼 뚜껑이 부서질걸."

"네가 앉아 봐. 그럼 내가 잠가 볼게."

슈테피는 불룩 튀어나온 가방을 끈으로 묶어 열리지 않게 확실히 해 두었다. 일요일에 이사한다. 하지만 그 전에 베르니사주에 가기로 했다.

37

증기선이 나무로 만든 잔교에 정박했다. 슈테피는 멀리서도 갑판에 서 있는 넬리를 알아보았다. 넬리는 졸업식 때 입었던 노란 꽃무늬 원피스를 입고 있었다. 9월 첫날, 아직은 부드러운 미풍이 불어 외투를 입지 않아도 괜찮았다.

넬리는 흥분했다. 베르니사주, 초상화, 카리타 보리에 대해 폭포처럼 말을 쏟아냈다.

넬리가 실망하지 않아야 할 텐데, 슈테피가 생각했다. 초상화가 예뻐야 할 텐데. 보리 부인이 넬리를 무시하지 말아야 할 텐데.

둘은 가로수길 근처에 있는 화랑에 가기 위해 전차를 탔다. 슈테피가 화랑을 찾기까지 시간이 약간 걸렸다.

"너무 늦은 거 아냐?"

넬리가 불안해했다.

"아니야. 이제 겨우 두 시야."

두 사람이 화랑 앞에 도착했을 때는 2시 10분이었다. 유리문 뒤로 많은 사람들이 보였다. 대부분은 옷을 멋지게 차려입었지만 평상복을 입은 사람들도 있었다.

"들어갈까?"

넬리가 고개를 끄덕였다. 슈테피가 문을 열었다.

사람들이 떠드는 소리에 귀가 멍할 지경이었다. 종업원이 잔이 가득한 쟁반을 들고 사람들 사이를 헤집고 다녔다.

종업원이 슈테피와 넬리에게 물었다.

"마실 것 필요해요? 알코올이 안 든 거예요."

두 사람은 거품이 이는 연노랑 액체가 든 잔을 각자 받아 들었다. 넬리가 먼저 맛을 보았다.

"이크, 맛이 써!"

슈테피가 말했다.

"꼭 마실 필요 없어. 아무 데나 잔을 내려 놔."

그렇게 말하기는 쉬웠다. 공간은 사람들로 꽉 찼다. 벽에 걸린 그림조차 보이지 않을 정도였다.

"카리타는 어디 있지?"

넬리는 사방을 둘러보았다.

"기다려 봐. 곧 찾아낼게."

사람들 틈에서 슈테피는 아는 얼굴을 두 명 찾아냈다. 스벤의 친구인 릴리모어와 얀이었다. 슈테피는 고개를 돌렸다. 지금 이 사람들을 만나는 게 슈테피로서는 힘들었다. 특히 스벤에게서 얀과 이레네에 관한 이야기를 듣고 난 지금에는.

그러나 이미 릴리모어가 슈테피를 발견했다. 릴리모어는 불룩한 배를 내밀며 사람들 틈을 비집고 다가왔다. 그러나 베라 배만큼 나오지는 않았다.

"슈테파니! 만나서 반가워! 보고 싶었어."

그 말은 진심인 것 같았다.

"아무것도 묻지 않을 게."

릴리모어가 계속 말했다.

"아니 끼어들지 않을게. 하지만 스벤이 드디어 너처럼 좋은 여자를 만났는데 정말 안 된 일이야."

릴리모어는 목소리를 낮추어 속삭였다.

"이레네지?"

슈테피가 고개를 끄덕였다.

릴리모어가 말했다.

"관대해져야 해. 난 이제 그걸 배웠어. 하지만 넌 아직 정말 어리고 예뻐. 어쨌든 너무 안타까운 일이야."

얀이 주변 사람들 머리 위로 고개를 죽 빼며 소리쳤다.

“릴리모어! 이리 와서 세더그렌에게 인사해!”

릴리모어는 슈테피 팔에 손을 얹었다.

릴리모어가 말했다.

“나중에 또 보자. 잘 가, 슈테파니.”

넬리는 눈을 동그랗게 뜨고 슈테피를 쳐다보았다.

“그게 무슨 소리야? 뭐가 안 된다는 거야?”

슈테피가 말했다.

“안 된다는 게 아냐. 안 된 일이라고 말했을 뿐이야. 아무것도 아냐. 둘 다 아는 어떤 친구에 대해 얘기했어.”

넬리가 말했다.

“스벤이지. 누구 얘기인지 나도 다 알아!”

슈테피는 인파 틈에서 넬리를 발견한 카리타 보리 때문에 위기에서 모면했다.

“넬리! 넬리, 아가! 와 줘서 정말 기뻐! 네 언니인 모양이지. 만나서 반가워요!”

카리타는 옆에 서 있는 남자 쪽으로 몸을 돌리며 말했다.

“이 아이가 귀여운 넬리예요. 〈유대인 마돈나 I과 II〉 모델이 되어 준 아이죠.”

유대인 마돈나라고? 슈테피는 불길한 기분에 사로잡혔다.

넬리가 물었다.

“그림이 두 개예요?”

카리타가 대답했다.

"그렇단다. 아직 그림 못 봤니? 저 안쪽 방에 걸려 있어."

넬리는 들떠서 슈테피의 손을 잡아끌었다.

"가자. 그림 보러 가자."

카리타 보리는 멍하게 손을 흔들며 말했다.

"그러렴. 우린 나중에 보자."

안쪽 방은 덜 혼잡했다. 손님들은 그림을 감상하는 것보다 마시고 떠드는 데 더 관심이 많은 모양이었다.

넬리를 그린 두 초상화는 문 쪽에서 봤을 때 첫 번째 위치에 있었다.

왼쪽 그림은 카리타 보리가 섬에서 그린 그림이었다. 넬리는 화려한 색상의 천을 덮은 의자에 앉아 있었다. 넬리는 노란 꽃무늬 원피스 차림이었다. 분홍빛 얼굴은 팔에 안은 통통한 아기 위로 부드럽게 향했다. 그림에는 따뜻한 노란 빛이 빛났다.

오른쪽에는 다른 그림이 걸려 있었다. 왼쪽 그림과 크기도 같고 모티브도 같았다. 넬리 얼굴을 한 어느 소녀가 팔에 아기를 들고 있었다. 그러나 이 그림에는 차가운 회색과 푸른색이 감돌았다. 소녀의 얼굴은 눈이 움푹 들어가고 머리는 빡빡 밀었다. 소녀는 줄무늬 죄수복을 입고 있었다. 배경에는 철조망이 보였다. 소녀는 팔에 죽은 아기를 안고 있었다.

슈테피는 얼른 넬리를 쳐다보았다. 넬리의 눈이 동그래지더니 입이 떡 벌어졌다.

"이건 내가 아니지?"

넬리가 이렇게 내뱉었다.

슈테피가 말했다.

"아냐. 그건 네가 아냐, 넬리."

슈테피 마음속에 분노가 치밀어올랐다. 카리타 보리는 넬리를 어떻게 이런 식으로 그릴 생각을 했을까?

넬리는 얼굴을 찌푸렸다. 금방이라도 울음을 터뜨릴 것 같았다.

"날 닮았어, 언니! 저 그림은 나랑 닮았어."

목소리가 날카로워졌다.

두 사람 뒤로 한 남자와 여자가 방 안으로 들어왔다.

"〈유대인 마돈나 I과 II〉라."

그림 제목과 가격이 적힌 안내문을 여자가 읽었다.

남자가 말했다.

"강렬해. 아주, 아주 강렬해."

여자가 말했다.

"도발적이야. 채색도 아주 인상적이야."

"1,200크로네라고. 상당히 비싼걸. 물론 작품 사이즈가 아주 크긴 하지만 말이야."

슈테피가 말했다.

"가자. 자. 여기서 나가자."

두 사람은 다시 앞방으로 나왔다. 문가에서 카리타 보리가 두 사람을 붙잡았다.

"벌써 가는 거야? 난 관중들에게 넬리를……."

슈테피가 말했다.

"네, 우린 가요. 앞으로 내 동생을 가만히 내버려 두세요."

카리타 보리는 눈썹을 치켜떴다.

"무슨 말인지 모르겠는데?"

"모르겠다고요? 무슨 말인지 모르겠다고요?"

슈테피가 소리를 질렀다.

"그러니까 당신은 아무것도 모르시는군요. 자신이 뭘 그렸는지 본인도 모르시는군요. 당신은 다른 사람의 고통을 이용했어요. 당신은 내가 본 중에 가장 배려가 없는 사람이에요! 그러니까, 내가 하고 싶은 말은 이거예요."

카리타 보리의 목소리가 차가워졌다.

"어린 숙녀분께서는…… 이름이 뭐라고 그랬죠? 예술에 대해 상당히 궤변적인 견해를 갖고 계시는 것 같군요. 실례합니다만, 난 인터뷰를 하러 이만 가 보겠어요."

카리타는 몸을 돌려 번쩍이는 카메라를 보며 웃음지었다.

38

넬리는 베르니사주에서 가장 나빴던 게 무엇이었을까 생각해 보았다. 그 끔찍한 그림이었을까, 아니면 슈테피의 무례한 행동이었을까. 슈테피는 카리타에게 그렇게 소리지르지 말았어야 했다. 모든 사람들 앞에서 카리타를 비난할 필요가 없었다. 그냥 조용히 밖으로 나올 수도 있었다.

슈테피는 아직도 화가 풀리지 않았다. 화랑과 카리타 보리에게서 어서 빨리 멀리 떨어지고 싶어 안달이 난 듯 넬리를 잡아끌었다.

넬리가 부탁했다.

"그렇게 빨리 좀 가지 마."

슈테피는 걸음을 늦추며 넬리를 바라보았다.

“있잖아. 우리 카페에 가자. 어때?”

“좋아.”

넬리는 사방을 둘러보았다. 거리 맞은편에 금색 간판에 커다란 창문이 달린 카페가 보였다.

“저기 있네.”

슈테피가 머뭇거리자 넬리가 말했다.

“나 돈 있어. 언니가 너무 비싸다고 생각할까 봐 하는 말이야.”

슈테피가 말했다.

“무슨 소리. 내가 사 줄게. 저기라고 특별히 비싼 곳도 아냐.”

두 사람은 거리를 건너 카페에 들어갔다. 넬리는 사방을 둘러보았다. 정말 아름다운 카페였다! 가구는 빨간 비로드로 씌워져 있었고, 벽에는 금박 테두리의 커다란 거울이 걸려 있었다. 흰색 블라우스와 검정 치마를 입고 레이스 앞치마를 두른 여종업원이 테이블 사이로 왔다갔다했다. 토요일 오후여서 카페가 붐볐다.

운이 좋았다. 창가 쪽 자리에 있던 손님들이 막 일어나서 나갔다. 종업원이 찻잔을 급하게 치웠다.

“뜨거운 코코아 마실래?”

“응.”

"케이크 한 조각도?"

"좋아."

넬리는 푸른 마지팬(아몬드 반죽에 설탕, 달걀 흰 자를 섞어서 만든 과자 : 옮긴이)이 든 생크림 케이크 한 조각으로 결정했다. 슈테피는 커피와 초콜릿 비스킷을 주문했다.

진짜 생크림이었다. 넬리는 생크림을 가능한 오랫동안 입 안에 물고 있다가 천천히 녹였다. 부드러운 생크림, 달콤 쌉싸름한 초콜릿, 달짝지근한 마지팬이 어울려서 맛이 기가 막혔다. 잠시 동안 넬리는 베르니사주 사건은 거의 잊었다. 그러나 마지막 남은 생크림을 스푼으로 떠서 핥는데 갑자기 속이 쓰렸다.

넬리가 말했다.

"언니. 카리타가 화가 많이 났을까?"

"화가 많이 났냐고? 너하곤 상관없는 일이야. 널 그런 식으로 대해 놓고서는!"

넬리가 중얼거렸다.

"밝은 그림은 예뻤어."

"다른 그림은?"

"어쨌든 카리타에게 소리지르지는 말았어야 했어. 사람들이 모두 우릴 쳐다봤어."

"그래서?"

슈테피는 어조를 바꿨다.

"미안해, 넬리. 내가 잘못했는지도 몰라. 하지만 그 부인이 널 마음 아프게 해서 내가 몹시 화가 났어. 난 널 보호해야 한다는 기분이 들었거든."

넬리가 고개를 끄덕였다.

"알아. 언니한테 화난 거 아냐."

"오늘 밤에 같이 잘래? 알마 아줌마에게 전화해서 우리 집에서 자겠다고 말해 줄게."

넬리도 슈테피와 같이 자고 싶었다. 슈테피 침대에서. 하지만 슈테피는 내일 이사를 간다. 마이 가족과 함께 보내는 마지막 밤이다. 마이 가족은 틀림없이 슈테피와 함께 있고 싶어할 것이다.

넬리는 고개를 흔들었다.

"집에 갈래. 부두까지 바라다 줄 거지?"

"당연하지. 아직 몇 시간 남았어. 산책하러 갈까? 아니면 오전 상영이 있으면 영화관에 갈까?"

"영화관?"

넬리는 깜짝 놀랐다. 성령강림절교회 신자에게 영화관은 금지되어 있다.

"안 되지, 물론 안 되지."

슈테피가 말했다.

“잊어버렸어. 쓸데없이 하느님에게 도전하지 않는 게 좋아. 그럼 산책하자. 날씨도 좋은데.”

카페 밖으로 나오자 하늘은 청명하게 파랗고 태양은 기분 좋게 따스했다. 자매는 예타 광장 방향으로 거리를 걸었다.

“여기서 평화 축제를 했었지.”

넬리가 말했다.

“여긴 나도 잘 알아.”

“그래. 오늘로서 전쟁이 시작된 지 정확히 육 년이 되는 날이구나.”

넬리가 물었다.

“전쟁이 일어나지 않았더라면 어땠을까? 그럼 엄마는 아직 살아 계시겠지.”

이제 물어 볼 순간이 왔다.

“언니. 아빠도 돌아가셨어?”

슈테피가 말했다.

“나도 몰라. 나도 정말 몰라, 넬리. 지금까지 아무도 아빠를 못 찾았대.”

“그럼 돌아가셨나 보네.”

슈테피는 대답하지 않았다. 대신 넬리의 손을 꼭 잡았다.

슈테피가 말했다.

“이젠 즐거운 시간을 갖자. 동물원에 가자.”

둘은 전차에서 내려 드넓은 잔디밭을 건넜다. 바다표범이 사는 연못으로 향하는 언덕 가장자리에는 풍선과 바람개비를 파는 장사꾼이 서 있었다.

"바람개비 사 줄까?"

넬리는 고개를 흔들었다. 그런 걸 사기에는 이제 다 컸다.

연못에 채 이르기도 전부터 벌써 바다와 생선 냄새가 났다. 푸른 물 속에는 바다표범이 돌아다니며 헤엄쳤다.

넬리는 섬에서 바다표범을 보긴 했지만, 한꺼번에 이렇게 많은 바다표범을 가까이 본 건 처음이었다. 바다표범은 물속을 부드럽게 움직이면서 물에 들어갔다가 등을 대고 누웠다가 다시 몸을 뒤집었다. 때로는 그 예쁜 얼굴을 물 밖으로 내밀고 사방을 둘러보았다.

하지만 넓은 바다에서 헤엄치는 대신에 연못에 갇혀 있는 바다표범을 보니 약간 마음이 아팠다.

두 사람은 동물원에서 여러 가지 동물들을 많이 보았다. 고라니, 사슴, 말, 염소, 사람을 경계하는 여우, 화려한 공작. 드디어 30분 후면 배가 떠날 시간이다. 슈테피는 나무로 만든 잔교까지 넬리를 바래다 준 뒤 배에 올라탈 때까지 기다렸다. 배가 출발하자 슈테피는 손을 흔들었다. 슈테피는 넬리가 자신을 볼 수 있는 동안에는 계속 그 자리에 서 있었다.

39

　슈테피의 가구 딸린 방은 빌라의 지하에 있었다. 집주인은 그래서 미안해했지만 슈테피는 섬에서부터 지하실에 사는 데에 익숙해져 있었다. 여름에 숙박 손님에게 집을 빌려 주면 지하실에서 지냈기 때문이다. 창문이 약간 위에 달렸을 뿐, 그 외에는 예쁘고 상당히 밝은 방이었다. 어쨌든 아름다운 9월의 날씨가 방 안으로 한가득 들어왔다. 집에 돌아와 완전히 혼자 있으니 정말 이상한 기분이 들었다. 집주인이 설치해 준 소형 전기레인지에는 음식을 해 먹을 수가 없었다. 저녁에는 차와 빵만으로 식사를 하기 때문에 슈테피는 병원의 직원 식당에서 제대로 된 점심을 사 먹기 시작했다. 일요일에는 섬으로 떠나지 않는 한, 마이 가족의 단골 식사 손님이 되었다.

슈테피는 외로움 속에서 이상한 생각이 들었다. 이제 인생이 이런 식으로만 될 거라는 생각. 매일 아침 일어나, 이제 따분한 일과가 되어 버린 직장에 가고, 저녁이면 전기레인지와 가구가 딸린 방으로 돌아온다. 이제 다시는 아무 데도 제대로 된 집을 갖지 못하리라는 생각.

슈테피에게는 집이라고 느낄 만한 곳이 한 군데밖에 없었다. 섬의 메르타 아줌마와 에버트 아저씨 집이다. 그러나 그곳에서도 머물 수가 없다. 이제 슈테피는 어른이 되어 스스로 책임져야 하기 때문이다.

이사 후 몇 주가 지나서야 마침내 슈테피는 병원으로 유디트를 문병갈 수 있었다. 슈테피는 유디트를 위해 오렌지를 하나 사 갔다.

슈테피는 이 오렌지색 과일 맛이 어땠는지 거의 기억이 나지 않았다. 전쟁을 겪는 동안에는 오렌지를 먹는 게 불가능했다. 이제 오렌지를 실은 첫 배와 바나나 배가 도착했다. 열대 과일 가격이 좀 내리면 일요일에 바나나를 사서 마이 동생들에게 갖다 줄 생각이었다. 슈테피 눈에는 벌써 어린 닌니의 표정이 어른거렸다. 부드럽고 달콤한 바나나를 처음으로 맛볼 닌니의 표정이.

오렌지는 비쌌다. 그러나 유디트가 기뻐한다면 그만한 가

치는 있었다.

　슈테피는 전차에서 내려 버스로 갈아탄 뒤 마침내 병원에 도착했다. 병원은 환한 새 건물에 현대식이었다. 슈테피는 유디트가 입원한 병동이 어딘지 여기저기 묻고 다녔다. 마침내 양쪽이 문으로 막힌 기다란 복도에 이르렀다. 닫힌 문 뒤로 낮게 중얼거리는 소리가 들려왔다. 소독약 냄새와 병원 냄새가 코를 찔렀다. 또 다른 냄새도 났다. 곰팡내 같은, 달착지근한 냄새.

　"무슨 일이죠?"

　파란 유니폼에 흰색 앞치마를 맨 간호사가 양쪽으로 난 문 사이에 서 있었다.

　"유디트 리버만을 만나러 왔어요."

　"휴게실에 있어요."

　간호사가 이렇게 말하며 문을 하나 가리켰다.

　"저 방이에요."

　"감사합니다."

　휴게실은 복도 끝에 있었다. 통풍도 잘 되고 훤했다. 그러나 방 안에 있는 여자들은 청결함 따위는 아랑곳하지 않는 듯했다. 한 여자가 신문지를 천천히 잘게 쫙쫙 찢고 있었다. 다른 여자는 간호사 치마를 들쳐서 스타킹 밴드를 미심쩍은 듯 살펴보았다. 세 번째 여자는 갑자기 벌떡 일어나더니 발작을 일으켰다. 그 여자는 큰 소리를 지르며 자신의 옷을 찢었다. 간호사가 그 여자를 밖으로 데리고 나갔다. 그 여자는 침을 뱉고 욕을 하면서도 따라나갔다.

창가 앞쪽에는 환자복을 입은 가느다란 형체가 방을 등진 채 앉아 있었다. 짧게 자른 곱슬머리가 창가에 비친 햇살 때문에 후광처럼 빛났다. 그 여자는 혼자 나지막이 노래를 흥얼거렸다.

슈테피는 유디트 쪽으로 천천히 다가가 창문과 유디트 사이에 멈춰 섰다. 유디트는 누구냐는 표정으로 쳐다보았지만 흥얼거리는 노랫소리는 멈췄다.

"유디트? 나야, 슈테피."

유디트가 말했다.

"빈에서 온 슈테파니 슈타이너."

그 말은 힘겹게 나왔다. 한 마디씩.

"어떻게 지냈어?"

유디트가 말했다.

"난 죽었어. 드디어 난 죽었어. 그 사람들이 착각했어. 나 대신에 에디트 언니를 묻은 거야."

"넌 안 죽었어, 유디트. 넌 움직이잖아. 말도 하잖아."

그러나 의자에 앉은 이 소녀의 말이 어쩐지 옳은 것 같았다. 여기 앉아 있는 사람은 유디트가 아니었다. 고집 세고,

냉철하고, 신랄한 그 유디트가 아니었다. 지난 2년 동안 알고 지냈던 그 유디트가 아니었다. 주근깨투성이의 창백한 피부, 좁다란 코, 도톰한 눈썹은 그대로였다. 곱슬머리도 다시 자라기 시작했다. 그러나 푸른 눈은 광채를 잃었다. 유디트는 얼굴이라는 가면 뒤로 본모습을 감추었다. 원래의 유디트는 딴 곳에 가 있었다.

슈테피는 의자를 하나 끌어와 유디트 맞은편에 앉았다. 유디트의 손을 잡았다. 손은 차고 힘이 없었다. 슈테피는 유디트의 손을 따뜻하게 덥히려 했다.

슈테피가 말했다.

"유디트. 걱정하지 마. 넌 곧 다시 건강해져서……."

"……집으로 갈 수 있을 거야."

슈테피는 이렇게 말할 뻔했다. 그러나 유디트는 슈테피보다도 더 돌아갈 집이 없다는 걸 잘 알았다. 유디트는 슈테피를 쳐다보지 않았다. 다시 노래를 흥얼거리기 시작했다. 유대 노래였다. 엄마에 관한 노래였다. 슈테피는 한참 동안 유디트 옆에 앉아 있었다. 처음에는 어떻게든 대화해 보려고 애썼지만 유디트가 대답을 하지 않자 슈테피는 손만 잡고 있었다.

"문병 시간이 끝났어요."

슈테피에게 휴게실을 가르쳐 준 그 간호사였다. 그 간호사

의 턱은 간호사 배지가 달린 빳빳하게 풀 먹인 흰색 칼라 위
에서 뾰족하게 보였다.

슈테피는 몸을 일으켰다. 마지막 순간에 오렌지가 떠올랐
다. 슈테피는 봉지에서 오렌지를 꺼내 유디트 무릎에 올려놓
고 유디트 손에 꽉 쥐어 주었다.

"오렌지야, 유디트. 기억나니? 오렌지라고!"

유디트의 손이 우둘투둘한 오렌지 껍질을 더듬거렸다. 유
디트는 멍하게 보였다.

"껍질을 벗겨야지, 유디트."

유디트는 오렌지를 놓쳤다. 오렌지는 바닥을 굴러갔다. 간
호사가 오렌지를 집어들었다.

"두었다가 나중에 유디트 줄게요. 안 그러면 다른 사람이
먹어 버리니까."

"안녕, 유디트. 또 보자."

슈테피가 손을 뻗어 유디트의 짧은 곱슬머리를 어루만졌
을 때 유디트 얼굴에서 흐릿한 웃음이 떠오르는 듯했다. 그
러나 그건 슈테피의 착각일 수도 있다.

슈테피는 복도에서 간호사에게 물었다.

"곧 건강해지겠죠?"

"말하기 어려워요. 의사는 전기충격요법을 써 보려고 해
요. 그럼 도움이 되는 사람들도 많거든요."

슈테피는 전율했다. 전기충격이라니, 말만 들어도 소름이 끼쳤다. 그러나 만약 도움만 된다면…….

바깥에 나와 따스한 햇살을 받으니 병원에 몇 시간 머무른 것 같은 기분이 들었다. 그러나 손목시계와 버스 운행 시간표를 확인해 보니 겨우 30분밖에 머물지 않았다.

집으로 돌아오는 길에 슈테피는 갑자기 그 턱이 뾰족한 간호사가 오렌지를 갖고 있다가 혼자 먹어 치우는 모습이 떠올랐다. 얼마나 유치한지! 간호사는 당연히 유디트에게 오렌지를 전해 줄 것이다. 만약 유디트가 먹겠다고 한다면.

40

머칠 후, 실험실 관장이 사무실에서 소리쳤다.

"슈테파니! 전화 왔어."

누구일까? 슈테피의 직장 전화번호를 아는 몇 안 되는 사람들은 꼭 필요할 때가 아니면 전화하면 안 된다는 걸 안다.

슈테피에게 가장 먼저 떠오른 생각은 유디트였다. 병원에서는 무슨 일이 일어날 경우를 대비해서 슈테피 전화번호를 갖고 있었다.

아니면, 스벤일 수도 있을까? 슈테피는 자신의 의지와는 상관없이 스벤이 전화해 주기를 바랐다. 스벤이 무슨 말을 해야 슈테피의 마음을 돌릴 수 있을까? 그러나 두 사람이 한 번이라도 더 만난다면 슈테피는 자신의 행동이 옳았는지 어땠는지 알 수 있을 것 같았다.

"여보세요?"

수화기를 잡은 손이 땀에 젖었다.

"슈테피?"

메르타 아줌마 목소리였다. 새로운 불안감이 슈테피를 엄습했다. 에버트 아저씨에게 무슨 일이라도 일어난 걸까? 수뢰야, 슈테피는 그 생각이 들었다. 아직 모든 수뢰가 다 제거되지는 않았다. 최근에도 어선 한 척이 수뢰 위로 지나갔지만 이번에는 선원 모두 무사했다.

"네, 저예요."

"슈테피."

메르타 아줌마는 다시 한 번 이름을 불렀다. 이제 슈테피는 메르타 아줌마가 하려는 이야기가 사고 소식은 아니라는 걸 알았다.

"슈테피, 당장 유대인 공동체에 전화해야겠다. 부인 이름이…… 잠깐 기다려."

메르타 아줌마는 안경을 쓴 뒤 쪽지에 적은 이름을 읽었다. 슈테피가 아는 이름이었다. 그 부인은 봄에 슈테피가 서류 작성하는 걸 도와주던 여자였다.

슈테피의 입이 바싹 타 들어갔다.

"아빠 때문이에요?"

"나도 몰라. 너한테 직접 얘기하겠다는구나. 하지만 그렇게 나쁜 소식인 것처럼 들리지는 않았어."

슈테피는 전화번호를 받아 적었다.

"빨리 전화해."

"그럴게요."

막 전화를 끊으려는데 슈테피에게 어떤 생각이 떠올랐다.

"넬리나 알마 아줌마에게는 아무 말씀 마세요. 무슨 소식을 듣게 되면 토요일에 가서 말씀드릴게요."

메르타 아줌마도 이해했다.

"아무 말 않으마. 하지만 내게는 전화해서 무슨 일인지 알려 주렴."

"오늘 저녁에 전화할게요."

슈테피가 약속했다.

슈테피는 통화를 끝낸 뒤 전화를 좀 쓰게 해 달라고 청했다. 실험실 관장은 못마땅한 표정이었지만 슈테피가 사태를 설명하고 나자 이렇게 말했다.

"물론 써도 돼. 행운을 빈다."

슈테피는 떨리는 손으로 전화를 걸었다. 제대로 번호를 돌리기까지 몇 번이나 시도해야 했는지 모른다.

"잠깐만 기다리세요."

전화를 받은 여자가 말했다.

"지금 자리에 계신지 볼게요."

끝도 없는 긴 기다림이 지나자 같은 목소리가 수화기 너머에서 들렸다. 슈테피는 실망했다. 나중에 한 번 더 전화해야 하나?

"지금 통화중이세요. 이름이 뭐죠?"

"슈테파니 슈타이너."

여자가 다시 말했다.

"잠깐만요."

이번에는 시간이 얼마 걸리지 않았다.

"슈테파니?"

아는 목소리였다. 서류를 작성하던 그 부인이었다.

"네."

"네게 좋은 소식이 있어. 하지만 우리가 가진 소식들은 모두 불확실하다는 사실을 명심해."

부인은 슈테피의 대답을 기다리는 듯 잠깐 말을 멈추었다.

"네."

부인이 말했다.

"전화를 한 통 받았어. 골즈미트라는 남자한테서. 그 남자는 우데발라에서 서로 만났다고 하던데, 맞니?"

골즈미트, 아빠를 안다던 그 남자.

"네."

"그 남자는 지금 피난수용소에 있어. 그 남자 말로는 친구들하고 가끔씩 몰래 독일 라디오 방송을 도청한대. 가족을 찾는 사람들이 나오는 방송인데, 그 남자는 친구들과 교대로 스물네 시간 듣고 있나 봐. 근데 어제 저녁 늦게 네 아버지 이름이 라디오에 나오는 걸 들었다는구나. 안톤 슈타이너라는 사람이 스웨덴에 있는 딸들과 연락되기를 기다린다는 거야."

"아빠가 어디 계시죠?"

"빈에 있는 유대인 병원을 연락처로 남겼대."

빈. 아빠가 다시 빈에 계신다. 다시 유대인 병원에. 의사로 아니면 환자로?

부인이 말했다.

"그게 내가 아는 전부야. 다시 한번 반복하지만 이 소식은 간접적으로 들은 거야. 하지만 넌 물론 빈에 전보를 쳐야 해. 한 가지 이상한 점은 우리도 이미 그곳에 문의를 했다는 사실이야. 거기서 무슨 연락 받았니?"

"네, 아빠 소식을 모른대요."

부인이 말했다.

"그렇구나. 그래도 한번 해 볼 만하지 않니, 안 그래?"

슈테피는 감사의 말을 하고는 전화를 끊었다. 슈테피는 조퇴를 청한 뒤 시내에 있는 전신국에 갔다.

오스트리아 빈, 유대인 병원, 안톤 슈타이너 박사에
게 스웨덴, 예테보리, 슈테파니 슈타이너가 보내는 전
보.

1945년 10월 3일.

아빠 보고 싶어요. 빨리 전보 치세요. 넬리와 저는 잘
있어요.

슈테피

슈테피는 전보를 보내기 위해 마지막 남은 동전까지 끌어
모아야 했다.

"답장을 받으려면 얼마나 걸리죠?"

창구에 앉은 소녀가 웃으며 말했다.

"그건 수취인에 따라 다르죠. 가장 빨리 답장을 보낸다고
할 경우에 말이에요? 며칠이면 돼요."

토요일 오전에 답장 전보가 왔다.

스웨덴, 예테보리, 슈테파니 슈타이너에게 오스트리
아 빈, 안톤 슈타이너가 보내는 전보.

1945년 10월 5일.

사랑하는 슈테피야. 나도 보고 싶구나. 난 아팠어. 하
지만 지금은 괜찮아. 유대인 병원으로 네 주소를 보내

주렴.

아빠

    슈테피는 몇 글자 안 되는 내용을 읽고 또 읽었다. 내용은 테레지엔슈타트에서 보내던 편지보다 짧았다. 그러나 이번에는 슈테피가 알고 싶어하던 모든 소식이 담겨 있었다.

    살아 계신다. 아빠가 살아 계신다!

41

화요일과 목요일마다 넬리는 가사 학교에 다닌다. 넬리는 고기경단을 굽는 법, 고등어 손질하는 법, 밀가루, 계란, 우유 소스로 대구 요리하는 법을 배웠다. 넬리는 자신의 이름이 새겨진 푸른 줄무늬 앞치마를 입었는데, 이 앞치마는 넬리가 직접 만들었고, 이름도 직접 새겨 넣었다. 같은 천으로 만든 수건을 머리에 둘렀다.

학교에 안 가는 날은 알마 아줌마를 도와 집안일을 하고, 심부름을 하고, 종종 엘사와 욘이 학교 숙제하는 걸 돕기도 했다.

시간은 천천히 흘렀다. 몇 주가 지나자 넬리는 벌써 학교가 그리워지기 시작했다. 친구들이 가장 보고 싶었고, 쉬는 시간에 하던 놀이, 음악 수업과 체육 시간, 심지어 금요일 오후에 역사를 가르치던 베리스트룀 선생님까지 그리웠다.

매일매일 같은 생활이었다. 늦여름은 서서히 가을로 바뀌었다. 바닷바람은 차가워졌고 마가목 열매는 붉게 빛났다.

10월 첫 토요일, 넬리와 알마 아줌마는 정원의 사과나무에서 사과를 땄다. 사과 무스를 만들 예정이었다. 둘이서 부엌에서 사과를 사등분하고 있는데 문 두드리는 소리가 났다.

슈테피가 부엌 안으로 들어왔다. 세 사람이 몇 마디 일상적인 말을 주고받고 나자 슈테피가 말했다.

"넬리와 할 얘기가 있어요. 단둘이서요."

알마 아줌마의 눈길에는 불안한 빛이 서렸지만 차분한 목소리로 말했다.

"그럼 거실로 가서 얘기하렴."

슈테피는 뒤로 방문을 닫았다.

슈테피가 말했다.

"앉아."

넬리의 가슴이 쿵쾅쿵쾅 뛰었다. 넬리는 슈테피가 단둘이 이야기하자는 상황이 어떤 건지 잘 알고 있다. 때로는 야단을 치기 위해서였지만 때로는 엄마와 아빠의 나쁜 소식을 전할 때였다.

이번에는 또 무슨 일일까? 아빠 문제일까?

슈테피가 말했다.

"넬리. 아빠가 살아 계셔. 아빠한테서 전보를 받았어."

슈테피는 치마 주머니에서 종이 한 장을 꺼내 넬리에게 건넸다. 넬리는 힘들게 독일어 단어를 읽어 내려갔다. 넬리는 독일어로 하는 대화는 여전히 잘 알아들었다. 요즘에는 슈테피와 넬리가 서로 스웨덴어로 이야기할 때가 많아지긴 했지만 말이다. 그러나 독일어를 읽는 건 힘들었다. 넬리는 빈에서 겨우 일 년 동안 학교에 다니다가 스웨덴에 왔기 때문이다. 읽고 쓰는 법은 스웨덴어로 배웠다. 그러나 넬리는 전보 내용을 이해했다. 아빠가 살아 있다. 아빠는 두 딸을 그리워한다.

아빠. 하얀 의사 가운. 안경. 아빠 냄새. 닫힌 서재 문. 엄마 목소리.

"쉿, 넬리! 큰 소리로 떠들지 마. 아빠가 일하고 계셔."

넬리의 아빠. 그 사람은 도대체 누구일까?

넬리는 슈테피를 쳐다보았다. 이렇게 묻는 넬리의 목소리가 떨렸다.

"아빠가 원하는 게 뭐야, 언니? 우린 이제 어떻게 해야 해? 우린 빈으로 가야 해?"

슈테피는 고개를 흔들었다.

"어쨌든 아직은 아냐. 아빠도 집이 제대로 없는 것 같아.

그러니까 병원으로 편지를 하라고 했지. 어쩌면 빈에서 살 생각이 조금도 없을지도 몰라."

"아빠가 이리로 오실 수 있을까?"

"나도 몰라. 그게 최선일지도 모르지. 아빠에게 편지해서 우리가 어떻게 살고 있는지 다 알릴 거야. 그럼 아빠가 우리 미래에 대해 어떤 생각이신지 답장으로 알려 주시겠지. 우린 조금만 더 참으면 돼."

"그럼…… 입양은?"

슈테피는 놀란 눈으로 넬리를 쳐다보았다.

"이젠 네가 입양 안 되는 건 당연한 일이야. 넌 고아가 아니잖아."

"고아만 입양될 수 있는 거야?"

"만약 친부모가 양육할 수 없는 경우라면 되겠지."

슈테피는 넬리를 의아한 눈으로 쳐다보았다.

"그걸 원하는 거야? 알마 아줌마와 시구르드 아저씨가 그래도 널 입양했으면 좋겠어? 그렇게 여기 있고 싶니?"

"나도 몰라."

넬리가 나지막이 말했다.

"그냥…… 아빠가 거의 기억이 안 나서."

"정말 안 나?"

"응."

슈테피는 생각에 잠기며 말했다.

"그때 넌 아직 어렸어. 우리가 이곳으로 왔을 때 네가 아직 어린아이였다는 사실을 난 종종 잊어버려. 하지만 기억나는 게 조금은 있을 거 아냐?"

"엄마는 기억이 나. 하지만 아빠는 잘 안 나. 하얀 가운과 병원에서 돌아오면 이상한 냄새가 나던 것밖에는. 또 아빠가 서재에서 일할 때는 현관에서 떠들면 안 된다는 것도."

"비너발트로 떠난 소풍은 기억 안 나?"

넬리는 고개를 흔들었다.

"그 사진은 봤어. 하지만 기억은 안 나."

넬리는 눈썹을 찌푸렸다.

"이제 좀 생각이 나. 때로 언니는 아빠 서재에 들어갈 수 있었어. 언니와 아빠는 문을 닫고는 날 못 들어오게 했어. 난 두 사람이 안에서 뭘 하는지 늘 궁금했었지."

"우린 아빠 책을 큰 소리로 읽었어. 또 아빠가 체스를 가르쳐 줬어."

"아빠가 내게도 가르쳐 주셨을까? 우리가 거기서 살았더라면?"

"틀림없이 가르쳐 주셨을 거야. 아빠는 지금이라도 가르쳐 줄 수 있어."

"난 못 배울 것 같아. 난 언니처럼 그렇게 똑똑하지 않으니까."

"너도 똑똑해. 게다가 그건 중요한 문제가 아냐. 너는 너고, 아빠는 널 있는 그대로 사랑하실 거야."

"정말 그렇게 생각해?"

"난 알아. 아빠는 우리를 위해 최선을 택하실 거야. 아빠는 늘 그걸 원하셨어. 그 때문에 아빠 엄마가 우릴 이곳으로 보내셨어. 네가 섬에서 지내는 게 최선이라는 게 확실하다면 아빠도 허락하실 거야. 그건 내가 약속할게, 넬리."

"근데 언니는? 언니가 만약 여기를 떠난다면……."

"지금 그 문제를 생각하는 건 아무 의미가 없어. 이젠 아빠 편지를 기다려야 해."

넬리가 말했다.

"알마 아줌마에게는……."

"네가 직접 아줌마에게 말씀드릴래? 아니면 내가 했으면 좋겠니?"

"언니가 했으면 좋겠어."

슈테피는 고개를 끄덕였다.

"당장 말씀드릴게. 여기서 기다려."

슈테피는 부엌으로 사라졌고, 넬리는 혼자 남았다. 넬리는 기쁘고, 슬프고, 호기심이 생겼다가, 불안하기도 했다.

바닥으로 떨어지는 접시 소리가 알마 아줌마의 반응을 짐

작게 했다. 넬리는 벌떡 일어나 부엌으로 달려갔다. 넬리는 알마 아줌마의 품 안에 뛰어들었다. 아직 어렸을 때 그렇게 했던 것처럼.

"알마 아줌마, 알마 아줌마! 슬퍼하지 마세요. 제발, 사랑하는 알마 아줌마. 슬퍼하지 마세요!"

42

슈테피가 집으로 왔을 때 메르타 아줌마는 커피를 마시며 슈테피를 기다리고 있었다.

"어떻게 반응하던? 내 말은 알마 말이다."

"접시를 떨어뜨렸어요. 조금 우시더니 양파 껍질 때문이라고 말씀하셨어요."

"겨우 몇 달 전까지만 해도 시구르드가 시킨다고 해서 그 아이를 어린이집에 보내려고 하더니만. 알마는 나름대로 좋은 사람이야. 하지만 그렇게 강하지는 못해. 신앙심은 있는데도 말이다."

슈테피는 웃었다.

"아무나 하느님의 분명한 계시를 받는 건 아니에요. 메르타 아줌마처럼 말이에요."

"놀리지 마라, 애야."

메르타 아줌마가 이렇게 말했지만 슈테피는 아줌마도 웃고 있는 걸 보았다.

"제가 처음에 이곳에 왔을 때 이 집을 뭐라고 불렀는지 아세요?"

"아니, 뭐라고 불렀는데?"

"세상 끝 마을."

"세상 끝이라. 그래, 그 말에도 일리는 있구나."

슈테피는 고개를 흔들었다.

"여긴 세상 끝 마을이 아니에요. 이 집은 세상 한가운데 있어요. 세상에는 끝이란 게 없어요. 우리가 보기만 한다면 세상은 끝도 없이 펼쳐져요."

메르타 아줌마는 커피를 휘저었다.

"넌 진짜 철학자구나. 하지만 네 말이 옳아. 네 말을 믿어. 지금까지 예테보리 외에는 더 가 본 적이 없지만 말이다."

"한 번도요?"

"아, 어렸을 때 한 번 있었구나. 성령강림절교회 합창단에서 노래했을 때. 그때 우린 왼셰핑에 가서 천막 예배에서 노래를 불렀어. 에버트라면 네 말에 맞장구를 칠게다. 예전에 에버트는 수평선 너머에는 뭔가가 있다고 늘 말했었거든."

“아저씨가 오늘 밤에 오세요?”

“못 오실 거야. 내일 새벽에는 오실지도 모르지.”

슈테피가 말했다.

“아, 메르타 아줌마. 두 분과 떨어져서 어떻게 살 수 있을지 모르겠어요.”

메르타 아줌마가 말했다.

“우린 널 그냥 잠시 빌렸다고 늘 생각했단다. 내가 너와 이토록 오랫동안 함께 살 수 있어서 정말 감사하구나. 네가 어디로 가든 늘 우리를 생각할 거야. 또 편지도 쓰고.”

“네, 그럴게요. 하지만…….”

메르타 아줌마는 설탕 한 조각을 입에 넣고는 커피를 한 모금 마셨다.

아줌마가 말했다.

“이제 곧 다시 제대로 된 커피를 마신다고 생각해 봐. 그날은 기쁨의 날이 될 거야.”

메르타 아줌마는 굳이 감추려 했지만 슈테피는 아줌마가 감동했다는 걸 알았다.

다음 날 아침, 슈테피가 눈을 떴을 때 부엌에서 덜거덕거리는 소리가 들렸다. 슈테피는 옷을 입고 살금살금 계단을 내려갔다.

에버트 아저씨는 식탁에 커피 잔을 놓고 앉아 있었다. 아저씨는 두터운 스웨터와 파란 작업 바지를 채 벗지도 않았다. 장화만 벗어서 현관에 두었다.

메르타 아줌마는 큰 냄비에다 물을 끓였다. 몸을 씻는 양동이가 벌써 준비되어 있었다.

에버트 아저씨가 말했다.

"우리 아가구나. 내가 깨웠니? 이제 겨우 여섯 시인데."

"괜찮아요. 피곤하지 않아요. 나도 커피 한 잔 마셔도 돼요?"

메르타 아줌마가 말했다.

"주전자는 화덕 위에 있단다. 자, 받아."

슈테피는 아줌마 아저씨를 번갈아 쳐다보았다. 에버트 아저씨는 일주일 내내 바다에 나가 있었다. 아저씨는 전보에 대해서 아무것도 모른다. 아줌마가 벌써 이야기하지 않았다면 말이다.

슈테피는 메르타 아줌마에게 눈길을 보냈다. 아줌마는 그 뜻을 알아차리고는 얼른 고개를 저었다. 아니다, 아줌마는 아직 말하지 않았다.

아줌마는 내가 직접 말씀드리길 원해서, 슈테피가 생각했다. 그게 가장 좋다.

슈테피는 에버트 아저씨가 몸을 씻고 옷을 갈아입을 때까지 기다렸다. 모두 귀리죽과 버터 빵을 먹고 커피 한 잔을 더 마실 때까지 기다렸다. 그런 다음 슈테피가 말했다.

"보트를 타고 소풍이나 갈까요? 아니면 피곤하세요?"

에버트 아저씨가 말했다.

"피곤하기는. 안개만 걷히면 아주 화창한 날씨가 되겠어."

메르타 아줌마가 말했다.

"그럼 난 예배에 참석할게요. 두 사람은 좋을 대로 하세요."

선착장에는 아직 그늘이 져 있었다. 그러나 조금 배를 젓고 나가자 섬의 다른 쪽에는 창백한 원반처럼 둥근 해가 떠 있었다.

에버트 아저씨가 말했다.

"내게 할 말이 있는 모양인데."

"네. 아빠가 살아 계세요. 확실한 소식을 들었어요."

"그리고 아빠는 너희들이 오기를 원하시는구나?"

"잘 몰라요. 짧은 전보만 한 장 받았어요."

에버트 아저씨가 말했다.

"틀림없이 그걸 원하시겠지. 아니면 네 생각은 어떠니?"

"아빠가 이리로 오실 수도 있죠."

"그건 나이든 사람에게는 그렇게 쉬운 일이 아니란다. 새로운 나라에 가서 새로운 언어를 배우는 거 말이야. 물론 내게 너 같은 딸이 있다면, 함께 살기 위해서라면 어디든지 가겠지만 말이다."

그 말에 슈테피는 눈물이 쏟아졌다.

"오, 에버트 아저씨. 두 분을 떠나 산다는 건 도무지 생각할 수도 없어요. 두 분은 정말 제게 잘해 주셨어요. 두 분을 정말 사랑해요."

에버트 아저씨는 슈테피에게 커다란 손수건을 내밀었다.

아저씨가 말했다.

"인생은 그런 거란다. 수평선 저 너머에는 늘 뭔가가 있지."

배는 부두 위로 우뚝 모습을 드러냈다. 층층마다 둥근 선실 창문이 수없이 달려 있었다. 옥외 갑판, 사령교, 맨 위에는 왕관이 셋 그려진 연통이 보였다.

넬리는 자신이 작게 느껴졌다. 넬리는 손에 가방을 들고 스티베리 부두에 서 있었다. 작고 불안한 모습으로. 곧 넬리와 슈테피는 〈그립스홀름〉 선박에 승선하게 될 것이다. 스웨덴에서 미국 노선을 운항하는 이 선박은 두 사람을 바다 건너 먼 곳으로 데려갈 것이다. 첫 정박 항구는 영국의 사우샘프턴이다. 이곳에서 아빠가 자매를 기다린다. 그러면 세 사람은 함께 뉴욕으로 간다. 미국으로.

넬리는 새 신발을 신었지만 발이 추웠다. 어제는 3월의 햇살이 눈을 질퍽하게 녹였다. 오늘은 영하 10도에다가 바다에서는 혹독한 바람이 불어왔다.

두 사람을 둘러싼 얼굴들은 모두 진지했다. 알마 아줌마, 시구르드 아저씨, 엘사와 욘, 메르타 아줌마와 에버트 아저씨. 모두 도시에 오기 위해 멋지게 차려 입었다. 마이와 마이 엄마, 그리고 베라와 두 아이. 넬리는 오늘 아침 출발하기 전에 섬에서 소녀와 작별했다. 둘은 울었고, 소녀는 넬리에게 산호목걸이를 돌려 주었다. 섬에서 보낸 첫 크리스마스 때 넬리가 소녀에게 주었던 선물이다. 엄마의 산호목걸이.

소녀가 말했다.

"이건 받지 말았어야 했어. 하지만 그때 우린 정말 어렸어. 네가 이걸 왜 주었는지는 아직도 잘 모르겠어. 이젠 네가 다시 가져."

넬리는 알마 아줌마와 시구르드 아저씨와 함께 섬에서 살 수도 있었다. 아빠는 넬리가 스웨덴에서 살고 싶다면 아빠 때문에 좌절하는 일이 없도록 하고 싶다고 편지에 썼다.

'네게 오라고 요구할 수는 없어.'

아빠는 넬리에게 이렇게 썼다.

'오랜 세월 동안 네가 양부모집에서 편안함을 느낀다는 거, 나도 이해해. 그 사람들이 아직도 널 입양하고 싶다면,

또 네가 그걸 원한다면, 난 반대하지 않겠어. 네가 어떤 결정을 내리든 간에, 내가 널 사랑한다는 것만큼은 꼭 알아주기 바란다.'

넬리는 이 편지를 읽고 나서 울었다. 왜 모든 걸 자신이 결정해야 하는가? 왜 모든 게 이토록 힘들기만 한가?

그러나 슈테피는 떠나기로 했다. 넬리가 어떻게 슈테피 없이 머물 수가 있을까? 넬리는 가기로 결정했고 후회하지 않았다. 물론 알마 아줌마와 모든 사람들과 헤어지는 것은 무척 가슴 아픈 일이기는 하지만 말이다.

슈테피는 자신을 둘러싼 사람들을 둘러보았다. 모두들 와주었다. 아비투어를 할 때와 마찬가지로. 그때와 마찬가지로 유디트는 빠졌다. 유디트를 병원에 두고 가는 게 마음이 아팠다. 유디트는 반 년전과 마찬가지로 여전히 정신이 나갔고 말이 없었다. 유디트의 상태는 전기충격요법으로도 나아지지 않았다. 슈테피는 팔레스타인에 있는 유디트 오빠들에게 편지를 써서 무슨 일이 있는지 알렸다. 오빠들이 유디트를 데리러 올지도 모른다. 유디트는 오빠들과 있으면 나아질지도 모른다.

또 한 사람이 빠졌다.

스벤.

두 사람은 그 여름 이후 다시는 만나지 않았다. 스벤에게

서는 아무 소식이 없었다. 비겁함 때문일까, 아니면 스벤의
사랑이 그 정도밖에 안 되는 걸까? 슈테피는 이유를 결코 알
수 없었다.

지난 몇 달 동안 슈테피는 스벤에 대한 생각을 점점 덜하
게 되었다. 슈테피는 할 일이 아주 많았다. 아빠의 첫 편지는
그 동안 왜 그렇게 소식이 없었는지에 대한 설명으로 가득
찼다. 전쟁이 끝날 무렵 아빠는 스투트호프 포로수용소에 있
었는데, 이곳은 나중에 러시아군에 의해 해방되었다. 이곳에
서는 외국으로 편지를 보낼 수가 없었다. 아빠는 걸어서 미
군 구역까지 갔지만 도착하자마자 쓰러져서 한 달 이상 미군
병원에 누워 있었다. 9월 말에야 빈으로 올 수 있었다. 그러
나 빈에서는 도저히 머물고 싶지 않았다고 편지에 썼다.

우리의 빈은 이제 없어. 이제 여긴 아무것도 없구나.
친구도, 친척도, 동료도. 내게 빈은 묘지야. 오스트리아
사람들은 나치로부터의 '해방'을 축하하지만, 그 사람들
스스로 불과 몇 년 전까지만 해도 나치를 환영했던 사람
들이란 걸 잊은 모양이더구나. 거리에서 다정한 얼굴을
볼 때마다 나는 생각한단다. 저 인간은 전쟁에서 도대체
무슨 짓을 했을까? 저 인간은 언제 하켄크로이츠를 떼
어냈을까?

아빠는 만약 가능하다면 스웨덴으로 올 수도 있다고 편지에 썼다. 슈테피는 가능성을 알아보았다. 아빠는 체류 허가는 받을 수 있다고 했다. 넬리가 아직 미성년자이기 때문이다. 그러나 유럽에서 온 피난민은 의사로 일할 수 있는 허가를 받지 못한다. 만약 받고 싶다면 새로 의학 대학을 졸업해야 한다. 그렇지 않으면 '동족'만 치료할 수 있다. 슈테피가 이 사실을 아빠에게 편지로 알렸을 때, 아빠는 분노했다.

동족이라고! 마치 나치의 인종차별법처럼 들리는구나. 1938년에 빈에서 난 동족만 치료할 수 있었어.

그때 뉴저지의 플레인필드에서 에밀레 고모가 편지를 보내와서 아르투르 고모부가 병원을 차릴 수 있도록 돕겠다고 했다. 미국에서는 아빠가 의사로 일하는 데 아무 문제가 없으며 아르투르 고모부가 아빠를 위해 보증을 서겠다고 했다. 이렇게 해서 결정이 이루어졌다. 이제 떠나게 되었다. 봄에 슈테피는 아빠를 도와 병원에서 일할 것이다. 가을에는 의학 공부를 시작한다. 아르투르 고모부가 아빠가 제대로 기반을 닦을 때까지 슈테피의 학비를 대주기로 했다. 넬리는 다시 학교에 가서 성악 레슨을 받을 수 있게 되었다. 새로운 인생이 시작된다.

슈테피는 넬리의 어깨를 어루만졌다.

"갈 시간이야, 넬리. 이젠 배에 타야 해."

말 없는 이별이었다. 할 말은 모두 다 했다. 자매는 가방을 들고 트랩으로 올라섰다. 유니폼을 입은 남자가 두 사람을 선실로 안내하려 했지만 슈테피와 넬리는 갑판으로 갔다. 자매는 이곳에 남겨진 사람들을 가능하면 오래도록 보고 싶었다.

엔진이 진동하는 소리에 선체가 흔들렸다. 사람들의 행렬이 흩어지고, 트랩이 걷혔다. 저 아래 부두에 있는 사람들이 인형처럼 아주 작게 보였다.

배가 출항했다. 바다를 향해 서쪽으로 방향을 틀었다. 이제 곧 자매는 열린 바다에 이를 것이다.

전쟁을 피해 스웨덴의 한 작은 섬으로 오게 된 슈테피와 넬리. 이제 전쟁이 끝나고 자매가 다시 섬을 떠나는 것으로 대장정이 끝을 맺습니다. 처음 이 섬에 올 때는 빈의 집과 부모를 두고 떠나온 슬픔과 그리움에 사무쳤지만, 이제 막상 다시 이 섬을 떠날 때가 되고 보니 슬픔과 안타까움 역시 옛날 못지않나 봅니다. 우리 인생이 그런 모양입니다. 사람을 사랑한다는 게 그런 모양입니다. 이별은 늘 슬프고, 새로운 곳으로 떠나는 일은 늘 두렵고 힘듭니다. 그래도 우리는 떠나야 합니다. 그게 우리 인생입니다.

인생이 인간의 자유 의지로 선택할 수 있는 것 같아 보여도, 사실은 '우연'과 '운명'에 따라 정해질 때도 많습니다. 어린 슈테피와 넬리에게는 이런 현실이 혹독하기만 했습니다. 그래도 슈테피는 사람에 대한 믿음과 사랑, 즉 부모님이 자매를 위해 최선을 다하셨다는 믿음과 양부모님에 대한 사랑으로 힘겨운 현실을 이겨 나갑니다. 자신의 의사와는 전혀 상관없는 어려운 환경 속에서도 꿋꿋이 살아가며 최선을 다하는 슈테피의 모습은 정말 감동적입니다. 슈테피가 사랑에 비굴하지 않는 태도, 또 우정을 소중히, 눈물겹도록 소중히 지켜 나가는 모습도 참 아름답습니다.

우리에게 전쟁은 남의 일 같지만, 사실은 지금도 지구 곳곳에서 전쟁이 벌어지고 있습니다. 우리는 슈테피를 통해서 전쟁이 관념이 아니라 인간의 문제, 바로 내 문제가 될 수 있다는 것을 깨닫습니다. 전쟁이 끝난다고 해도 다시 원래대로 돌아갈 수는 없습니다. 전쟁을 통해 가족과 사랑하는 사람들을 잃어버리고, 삶의 터전을 잃어버리고, 꿈과 희망도 함께 잃어버리기 때문입니다. 그 결과 때로는 슬픔과 절망이 인간의 한계를 벗어나기도 합니다. 깊은 절망감으로 의식의 끈을 놓아버린 유디트가 전쟁에서 살아남은 자의 비극을 그대로 말해 주는 게 아닐까요?

슈테피는 섬에 처음 왔을 때 이곳을 세상 끝 마을이라고 생각했습니다. 그토록 외롭고, 쓸쓸하고, 절망적이었습니다. 그러나 이제 이곳은 세상 끝 마을이 아닙니다. 슈테피는 세상 끝에 서 있는 게 아니라 세상 한가운데 당당히 서 있습니다. 끝일 것 같아 보이는 수평선도 사실은 끝이 아닙니다. 그 너머에는 새로운 세상이 있습니다. 세상은 수평선 너머로 계속 됩니다. 수평선 너머의 세상이 바로 희망입니다. 눈에 보이지 않지만 분명히 존재하는 것, 그것이 바로 희망입니다.

우리가 만약 보기만 한다면 세상은 끝도 없이 펼쳐집니다. 세상에는 끝이란 게 없으니까요.

슈테피가 마침내 다다른 곳은 바로 '또 다른 세상'이며 '열린 바다'입니다. 무한한 가능성과 희망, 바로 '열린 바다'입니다. 그 바다에 이르면 수평선 너머 새로운 세상과 희망을 볼 수 있습니다. 이제 우리에게 필요한 것은 용기를 내어 '열린 바다'로 떠나는 일입니다. 의심 없이, 두려움 없이, 이별의 슬픔을 견뎌내며 '열린 바다'로 떠나야 합니다. 그래서 그곳에서 새로운 세상과 희망을 만나야 합니다. 그것이 바로 우리가 사는 이유일 것입니다.

임정희